U0569535

本色文丛·柳鸣九 主编

风景已远去

——李辉散文精选

李 辉/著

海天出版社（中国·深圳）

图书在版编目（CIP）数据

风景已远去：李辉散文精选 / 李辉著.
—深圳：海天出版社，2016.6
（本色文丛）
ISBN 978-7-5507-1588-2

Ⅰ.①风… Ⅱ.①李… Ⅲ.①散文集－中国－当代
Ⅳ.①I267

中国版本图书馆CIP数据核字（2016）第057693号

风景已远去
FENGJING YI YUANQU

深圳出版发行集团
海天出版社

出 品 人　聂雄前
责任编辑　林星海
责任技编　蔡梅琴
装帧设计　深圳斯迈德设计
Smart　0755-83144228

出版发行　海天出版社
地　　址　深圳市彩田南路海天大厦（518033）
网　　址　www.htph.com.cn
订购电话　0755-83460293（批发）0755-83460397（邮购）
印　　刷　深圳市新联美术印刷有限公司
开　　本　787mm×1092mm　1/32
印　　张　11.5
字　　数　190千
版　　次　2016年6月第1版
印　　次　2016年6月第1次
定　　价　39.00元

李辉，1956 年出生于湖北随县（今随州市）。1982 年毕业于上海复旦大学中文系；1982 年在《北京晚报》担任文艺记者和文学副刊编辑；1987 年 11 月至今，在《人民日报》文艺部担任编辑。

以传记、随笔写作为主。主要作品有《胡风集团冤案始末》《沈从文与丁玲》《沧桑看云》《百年巴金》《封面中国——美国〈时代〉周刊讲述的故事》等。译著有《枯季思絮》《福斯特散文选》《走进中国——美国记者的冒险与磨难》《中国故事绘本》等。

1998 年，散文集《秋白茫茫》获全国首届鲁迅文学奖。

2007年，因在《收获》开设的专栏"封面中国——美国《时代》周刊讲述的故事"，获"华语文学传媒大奖"之"散文家"奖项。同年，《封面中国》一书被评为全国"十大好书"。

2014年，时隔七年，因《绝响——八十年代亲历记》一书，再获"华语文学传媒大奖"之"散文家"奖项。

总序一

  深圳市海天出版社似乎颇有点"散文随笔情结",前些年,他们请季羡林先生主编了一套"当代中国散文八大家"丛书,效果甚好。于是,他们再接再厉,又策划出新的书系"世界散文八大家"。可惜此时季老先生已经仙逝,他们只好退而求其次,请柳某出面张罗。此"世界散文八大家",召集实不易,漂洋过海,总算陆续抵岸。接着,海天出版社又策划了一套新的文丛,以现今健在的著名文化人的散文随笔为内容。大概是因为柳某与海天出版社有过愉快的合作,自己也常写点散文随笔,又身居"人杰地灵"的北京,便于"以文会友",于是,他们又要柳某出面张罗。这便是这套书系产生的来由。

  什么是散文随笔? 前几年,一位被尊为大师的权威人士曾斩钉截铁地谓之为"写身边琐事"。我曾努力去领悟其要义,但就自己有限的文化见识,总觉得这个定义似乎不大靠谱。就"身边"而言,散文随笔的确多写与自己有关的人或事,但远离自己的人与事入文而成经典散文者实不胜枚举;就"琐事"而言,散文随笔写人写事的确讲究具体而入微，见微知著，以小见大。但以经国大业、社稷宏观、高妙艺文、深奥哲理为内容的名篇也常见于史册。不难看出，对于散文随笔而言，"题材不是问题"，任何事物皆可入散文，凡心智所能触及的范围与对象，无一不可成就散文也。故此，窃以为个人心智倒是散文的核心成分。

那么，究竟何谓散文呢？散文的基本要素究竟是什么呢？如果用定义式的语言来说，散文就是自我心智以比较坦直的方式呈现于一定的语言文学形式中。而自我心智者，或为较隽永深刻的自我知性，或为较深切真挚的自我感情。说白了，如果是思想见解，当非人云亦云，而多少要有点独特性，多少要有点嚼头与回味；如果是情感心绪，那就必须是真实的、自然的、本色的、率性的，而要少一些矫饰，少一些虚假，少一些夸张。是的，尽可能少一些，如果不能完全杜绝的话。诗歌中常有的那种提升的、强化的、扩大的感情似乎不宜入散文，还是让它得其所哉，待在诗歌里吧。

至于"一定的语言文学形式"，不外意味着两点，一是非韵文的，这是散文有别于诗歌的最明显的标志；二是要有一定的修饰技巧，一定的艺术化，这则是散文随笔不同于公文告示、法律条文、科普说明以及各种"大白话"的重要标志。

这便是我所理解的散文随笔。我在自己的学术专业之外也经常写一些散文随笔，就是按照自己以上的理解来"炮制"的。今天，我被委以主编重任，也是按照自己以上的理解来操作的。至于我在自己的散文随笔中是否完全实践了自己的理念，是否达到自己的理念，在这次主编工作中是否有不合理、不入情的要求与安排，那就很难说了。呜呼，知与行的脱节与矛盾，人的永恒悲剧也。

出版社在策划这个书系的时候，规定约稿对象为当今的文化名家。当今的文化名家种类何其多也：有在荧屏上煽情与讲道的主持人，有靠摆 pose 与哭功而大富特富的影视大腕，有靠搞笑与搞怪出位的演艺奇才……人人都在写散文随笔，这大有成为当今散文随笔的主旋律之势。但按我个人的理解，这里所讲的文化名家不外是两种人，即具有作家文笔的著名学者与具有学者底蕴的著名作家，这两者的所长正是我对何为散文理解中所谓的"心智"这一大成分。

由于我自己的圈子所限，第一辑的约稿对象全是上述的第一种人，即具有作家文笔的著名学者，而且基本上都是弄西学的学者或游学国外多年的学者，多散发出一点"洋味"的人。

学者写散文似乎有点"不务正业"，有点越界，侵入了文学家地盘。但对于学者来说，特别是对人文学者来说，却完全是兴之所至，是一种必然。他本来就有人文关怀、人文视角、人文感情，这种心智状态、心智功能，一触及世间万物，就莫不碰撞出火花。只要有一点舞文弄墨的兴趣、冲动与技能，自然而然就会产生出有点意思的散文随笔了。虽说舞文弄墨也是一种专门技能，需要培养与操练，但对于弄西学的人文学者来说，整天在世界文库里打滚，耳濡目染，这点技能是可以无师自通的。况且，人文学者于散文创作更有自己的优势，毕竟，他的知性是向全人类精神文化领域敞开的，他的目光是向全世界各种事物投射的。其散文随笔的题材，自是更为丰富多样，投射观察的目光自是更为开阔高远。而得益于世界各种精神文化的滋养，其可调配的颜色自是更为丰富多彩。说不定，也许我们这个时代有意思的散文随笔正是出自学者笔下呢，学者散文实不容当代文学史家忽视也……

所以，我有理由相信，这一套"本色文丛"多多少少会给文化读者带来一点不一样的感觉。

柳鸣九

2012年5月于北京

总序二

"本色文丛"的缘起，我已经在前序中做了说明。只不过，在受托张罗此事的当时，我只把它当作一笔"一次性的小额订单"：仅此一辑，八种书而已，并无任何后续的念头与扩展膨胀的规划。于是，就近在本学界里找了几位对散文随笔写作颇感兴趣、颇有积累的友人，组成了文丛第一辑共八种。出版后不久，我正沉浸在终结了一项劳务后的愉悦感之际，海天社出我意料地又提出了新的要求：要柳某把"本色文丛"继续搞下去，而且不排除"做到一定规模"的可能……看来，我最初的感觉没有错：海天社确有散文情结，不是系于一般散文的"情结"，而是系于"文化散文"的情结。而且，也不仅仅于此一点点"情结"，而是一种意愿，一种志趣，一种谋划，一种努力的方向，一种执着的决断。

果然，最近我从海天社那里得到确认，他们要在深圳这块物质财富生产的宝地上，营造出更多的郁郁葱葱的人文绿意，这是海天社近年来特别致力的目标。

在物欲横流、急功近利、浮躁成性、人文精神滑落、正能量价值观有时也不免被侧目不顾的社会环境中，在低俗文化、恶俗文化、恶搞文化、各种色调的（纯白的、大红色的、金黄色的）作秀文化大行于道、满天飞舞的时尚中，在书店一片倒闭声中，有一家出版社以人文文化积累为目的，颇愿下大力气，从推出"世界散文八大家"丛书再进而打造一套"本色文丛"，这种见识、这份执着、这份勇气是格外令人瞩目的。

海天出版社要的文化散文，不言而喻，即文化人的精神文化产品。关于文化人，我在前序中有过这样的理解：主要是指有作家文笔的学者与有学者底蕴的作家。如果说"本色文丛"第一辑的作者，基本上是前一种人，第二辑则基本上都是第二种人。这样，"本色文丛"总算齐备了文化散文的两种基本的作者类型，有了自己的两个主要的基石，形成了一个初步的平台。

不论这两种类别的人有哪些差别，但都是以关注社会的人文状况与人文课题为业。其不同于以经济民生、科技工艺、权谋为政、运营操作为业者，也不同于穿着文化彩色衣装而在时尚娱乐潮流中的弄潮者，也可以说，这两种人甚至是以关注人文状况与人文课题为生，以靠充当"精神苦役"（巴尔扎克语）出卖气力为生，即俗称的"爬格子者"。他们远离社会权位和财富利益的持有与分配，其存在状态中也较少地掺和着权谋与物质利益的杂质，因而其对社会、人生、人文，对自我、对人生价值也就可能有更为广泛，更为深刻，更为真挚的认知、感受与思考。

在时下这个物质功利主义张扬、人文精神滑落的时代环境中，且提供一些真实的，不掺杂土与沙子的人文感受、人文思考，为我们这个时代留下一份份真情实感的记录，留下一段段心灵原本的感受，留下一幅幅人文人生的掠影，这便是"本色文丛"所希望做到的。

柳鸣九

2014年1月于北京

总序三

存在决定本质。

本质不是先验的，不是命定的，而是创造出来的，是发展出来的，是作出来的，做出来的，是自我选择的结果，是自我突破与自我超越的结果。对于一个人的发展是如此，对于"本色文丛"何尝不是如此。

"本色文丛"已经有了三辑的历史，参加三次雅聚的已有二十四位才智之士。本着共同的写作理念，各献一册，异彩纷呈，因人而异，一道人文风景已小成气候。而创建者海天出版社则面对商品经济大潮、低俗文化、功利文化与浮躁庸俗风气的包围，仍"我自岿然不动"地守望人文，坚持不懈。合作双方相得益彰，终使"本色文丛"开始显露了自己的若干本色。最为明显的事实是，参加本"文丛"雅聚的终归就是两种人——即具有作家文笔的学者与具有学者底蕴的作家。这构成了"本色文丛"最主要的本色。以学者而言，散文本非学者的本业，对散文写作有兴趣而又长于文笔、乐于追求文采者实为数甚少；以作家而言，中国作协虽号称数十万成员，真正被读书界认为有学者底蕴、厚实学养、广博学识者，似乎寂寂寥寥。"本色文丛"所倚仗的虽有这两种人，但两者加在一起，在爬格子的行业中也不过是"小众"，形成不了一支"人马"，倒有点elites（精英）的味道了。这是中国文化昌盛、文学繁荣的正常表征，还是反映出文化、文学现状的底气不充足、精神不厚实，我一时还不好说。

实事求是地说，我个人在"本色文丛"中的"潜倾向"是更多地寄希望于"有作家文笔的学者"，这首先与我职业的限定性与人脉的局限性有关。我供职于学术研究单位，本人就是学林中的一分子，活动在学者之中较为便利，较为得心应手；而于作家界，我是游离的、脱节的，虽然我也是资深的作家协会会员，是两届作家代表大会的代表。但更为重要的是我对散文随笔的认识（或者说是"偏见"）所致，在我看来，散文随笔这个领域本来更多的是学者的、智者的、思想者的天地。君不见散文随笔的早期阶段，哪一位开拓了这片天地的大师不都是这一类的人物？英国的培根、法国的蒙田、美国的爱默生……也许，因为散文随笔的写作相对比较简易、便捷，不像小说、诗歌、戏剧那般需要较复杂的艺术构思，对于笔力雄健、下笔神速而又富有学养的作家而言，似乎只是"小菜一碟"，于是，作家中有不少人也在散文随笔方面建树甚丰，如雨果、海涅、屠格涅夫以及后来的马尔罗、萨特、加缪等。马尔罗是先有小说名著，后有散文巨著《反回忆录》；萨特与加缪，则一开始就是小说、戏剧创作与散文写作左右开弓的。不管怎样，主要致力于形象创造的作家，如果没有学者的充沛学养、丰富的学识，没有哲人、思想者的深邃，在散文随笔领域里是写不出一片灿烂风光的。

以文会友之聚的参加者是什么样的人，自然就带来什么样的文，自然就带来什么样的文气、文脉、文风、文品，甚至文种。"本色文丛"的参与者，不论是有作家文笔的学者，还是有学者底蕴的作家，其核心的特质都是智者，都是学人，都是真正意义上的文化人。而不是写家、写手，更不是出自其他行当，偶尔涉足艺文，前来舞文弄墨、附庸风雅一番的时尚达人。因而，他们带来的文集，总特具知性、总闪烁着智慧、总富含学识、总散发出一定的情趣韵味。如果要说"本色文丛"中的文有什么特色的话，我想，这大概可以算吧！对此，我不妨简称为学者散文、知性散文。我把"学者"二字作为一种散文的标记、"徽号"，并没有哄抬学者，更没有贬低作家的意图与用意。以"学者"来称呼一个作家，或强调一个作家身上的学者的一面，绝非贬低，而是尊敬。刘心武先生在他的自我简介中，干脆就把自己的学者头衔置于他的作家头衔之前，可见他对自己的学者身份的重视。我想，这是因为他从自己的"红学"研究里，深知"学"之可贵、"学"之不易。我且不说"学"对于人的修养、视野、深度、格调的重要意义，即使只对狭义的具体的写作而言，其意义、作用也是不可估量的。

学者散文的本质特征何在？其内核究竟是什么？其实，学者散文的内核就是一个"学"字，由"学"而派生出其他一系列的特质与元素。有了"学"，才有见识，才有视野，才有广度，才有大气；有了"学"，才有思想闪光，才有思想结晶，才有思想深度，才有思想力度；有了"学"，才有情趣，才有风度，才有雅致，才有韵味。从理论逻辑上来说，学者散文理当具有这些特质、优点、风致，至于实际具有量为多少，程度有多高，是因人而异的。其取决于每个人不同的经历、学历、学养、学科背景、知识结构、悟性、通感、吸收力、化解力、融合力等主观条件。

就人的阅读活动而言，不论是有意地还是无心地去读某一部、某一篇作品，总带有一定的需求与预期，总是为追求一定的愉悦感与审美乐趣才去读或者才读得下去的。如果要追求韵律之美、吟哦之乐，以及灵魂与主观精神的酣畅飞扬，那就会去找诗歌；如果要观赏社会生活的形象图景、分享人物命运际遇的悲欢苦乐，那就会去找小说与戏剧。那么，如果读的是散文随笔，那又是带着什么需要、什么预期呢？散文随笔既不能提供韵律之美、吟哦之乐，也不能提供现实画卷的赏鉴之趣，它靠什么来支付读者的阅读欣赏的需求？它形式如此简易，篇幅如此有限，空间如此狭小，看来，它只有靠灵光的一闪现、智慧的一点拨、学识的一启迪了。如果没有学识、智慧与灵光，散文随笔则味同嚼蜡矣，即使辞藻铺陈、文字华美。而学识、智慧与灵光，则本应是学者的本质特征与精神优势。因此，在散文随笔天地里，自然要寄希望于学者散文，自然要寄希望于学者写散文，自然要寄希望于多多展示弘扬学者散文了。

这便是"本色文丛"的初衷、"本色文丛"的"图谋"、"本色文丛"的宿愿，而这，在物欲横流、人文滑坡、风尚低俗、人心浮躁的现实生活里，未尝不是一股清风、一剂清醒剂。

柳鸣九

2015年9月8日于北京

自 序

　　自 1982 年大学毕业来到北京之后，从丁聪开始，我陆续结识"二流堂"群体的不少人，如夏衍、唐瑜、叶浅予、冯亦代、郑安娜、吴祖光、黄苗子、郁风、高汾、高集、吕恩等前辈。

　　"二流堂"最初形成于抗战期间的重庆。我在一篇文章中，曾这样谈及这一文人群体的特点："这是战争期间特殊条件下文人之间一个特殊汇聚。既非自由组合的艺术团体，也非艺术趣味和追求相同的某一艺术流派，不过是艰难情形下的一种物以类聚而已。他们不属于那种甘于寂寞偏爱孤独的艺术家，而是喜欢热闹，喜欢轻松自由的气氛。他们是天生的乐天派，即便生活条件再艰苦，他们也乐意汇集一起用暂时的快乐来忘掉生活中的烦恼。他们各自的领域和成就有所不同，但才华均以不同形式显露出来。对于这样一些人，无拘无束恐怕是最好的生活方式。该笑就笑，说哭就哭，悲悲喜喜，蹦蹦跳跳，随情形而定，随心境而发，一切顺其自然，绝不强求。"

　　20 世纪 50 年代之后，"二流堂"又在北京形成新的文化圈。在数十年的不同历史时期，聂绀弩、王世襄、张光宇、张正宇、杨宪益、黄永玉、范用、黄宗英、黄宗江、姜德明、邵燕祥、杜高等，都与重庆时期"二流堂"友人经常聚会、唱和，堪为北京文人交往的一大景观。

这些年来，我写过一些叙述"二流堂"人与事的文章，此次应柳鸣九先生热情相邀加盟"本色文丛"，他嘱我不妨围绕这一内容编选。在此，感谢柳先生的厚爱，感谢海天出版社的支持。

一个好建议，我遂将相关文章略加整理，起名为《风景已远去》。

全书分上、下两辑。

上辑为长文《亦奇亦悲"二流堂"》，叙述"二流堂"的历史渊源，乃至数十年间，这一群体中不同人物的命运起伏，与中国政治风云形成的错综复杂的关联，藉此能为读者提供较为清晰的脉络和轮廓。

下辑为我所写的"二流堂"不同人物的文章。这些文章，写于不同时期，或长，或短，基于史料，辅以印象，力求点点滴滴的细节，能使笔下人物在历史场景中的悲欢离合，变得具体而生动，同时，能让读者感受到这些人物心底永远流淌的文化情怀……

李辉

2015年4月8日，北京

上
辑

亦奇亦悲"二流堂"

"碧庐"命名"二流堂"

1943 年抗战期间的"陪都"重庆，一批文人、艺术家汇聚这里。他们嬉笑怒骂，无拘无束，在战争阴云密布的这座城市里，如同一束快乐光亮，让自己的生活多少显得浪漫、轻松而丰富。这批人便是后来被称为"二流堂"的成员。

他们是丁聪、吴祖光、吕恩、冯亦代和夫人郑安娜、黄苗子、郁风、金山、盛家伦、唐瑜、凤子、高汾等。除了他们之外，还有在上海早就熟悉的叶浅予、张光宇、张正宇等其他一些漫画家。而夏衍作为中共在文化领域的领导人之一，和他们有着密切关系，受到他们的敬重，无形之中也就成为"二流堂"人们的主心骨。于是，在"文革"中夏衍被说成是"二流堂"的总后台，并不令人意外。

很难用一个简单的概念来界定他们，也很难将他们一一描述，但他们却又是不能忽略的一群人。因为，"二流堂"这一特殊的存在将他们紧紧联系在一起，随着"二流堂"的形成与演变，随着他们由此而在 1957 年、"文革"中蒙受的磨难，他们的命运在风云变幻的现代中国具备了沉甸甸的历史分量，留给人们加以解说和思考的话题。

与"二流堂"有关的这些人的职业和兴趣各不相同。

唐瑜是电影界赫赫有名的报刊编辑和热心人；丁聪是风格已独成一家的漫画家；吴祖光是被称作"神童"的剧作家；金山是享誉话剧、电影界的大牌明星；黄苗子是著名才子、漫画家；郁风是画家，也是一位新闻界、妇女界的活跃人物；冯亦代是喜爱海明威的翻译家，尽管他的身份是中央印铸厂副厂长，负责钞票的印制；盛家伦是歌唱家，他为《夜半歌声》演唱的主题歌，风靡一时；凤子是话剧演员，同时也是记者和散文家；高汾是年轻记者，永远精力旺盛，风风火火；吕恩是活跃于舞台的话剧演员……

没有唐瑜的热心慷慨，就没有所谓的"二流堂"。他被戏称为"二流堂"堂主。

这是一个旷达、幽默、豪爽、热心的人，即便到了晚年，历经沧桑之后，他也仍然如故，完全一副性情中人的洒脱。

唐瑜是一位归国华侨，早在 1929 年就与潘汉年结识，并在潘汉年的领导下开始了左翼文化活动，与夏衍等人也非常

夏衍　　　　　唐瑜　　　　　吴祖光

"文革"中被丑化的"二流堂"人物漫画

熟悉。他似乎注定要成为一批流亡在重庆的朋友的中心。他的胞兄是缅甸的一位富商，对他常常予以慷慨资助。抗战期间滇缅公路通车之后，唐瑜曾经回缅甸仰光一次，返回重庆时，胞兄送给他两辆大卡车和一辆小轿车，一辆卡车上装有当时可以畅销的物资，一辆卡车上装食品，供重庆的朋友们享用。需要用钱时，唐瑜就拿出一部分物资去出售，最后把车都卖掉。吴祖光亲眼看到过这样一个场面：

吴祖光和唐瑜一起走到重庆中一路一个路口，远远开来一辆十分豪华而崭新的小轿车。一看见车，唐瑜便忽然停步不走。当时大雨初晴，路上积水很深，汽车飞驰而过，他们躲闪不及被溅了一身污水，唐瑜的脸上也是泥点。他没有反

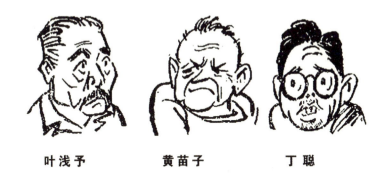

叶浅予　　　　黄苗子　　　　丁聪

"文革"中被丑化的"二流堂"人物漫画

应，只是呆呆地注目轿车，一直等它失去了踪影之后才对吴祖光说："这车是我的。"

唐瑜几乎成了重庆这批朋友们的"摇钱树"和后盾。此时从香港、桂林流亡到重庆的文人，大多穷困潦倒，衣食住行是最大困难。唐瑜便似乎一夜之间成了"建筑师"。竭其所能，为熟悉的朋友提供住所，是他表现其古道热肠的最好方式。

夏衍带着妻子儿女一家四口来到重庆，唐瑜便在临江路附近的一个大杂院里挤出一间小屋。夏衍回忆，随后，唐瑜卖掉哥哥送给他的半只金梳子，在中一路下坡盖了两间"捆绑房子"（战时重庆穷人住的泥墙、竹架搭的一种特殊建筑）。唐瑜和夏衍各住一间，没有门牌，为了寄信方便，夏衍在屋前竖了一块木板，上面写了"依庐"这样一个很好听的名字。黄苗子信中所说"依庐"即唐瑜和夏衍的家。

见到来到重庆的朋友愈来愈多，唐瑜索性盖起一幢两层楼的大屋子。他将在昆明与人合资经营的一家电影院的股本转让他人，用这笔钱在离"依庐"不远的坡下租上一块地，自己绘图设计，亲自监工建造，盖起了一间可以住十多人的屋子。用夏衍的话来说，唐瑜"呼朋引类"，让当时没有房子住的朋友都住了进去。

唐瑜新盖的这所房子，起名为"碧庐"，取"壁炉"谐音。因为唐瑜喜欢壁炉，在大客厅里专门砌了一个漂亮的壁炉，在当时的重庆，这样的建筑并不多见。

碧庐建成，曾举行一次舞会庆贺，重庆文化界名流云集，中共方面的人士如乔冠华也和几位朋友前来助兴。他对唐瑜的这一建筑杰作颇为欣赏，盛赞其具有西班牙建筑的特色。从此，碧庐成了重庆文化界的一个热点。

先后在碧庐住过的有吴祖光、吕恩夫妇，金山、张瑞芳夫妇、戴浩、盛家伦、方菁、萨空了、沈求我等。至于夏衍、黄苗子、郁风、冯亦代等，则是这里的常客。

"二流堂"名称的产生，与来自延安的秧歌剧直接有关。

吴祖光写道：

　　给大家较深印象的是从延安来了一个小型的秧歌剧表演，演出的节目是《兄妹开荒》，两个演员是欧阳山尊和李丽莲，这种表演形式大家都未之前见，感觉十分新鲜。在剧中的对话里，听到一个很新鲜的未之前闻的陕北名词，就是妹妹送饭，原在开荒的哥哥假装在地里睡觉，妹妹生气了，骂哥哥是"二流子"，就是光吃不干的懒汉。这个有趣的名词把大家打动了。文艺工作者生活大都没有规律，夜里不睡，早晨睡懒觉，吃饭不定时都是常事。尤其是盛家伦，生活太没规律，而且读那么多的书，却一个字又不写，大家说他"光吃不拉"，叫"二流子"是从他开始的。

　　有一天郭老（郭沫若）和徐冰同志等到碧庐来，听见大家在互称二流子。郭老说："好，给你们取个堂名吧，就叫二流堂好不好？"大家都说好。徐冰叫大家拿纸笔来，请郭老当场题字做匾。但是找了半天，无笔无墨，更无大张宣纸只得作罢。但是"二流堂"这个名字却从此叫开了。（《"二流堂"奇冤大案》）

　　"二流堂"的故事从此开始。20世纪50年代，还是

"二流堂"中的这些人，又汇聚在北京，又一起住在一个院子里。历史的负重，到那时才会落在他们身上，此时在重庆，他们谁都不会用悲剧来设想未来。唐瑜后来感慨地说："其实二流堂也就是这么个战时重庆文化人临时寄居聚会闲谈的场所，得名也不过是一时的偶然玩笑，不曾想几十年后风云变幻，堂主受累不说，堂员却无端倍增，直闹得沸沸扬扬，轰动四方，株连无数，酿成大祸，实在也是我多事之罪也。"（《二流堂纪事》）

嬉笑怒骂即人生

这是一个特殊的群体。

他们对万事万物有着自己的独立见解，有对现实状况的敏感观察与反应。虽然他们很难说思想多么深刻，目光多么犀利，但是，他们近乎透明的性情，使他们有着强烈的是非感，该恨就恨，该骂就骂。

不过，这里绝非一种政治场合。他们既不是职业革命家，也不是政治性十分强的人物，而是一群性格鲜明的艺术家。

这是战争期间特殊条件下文人之间的一个特殊汇聚。既非自由组合的艺术团体，也非艺术趣味和追求相同的某一艺术流派，不过是艰难情形下的一种"物以类聚"而已。他们不属于那种甘于寂寞偏爱孤独的艺术家，而是喜欢热闹，喜欢轻松自由的气氛。他们是天生的乐天派，即便生活条件再艰苦，他们也乐意汇集一起用暂时的快乐来忘掉生活中的烦恼。他们各自的领域和成就有所不同，但才华均以不同形式显露出来。对于这样一些人，无拘无束恐怕是最好的生活方式。该笑就笑，说哭就哭，悲悲喜喜，蹦蹦跳跳，随情形而定，随心境而发，一切顺其自然，绝不强求。

唐瑜的散淡、风趣姑且不论，这里另外一个重要角色盛家伦，则是又一个典型的自由自在的艺术家形象。

在朋友眼里，盛家伦是他们中间难得的通才。他有一副独特的嗓音，用吴祖光的话来说，既非高音又非低音，有着特殊的味道。他中外文俱佳，常常抱着一摞外文书阅读，床头、地上都堆满着书。这世界上他似乎对什么都感兴趣，似乎什么都精通。世界史、音乐史、美术史等等，他都有系统研究。乔冠华来，可以侃侃而谈国际形势战争走向，令乔冠华也为之叹服；徐迟来，可以谈现代派艺术……来往于这里的人大多有各自的专长，但很难有人像盛家伦这样在不同领域有很深造诣。

可是，盛家伦却是最为懒散最为散淡的一个。他疏于著书立说，甚至连一篇文章都不曾写过。后来在他去世之后，他的朋友们都为他的才华和学识没有得到表现而感到莫大遗憾。可是，他从来不在意别人怎么说，依然我行我素。他还甚至和黄苗子比赛，看谁在书店里偷的书最多。别人睡觉他看书工作，别人工作他睡觉，时间没有固定，生活没有规律。

不仅仅他一个人，住进这里的艺术家大概因职业缘故，也都习惯了这种没有规律而自由散漫的生活。

漫画家黄苗子也是他们中间一个个性特别的人物。他天性活泼幽默，有时甚至导演出一次又一次的恶作剧，令人啼笑皆非。丁聪，还有后来在重庆时期结识的吴祖光，包括黄苗子本人，都讲述过黄苗子40年代在重庆和上海的几件往事。

黄苗子回忆：

一次我同丁聪去参观一个介绍近东地区风光的展览会，我觉得一张印有埃及古壁画的明信片美极了，就忘了父母和师长教导的道德准则，情不自禁地把它放入皮夹内。等到将要出门，一位认识我的管理人伸出手来，十分礼貌地说："黄先生，这明信片等展览会开完，由我们送到府上好吗？"……像这些事情，却使旁观的丁聪急得满头大汗，好像他自己在做这些错事似的。（《不会老的小丁》）

丁聪回忆：

有一次在上海，我去看一次展览，工作人员告诉我，他们有一幅展品丢失了。我走去一看，只见上面还贴上一张纸条，上面写着：神偷手到此一游！我一看就是苗子的字。

还有一件事。抗战胜利之后，我和吴祖光在上海编《清明》杂志，住在大世界旁边的共舞台的三楼。苗子那时住在南京，有时到上海就来我们这里来，大家吃吃玩玩。有一次，他走后第二天我们发现房间里的观音铜像没有了，就猜想肯定是苗子拿走了。后来我到南京去，果然发现就摆在他的客厅里。问他怎么拿的。他说，天气热，他把西服放在铜像上，走时就顺手牵羊偷走了之。（与李辉的谈话，1996年8月12日）

吴祖光讲过一件更具传奇色彩的事情：

有一次苗子到杜月笙家里去玩，走的时候就顺手拿走一件工艺品。过了几天，杜月笙派人到他的住处，对苗子说："黄先生，杜先生让我来问你，上次你借的那件东西看完没有，要是看完了，他让我今天就带回去，要是没有看完，

1944年，三对夫妇与苗子的母亲在一起。左面一对为戴爱莲、叶浅予，中间一对为郁风、黄苗子，右面一对为郑安娜、冯亦代。

就还放在你这里。"苗子当然说看完了。（与李辉的谈话，1996年9月3日）

不过，对这一回忆，黄苗子略有补正。他说杜月笙的家里他未去过，应当是到杜月笙的俱乐部"恒社"，那是杜的高级徒弟们出入的地方。

正是这样一些性情散漫、不拘小节，却又才华出众的艺术家，构成了"二流堂"的主体，形成了"二流堂"与众不同的特色。

选择

"二流堂"人士在重庆，做出他们一生中的重要历史选择——政治天平偏向了共产党。

做出这样的选择，原因当然是多方面的。

他们目睹国民党政权的腐败、无能、尔虞我诈。抗战初期人们所表现出来的那种激情、无私、无畏，随着战争的一天天延续，渐渐淡去。越来越多的官员，如同行尸走肉一般，热衷于饱食终日，中饱私囊。没有理想，没有创造激情，无疑是这些艺术家最为鄙视的人生。生活在国民党政权统治之下，他们赞成共产党对国民党专制、无能的批判，赞成共产党不断提出的关于民主、自由的主张。和许许多多当时的中国知识分子一样，他们将共产党的存在视为民主与自由的一种象征，视为最终能够实现多党制的可能性。

"二流堂"人士能够选择共产党，还有一个更为重要的原因，这就是他们是通过所熟悉的共产党人来接近、接受共产党，而非单纯的书本上、思想上的皈依。

从30年代上海时期开始，他们所接触的共产党党员，都以不同方式在他们面前展示人格的魅力。从王昆仑、廖承志、潘汉年、夏衍、乔冠华等人身上，他们感受着智慧、幽默、才华与真诚。这些共产党人，有着坚定的政治信念与热情，但又与他们一样拥有艺术家的潇洒，有超乎常人的学识。这些共产党人，不是冷冰冰的面孔，不是不食人间烟火的超人，而是与他们一样有种共同兴趣共同爱好，甚至有着相似的性格缺点的人。这样的革命者，令他们尊敬，令他们亲近，进而也就有可能将自己的命运与他们的事业紧紧联系在一起。

不能忽视这样一种个人魅力的影响。特定历史环境中，在影响人们的政治选择方面，它甚至会起到举足轻重的作用。

"二流堂"中的这些艺术家，乃至他们周围的其他许多人，都有相似的经历和感觉。难以想象，没有廖承志、潘汉年、夏衍这样一些中共领导者的存在，会有那么多文化人，相继将政治天平偏向了共产党。

他们大多数人无党无派，但政治倾向是明确的，这就是反对国民党，向往共产党，并且乐意在共产党人夏衍的影响下、领导下，做一些颇有意义的工作。他们有些人是八路军驻重庆办事处所在地曾家岩50号的常客，而他们的居所也成了当时重庆文化界朋友们可以高谈阔论自由交流的场所，甚至一些共产党重要人物的碰头会也时常选在这里。

国民党当局特务机关也发现了碧庐与共产党的关系，还专门安排人员进行昼夜监视。唐瑜在回忆乔冠华的时候，颇为生动地描述过这样的场面：

曾家岩有人失踪了，他深夜约人到"二流堂"商量营救之法。

他被特务盯梢，他跑到"二流堂"门口，回头向小特务说："你回去告诉头头，我就在这里，你们上面有人看着。"在离堂数步的坡上，有一个小茶棚，每天有几个特务在那里打麻将，正对着"二流堂"楼上的窗户，里面也有一桌麻将，似乎是在打对台。（《乔冠华和龚澎》）

特殊环境中的政治形态和生活状态，绝非如后来人们所想象的那么绝对和概念化。在错综复杂的政治局面中，个人的选择，不可能红是红，白是白这样容易判断。假如看待历史场景中的人物，就不免显得过于简单而肤浅。

抗战胜利后，重庆时期的"二流堂"人士分别前往上海和南京。在南京，担任国民党政府财政部要职的黄苗子和夫人郁风，条件优裕，这样，"黄公馆"再次成为朋友们常来常往的一个温暖所在。来得最多的还是"二流堂"的那些朋友。金山、高集、高汾等，经常到"黄公馆"。后来局势紧张时，由于黄苗子的特殊背景，这里又成了一些左翼文化人的避风港。每当他们遇到麻烦时，便会来到南京，躲在黄公馆的阁楼上，等风声过后再露面。

刚到南京，一次轰动全国的"下关事件"就发生了。高汾、高集、郁风等都参与了这一事件。

《二十世纪中国全记录》（北岳文艺出版社）以《"苏北难民"围殴和平请愿团》为题，记载了这场当年轰动全国的"下关事件"：

1946年6月23日，以马叙伦、胡厥文等11人为代表的上海人民和平请愿团赴南京请愿，呼吁和平。晚间，当请愿团代表抵达南京下关车站，在站台上遭到一群"苏北难民"的围殴。当场即有6人受伤，学生代表陈震中伤重昏迷不醒。事件持续5小时之久，后经中共与民盟代表干预，当局才将受伤代表送往医院。

上海人民和平请愿团由上海人民团体联合会和上海学生和平促进会于本月中旬发起组织，本日请愿团代表启程时，上海各界人士5万余人到上海北站送行，并举行反内战游行，要求美国停止干涉中国内政。当局为控制局面，遂令特务制造"下关事件"。

郁风以一位记者的身份全身心投入到关于这一事件的报道之中。

在得知下关车站发生请愿代表被殴打事件后，郁风第二天一大早就赶到中央医院，采访送到医院的阎宝航、马叙伦、雷洁琼、陈震中等请愿代表，从他们那里了解事件真相。

在这次下关事件中，还有两位记者也受到殴打，一位是浦熙修，一位是高集。在重庆时，高集和高汾夫妇都曾是"二流堂"的房客。现在，他们此时均为《大公报》驻南京的记者。郁风无法掩饰自己的激愤，当天她便用上海《世界晨报》驻京记者"问蕉"的名义，给报社写去长篇通讯《下关不幸事件别记》，第二天予以发表。

郁风用了大量篇幅描述她所了解到的情况和所见到有关高集的情景：

今天下午我去看小高时，他脸上还是肿得发紫，但已比昨晚退去好多了。上嘴唇完全肿得歪在一边，眼睛剩了一条线，不再像那大圆灯笼了，鼻子旁边是抓破砍伤的血痕。高集和浦熙修前后被打了四次：最初是糊里糊涂地当他们是代表而被打的。后来大公报下关的营业主任带他们突围出去，又被打回去。第三次是一位热心的市府新闻专员钱江潮先生，自称是他的责任，先向"难民"们交涉，向警宪们交涉，讲好要护送两个记者出去；走到车站门口，离钱的汽车已不到三丈远时，两面的人又围拢来就打。高和浦见势不行，只好又抱头回到候车室去，而钱专员却被打得西装一套不翼而飞了。这时，高才知道他们——两个记者，也是在挨打的黑名单上的了。

在那最后一场关起来闷打中，高集是唯一还了手的。他看见三个女子被他们打着，撕头发，浦熙修则伏在雷洁琼身上，她的背和臀部被大皮鞋踩着踢着，他实在忍不住了，一面骂他们的野蛮，一边冲开打他的人，奔过去想替她们解围；但几次被踢倒，直到他自己被打昏了。

今天，在高家里，我看到高太太高汾的脸苍白得可怕。她要忙着招呼客人，听电话，招呼病人，写电报稿给大公报。……今天上午，她已收到新民报陈铭德社长的慰问电。他们自己的报馆却到下午七时止尚未收到任何一句话。但高汾虽然还忙着打电话草电报，神气是又沮丧又寒心。

黄苗子、郁风和高集、高汾两对夫妇的命运注定要不断发生关联。大约十年后，黄苗子、高集、高汾都在 1957 年的

1946年，"二流堂"的朋友们。前排左起：盛家伦、高集、郁风、（不详）、黄苗子；后排有浦熙修（左四）、张瑞芳（中）、丁聪（右四）、金山（右一）等。

"反右"运动中成了右派分子。并且，黄苗子和高汾都被遣送到北大荒，在那里，他们将在特殊环境中延续着从重庆开始的人生故事。

无疑，下关事件对当时的黄苗子、郁风、高汾、高集等"二流堂"人士，不仅是一种感情上的冲击，更是一种心理影响和思想影响。它加深着他们对国民党当局的失望。他们和许许多多的知识分子一样，抗战八年，盼望的是和平，希望实现的是民主、自由。而冰冷的现实，一日日将他们的梦想击得粉碎。这无论如何是无法让他们平静的，更使他们不可能逍遥于外的。

北京再汇聚

一个新时代开始对于"二流堂"的人们来说是一种兴奋与快乐。

"二流堂"人士，在1949年开国大典前后重新在北京汇聚：唐瑜、吴祖光、金山、盛家伦、丁聪、黄苗子、郁风、戴浩、高集、高汾……还有别的什么会比"物以类聚"更让他们感到生活的乐趣呢？

唐瑜从广州来北京之前，盛家伦便在信中向他介绍栖凤楼，说：这里就是北京的"二流堂"，戴浩已经给你"堂主"留下公馆。

最初的设想恐怕的确如此。唐瑜回忆，当1948年他还在香港的时候，乔冠华曾这样对他说过：将来在北京，"二流堂"可以再搞起来的，继续做团结文艺界人士的工作。可以搞成一个文艺沙龙式的场所，让文艺界的人有一个休闲的地方。

吴祖光回忆，50年代初在一个场合中，周恩来也曾开玩笑地这样问道："二流堂的人都来了吗？"

栖凤楼一时间成为北京一个文化界人士相聚的场所。在这里，文化是真正的主人，个性是真正的灵魂。

唐瑜颇为自豪地这样说：这个"北京二流堂"的地方，本来就很热闹，现在更是谈笑有鸿儒，名人高士，来往不绝；齐白石、老舍、梅兰芳、程砚秋、欧阳予倩、洪深、叶恭绰……连上海、天津、广州、香港各处的来人，如夏衍、潘汉年、阿英、黄佐临、张骏祥、柯灵、于伶等到了北京，也都前往栖凤楼。

除了唐瑜提到的这些人士之外，时常来到栖凤楼的还有毛泽东的秘书田家英，以及乔冠华等这样一些当年重庆时期共产党领导人。

黄苗子、郁风收藏有一封叶灵凤1951年9月从广州写来的信，信中这位远在香港的老朋友，盼望着抵达北京后在栖凤楼与大家见面。全信如下：

苗子、郁风兄：

我在廿二日从香港到了广州，将在廿四早乘车北上，特草此信奉告，尝有机会同诸位老友们一叙。你的地址怎么又是观音，又是栖凤？究竟哪一个对？我怕将来找起来很苦。到了北京住在何处，现在还不知道。一切再说罢。今天这里正在打风，从爱群楼上俯瞰珠江，白浪滔天。出去一次，什么都湿透了。

匆匆恕草草。

弟叶灵凤　二十三日

可以说，来到这里的新老朋友，乐意在繁忙、紧张的公务之余，寻找一点轻松自如的感觉。在这里，没有客套，没有拘谨，更没有彼此之间的利害冲突。大家完全可以抛弃掉或多或少的种种顾虑，在这样一个小天地里感受艺术、学术、人情的愉快。当然，相互之间也会有矛盾，也会有争吵，但那是与政治、与公务无关的领域，纯属个人生活的范畴。

"二流堂"的老朋友，也是老上级的夏衍，显然非常愿意在栖凤楼找到这样的感觉。当时他在上海工作，但一来到北京，不管公务如何繁忙，他都会找到机会来到这里和大家相聚。吴祖光回忆，此时的夏衍享受兵团级首长的待遇，因而每次外出，都有一位持枪警卫陪同。对于夏衍来说，来栖凤楼，来看这些当年的文化界朋友，这样一种方式颇令他有些不自在，他曾自嘲为"男起解"。不过，有的时候，他也一个人来。此时他便会显得格外轻松愉快。原来，他在过马路趁人多的时候，将警卫员甩掉了。谈笑声中，值得留恋的那种气氛那种感觉，充溢着这座小院。

令人怀念的时光和场景。

一张照片，记录下这些生性洒脱无忧无虑的文人们快乐的场面。照片上，在一次聚会时，漫画界张正宇嘴上套上银灰色长须，颇为形象地扮演齐白石。黄苗子、郁风和其他几位艺术家朋友围在一旁。看得出来，他们在出谋划策，为这一玩笑而感到开心。类似的场面，对于他们来说，并不为少。黄苗子不时表演他的拿手好戏，在聚会时模仿未能参加的一些达官贵人和艺术家朋友的笔迹签名，颇令一些局外人或者记者纳闷，而他则在一旁窃笑。于是，每当在这种聚会场合，他和郁风总是无例外地会成为一个热闹的中心。

文化的温馨和生活的乐趣，如同过去的岁月中一样，仍然是他们生活中最为美丽的基调。

这便是栖凤楼在他们人生中的真正意义。正是如此，"二流堂"才会在他们，乃至许多朋友的心目中占据着一个难以替代的位置。在他们眼里，它无疑如同是纷繁世界中一个值得珍爱的乐园。

潘汉年事件的阴影

"二流堂"人士和许多来自国统区的知识分子一样，在兴奋的同时，也就开始面对着新的课题新的考验。这便是思想改造。

他们中间，大多数都直接安排了工作，只有黄苗子和郁风走进了华北人民革命大学政治研究班。这是 1949 年 11 月。华北人民革命大学是在解放军进城之后成立的一所大学，一般简称为"革大"，以区别于另外一所大学——华北大学。后者是早在 1948 年就在石家庄创办的，也在 1949 年解放军进城之后迁至北京。华北大学和"革大"所招收的年轻学员，在经过一段时间培训后，大部分都成为南下工作团的人员赴南方参加土改等工作。华北人民革命大学政治研究班的目的则有所不同，它是专为那些与黄苗子、郁风经历相似的来自国统区的人士开办的学习班，作为安排他们工作之前的训练。

进入政治研究班学习的人士，和社会各界那些"留用人员"在含义上有区别。"留用人员"保持原有各自的职业，继续实行工资制。而一旦被同意进入"革大"，就意味着他们是革命队伍中的一员，和所有干部一样实行供给制。不过，他们却又并非荣耀的群体。他们需要补课，补革命理论的课，补革命历史的课，显然，在当时看来，对于他们这样一批人，包括民主党派的领导人，国统区的知识分子、文人等，这样的补课是必不可少的。这是从一个旧时代迈向新时代的重要过渡。

开国大典的欢呼声还在他们耳旁回荡，迎接新生活的那份兴奋也还充溢胸间，但他们面临的问题远比兴奋要多。和街头举目可见的士兵相比，和来自解放区的干部、知识分子相比，他们这些来自国统区的人士，在刚刚走进新生活的时候，便自然而然感觉出自己经历与资历的天然不足。由此，政治上的某种自卑与自我批判意识，也就油然而生，甚至不需要外部压力，不需要别人开导，他们都会产生一种加强改造、尽快跟上形势发展的内在要求。这要求，在当时的历史条件下，转变为对自我的否定并非一件难事。

其实，在开国大典之前于1949年7月举行的第一次文代会上，一些来自国统区的作家代表，已经明显感受到自身的惭愧与自卑。

重庆时期曾经也在"二流堂"里住过的演员、作家凤子，作为国统区左翼文艺界的代表参加了文代会。她谈到过当时的心情。她说，她和许多生活于"白区""国统区"的代表，为一个企盼已久的新时代终于到来而欢呼，也为能同来自解放区的同行们相聚而兴奋。但是，生活区域的不同，历史身份的不同，导致彼此的感觉和心情，有着明显差异。那些身着军装随着解放军的炮声大步走来的解放区文艺家，有资格拥有自豪与骄傲，相形之下，他们这些人是被解放的，这就难免带有一种无法回避的惭愧，甚至自卑。尽管他们也曾为新时代的到来而积极地工作过，但是，当这一历史时刻到来之际，解放者与被解放者，这种身份的区别，终归会影响着彼此的感觉。

的确，走进新生活的这些艺术家，他们面前是一条与以往大大不同的道路。他们的方向感，他们的步态，将因这条路的特殊而重新调整。他们业已形成的生活习惯、思想风格、话语方式，在许多方面，都将显得不合时宜。他们需要适应新的现实，他们需要调整自己改变自己。

1955 年 7 月 19 日，《人民日报》在头版下方中央发表了一则消息，题为《全国人民代表大会代表和上海各界人民拥护逮捕反革命分子潘汉年胡风》，第一次公开证实了潘汉年、胡风被捕的传闻。来自上海的消息写道：

据新华社上海十八日电，上海市各界人民得到全国人民代表大会常务委员会批准把反革命分子潘汉年、胡风逮捕审判的消息以后，都表示热烈拥护，一致要求严厉惩办这些反革命分子。

上海市许多机关、团体、工厂的工作人员和工人们，在获得消息的当天，分别集会座谈，和写信或打电话给报社，要求严办潘汉年、胡风这两个反革命分子。正在参加中共黄浦区委员会和提篮桥区委员会举行的扩大会议的共产党员们，对曾骗取中共上海市委员会第三书记和上海市副市长等重要职务的、钻进党内的反革命分子潘汉年，表示极大的愤怒。他们说：反革命分子潘汉年的揭露，进一步清醒了我们的头脑，我们要行动起来，投入肃清一切反革命分子的斗争。国营上海机床厂许多职工、劳动模范都热烈拥护把反革命分子潘汉年、胡风逮捕审判。

令人震惊的消息，令"二流堂"人士诧异、困惑、痛苦的消息。自从5月掀起的批判胡风反革命集团高潮以来，他们都身不由己地卷入其中。在国统区时，他们认识胡风，但并没有过多交往，不属于同一个文化圈。潘汉年则不然。从上海到重庆、到香港，他们一直是潘汉年的朋友，并在他的领导下开展工作。他们熟知他，了解他，爱戴和敬重他。因此，潘汉年被捕的消息，远比胡风被捕的消息更令他们痛切。

其实，自从潘汉年4月3日晚在北京饭店被秘密逮捕之后，关于他的下落，一直在"二流堂"人士们的关注和议论之中。一直与潘汉年密切合作的夏衍，其身份决定他很快就得知了潘汉年被捕的确切消息，但他又被告知不得将消息透露给这些与潘汉年曾经荣辱与共的文人朋友们。更何况，他本人当即受到一个月的审查，虽然幸免于难，但从此也将如同走在钢丝绳上，不得不小心翼翼谨小慎微地前行。

在这些与潘汉年熟知的朋友中，唐瑜这位被公认的"二流堂"堂主，与潘汉年关系最为密切。从1929年起，他就在潘汉年的领导下工作，相知而相亲。他所回忆的得知潘汉年被捕消息时的反应，完全可以代表"二流堂"这些人当时的心情。

那一天，艳阳高照，我的心上却蒙上了一层深厚的乌云。从早晨看到报上逮捕"反革命分子"潘汉年的新闻之后，耳朵里一直在嗡嗡地轰响，脑里混沌一片，眼前却是一团灰蒙蒙。我想我必须提早回家；我是早已熟读文件，经过多次的谈话；我早就应该有对这个"反革命分子"满怀愤恨的心情了……

回到家，我瘫倒在沙发上，一闭上眼，报上那一行行的字都在跳跃。中午过后，我听到铁门轻轻地推开了，一个啜泣的声音由远而近。走进屋，她张大泪眼，瞪视着我，冲上前，扑倒在沙发上，放开嗓门痛哭。哭也许能使人得到某种解脱，我没有劝止妻，条件反射，我也淌下了泪。

（《哀思和忆念——潘汉年、董慧二三事》）

黄苗子、郁风也陷入极度痛苦之中。抗战期间，在参与编辑《救亡日报》的过程中，在香港开展文化工作中，郁风常常与潘汉年有所接触，她所珍藏的一张广州时期《救亡日报》同人的合影上，便有潘汉年、夏衍等人。而黄苗子也曾多次向潘汉年伸出援助的手。他们总是以一种无比钦佩的目光注视着这位具有传奇色彩的共产党人。在他们眼里，潘汉年有文化、有修养，待人热情，值得信赖，对刚刚建立的这个共和国，有着卓越功勋。

可是，谁又能想到，一夜之间，功臣变为罪人，辉煌化为耻辱。如此迅疾的变化，实在令人无法接受。他们不明白，反革命分子的帽子，居然可以如此轻易、如此漫无逻辑地戴在一个人头上？

无奈。除了无奈，还是无奈。

他们当然不可能还顺着这样的思路想下去。他们也深知，政治舞台的背后，总是有许许多多一般人难以了解也难以理解的因素。特别是对于潘汉年所从事的工作，他们并没有过多的了解，因而也就无从对这一突发事件做出判断。只不过他们看重的是这个人的命运，从人的角度，他们不能不对正在发生的一切，感到痛心和悲哀。

重要的是对人的心灵影响。

熟悉的朋友们发现，自潘汉年事件之后，夏衍失去了在50年代初那种意气风发的精神状态。他变得兢兢业业如同一副小媳妇的样子，谨小慎微代替了他往昔的爽朗的声容。

一个转折。

潘汉年、胡风事件无疑是一个极为重要的历史转折。"二流堂"的这些文人们，从此走上了荆棘之路。不仅仅限于来自国统区的这些人，几乎所有知识分子，都将面对从未预想过的炼狱。他们会不断地重新排列组合，有些人甚至会走上流放之路，在不同的地点、场合相逢，分手，再相逢。

时光就将如此这般地流逝。与以往不同的是，他们不再产生创造的激情，他们不再被视为这个时代的佼佼者，他们不可避免地要在肉体和心灵两方面，经历漫长的磨砺。在回顾历史的时候，人们常常提到1957年的"反右"运动，而忽略1955年发生的潘、胡事件以及伴随发生的"肃反运动"。其实，这一年，也许才是当代中国一个真正重要的转折。

"二流堂"风雨飘摇

潘汉年事件之后"肃反运动"全面展开,"二流堂"中的人士中,此时直接受到比较严重的冲击的是黄苗子。

在潘汉年被捕后不久,正在国际贸易促进委员会工作的黄苗子,在"肃反"期间被隔离审查。他是1952年在国际贸易促进委员会秘书长冀朝鼎的邀请下,来到展览部工作的,专门协助冀朝鼎负责有关展览业务。黄苗子的级别开始为副处长(对外称展览部副部长),一年多以后,改称为"专员"。

黄苗子首先被审查与他的历史经历有关。黄苗子的父亲与国民党要员吴铁城关系密切,这样,从30年代初开始,在随后的将近20年时间里,黄苗子的生活道路也就与吴铁城无法分开。他的每一次职务的升迁,他的行踪的变化,几乎都与吴铁城有关。吴铁城担任上海市市长,他便先后在上海公安局监印科、上海市政府机要室担任科员;吴铁城担任广东省政府主席,他成为吴铁城办公室的机要秘书;吴铁城担任国民党中央海外部部长,他成为部长室总干事;吴铁城担任国民党中央秘书长,他被委任中央秘书长办公室总干事……有这样一些经历的人在肃反高潮中是不可能逃避的。此时,谁也不会考虑到他过去为革命所做过的一切。实际情况是,在国共两党对峙时期，他一方面在国民党重要部门担任要职，另一方面却支持和帮助郁风积极参与共产党领导的左翼文艺活动，甚至在历史的紧要时刻，从消息、经费等方面帮助他所敬重的共产党人。他在两种政治力量之间建立起一种特殊而微妙的关系。

可是，他未能想到，随着时间的推移，他的过去一下子成为他无法卸掉的历史重负。历史的复杂被简化为极其简单的存在，非此即彼，非我即敌。在这样一种情形下，他只能被一股无形的力量抛掷到一个旁人难以想象的窘境，进而以"右派分子"的身份，在逆境里品尝世态炎凉。

隔离审查黄苗子的直接原因，黄苗子回忆是与胡风批判有关。在全国批判"胡风反革命集团"的时候，他有一次在机关的休息时间，向几个年轻人谈起一件道听途说的事：胡风现在还在杭州西湖游玩。于是，有人打"小报告"到外贸部，结果在外贸部礼堂召开的反胡风动员大会上，一位副部长公开指出："到现在，我们部里居然有人公然给胡风涂脂抹粉，说他还舒舒服服游西湖。"随后，黄苗子便被贸促会宣布隔离审查。

最根本的原因，恐怕还是与潘汉年有关。实际上，在潘汉年秘密被捕之后，调查与之在地下工作时期有关的人员，也是一件重要工作。

1955 年下半年全面展开的"肃反运动",一个最为重要的内容就是审查所有与旧政权有关联的人。郁风回忆,在 1955 年的"肃反运动"中,几乎所有干部都要人人过关。

在这样的政治环境中,"二流堂"非常顺理成章地成为北京文化界一个引人注目的焦点。

中共文化部党组 1979 年 6 月 19 日的第 99 号文件,通告文化部复查委员会办公室发布撤销《关于"二流堂"组织活动情况的报告》通知。据此通知,可以得知,1955 年当时的文化部党组,曾经做出过一个《关于"二流堂"组织活动情况的报告》,这个报告曾将之定性为"反革命政治嫌疑小集团"。(参见吴祖光《"二流堂"奇冤大案》)

吴祖光回忆,他在"肃反"期间,曾接到夏衍的电话,让他去找所在单位北京电影制片厂党委书记田方,把"二流堂"的事情作一个说明。从这时起,吴祖光便有了一种不祥的预感。不过,仅仅是一次平静、和气的交谈,情形并没有进一步的恶化。

在文学界,所谓丁玲问题的重新提起,并被打成反党集团,也是在此时。

在这样的情形下,几个月时间在等待中流逝。经过反复交代和调查，黄苗子的问题并没有某些人所预料的那样严重、复杂。事实上他和潘汉年的关系，只是一般的朋友。特别是对黄苗子的情况非常了解的廖承志、夏衍，此时亲自出面证明和担保，才使黄苗子逃脱了第一次遇到的窘境。夏衍的这一帮助，后来在"文革"中成为罪状之一。在一篇大批判文章中这样写道："肃反运动开始后，夏衍又为他们打保票，甚至把一个国民党的反动官吏也说成是'帮了我们不少忙的进步漫画家'。"（《粉碎中国的裴多菲俱乐部"二流堂"》，《人民日报》1967 年 12 月 13 日）

阴影从此不会轻易散去。并且，它为一年多之后的大鸣大放埋下了伏笔，从而，导致又一次更大的、真正的厄运降临。

"大鸣大放"的亢奋

1957 年春天，"大鸣大放"高潮迭起，历史似乎给黄苗子类似遭际的许多人一个寻求公正的最佳机会。殊不知，一时的欢欣鼓舞和热情坦诚，不过是为后来的悲剧做一个铺垫而已。

关于"大鸣大放"和"反右"的发展过程和历史评价，其复杂性远不是三言两语能够予以概括和描述的。描述它，分析它，该需要一本本厚重的书。客观，冷静，真实，深刻，历史的悲剧，最终还得用这样的态度和文风来描述。

不过有一点非常明了。"大鸣大放"之所以能够在知识分子中间引起强烈反响，无非是执政党的一时间真诚与大度，重新唤醒了蛰伏于他们心间的民主、自由的渴望。这是"五四运动"带给20世纪中国的伟大遗产，它早已渗透于人们的灵魂与思想之中。虽然年复一年的思想改造，曾经卓有成效地使不少知识分子勇敢地放弃旧我，塑造新我，但是，这也许仅仅是外表的呈现。特别是，在一个丰富复杂的现实世界里，思想，绝不是几个口号几个概念一夜之间就可以改变的。对于那些曾经有过独立思考有过自我意识的知识分子来说，只要不是满足于政界学界的一时风光，只要不是宁愿躲避现实做一个局外人，他就有可能在"大鸣大放"这样一个氛围里，再次把握机会充分地表现自我。

民主总是与张扬个性密切相连的。

"二流堂"的人士，1956年下半年的一个具体举动就是想筹办一个同人刊物《万象》。在经历了反胡风和肃反的严峻斗争之后，1956年下半年开始出现的政治与文化的松动气氛，给所有人提供了表现的机会。而文化界人士纷纷提出创办同人刊物，是当时的一个热点。这些文化人，在三四十年代，早已习惯了自己编辑刊物，对1949年后所有刊物机关化、政府化，他们感到颇有些不适应。在他们看来，一个刊物，本应体现编辑群体的意愿与兴趣，自由组合在这里远比强行"拉郎配"要为重要。从自由和多样化的角度来说，他们当然更愿意有一些同人刊物重新出现。40年代在上海，柯灵等人曾编辑过《万象》杂志，现在郁风他们又提出在北京创办这样一个刊物。

不管他们是否清醒意识到，他们这一愿望，实际上是在寻求着与传统的连接。

申请递交上去，他们等待着批准。等待的同时，筹办工作也紧锣密鼓地进行。编辑人员也大致确定，除了当年在香港办《耕耘》时的张光宇、丁聪、冯亦代、黄苗子、郁风等人外，画家张仃等人也积极参与。

另一个社会焦点，直接与黄苗子有关。这就是对肃反运动中发生的不公正和冤屈进行申诉。文学界引人注目的是丁玲、陈企霞为自己鸣冤叫屈。黄苗子不是艺术界的重要人物，但对于个人命运来说，具有同样的性质。

1957年春天，出差在西安的黄苗子，从郁风的两封信中感受着北京热烈的气氛。

郁风的信并没有完整保留下来，而是残留在两张卡片上。这两张卡片，是"文革"中专案组人员特地摘录的，如今，成了"大鸣大放"期间，郁风、黄苗子思想、生活的最为真实的记录。

郁风的第一封信没有具体时间，从内容看应该是在 5 月间。郁风首先谈到了盛家伦的死。

盛家伦这位"二流堂"中知识渊博的佼佼者，在"大鸣大放"刚刚开始时因病去世，永远失去了表现其才华与学识的机会。不过，后来在历经磨难之后，他的朋友们反倒为他躲过了"反右"和"文革"的劫乱而庆幸。

郁风写道：

你在远地尚且不能抑止的为家伦痛哭，你想想我们吧！

……我们有很多感慨、牢骚、悔恨……他的死给我们两条自然的教训：尽可能给人间多留下些东西，想做而没有做的就快做吧！还有一条是围绕着他的死，在朋友间的体会，好像大家从来没有这样亲密过，从来没有这样互相关怀过。

这封信的重点是在介绍北京的"大鸣大放"局势，郁风显得很兴奋很乐观，她鼓动黄苗子将自己在"肃反"中的冤枉予以申诉：

这里大风大雨好不热闹。你们在下面一定隔了一层。昨晚自修来说外交部座谈会，也找了他去。他当场提了"肃反"的意见。我看你也可以用书面写封信给贸易部提出意见和要求。我继续寄文汇报给你吧，你必须懂得"新行市"，写文章才能放得开。明天文化部约美术界去提意见，有我，我准备也谈几条，而且把《万象》的事也要说一说。

另外一封信写于6月1日。和前一封信相比，郁风的情绪更为激烈，早年的热情和亢奋似乎又回到了她身上。从她的信中还可以看出，为黄苗子在"肃反"期间受到的不公正对待打抱不平，已成为"二流堂"友人们的共同情绪，他们都主张黄苗子站出来"鸣放"：

这些天来运动的浪潮经历着很大的变革，没有人不被它所激荡。

……你不能想象现在北大师大的民主浪潮……肃反问题也是一个中心。同学们说这并不是诉冤枉，而是通过这些错误可看出主观主义与宗派主义之害人。他们不同意说"成绩是主要的"。……只要深入了解，就知道学生们的觉悟是提高了。

我参加了版画油画家座谈会，……我越想越别扭，就拼到半夜三点多钟写了3600字。第二天我还不敢拿去发表，想再考查考查内部情况。……我也想为培养风格、流派而争鸣。把对《万象》一搁三四月的洽谈也作为例子。但前天到吴祖光处，他说陈克寒告诉他《万象》已于两星期前批准了。但我们至今未收到复文。对这混乱也不摸底。昨晚是王莹夫妇请师毅、司徒、张惠通、凤子等，饭后，我拉了师毅到八大人走了一遭（夏衍住处）。这几天很多朋友都找我说到你，祖光、正宇、谢蔚明、阿郎等都一致替你提到应该鸣一鸣。此时不说尚待何时？如你能把经过和连要求再见面谈清楚的请求都不理睬的情况谈一谈，并分析那里的宗派主义及主观主义之严重，工作中的错误，我想对于党在那里的领导是有很大帮助的……如果你有许多话想说，用它两天甚至三五天来干也无不可。

旅行家的稿子是否即可寄来？子冈通电话甚悔未和你们具体约定张仃、浅予画稿苗子写稿。

郁风的信，在"文革"中成为批判他们的罪证之一。在那篇著名的《粉碎中国的裴多菲俱乐部"二流堂"》大批判文章中，这样转述郁风的话："他们往来频繁，互通黑信，一个劲地欢呼'好气象'，'大风大雨好不热闹'，杀气腾腾地叫嚣

'此时不说，尚待何时'。"（《人民日报》1967 年 12 月 13 日）希望创办一个同人刊物《万象》的计划，在"文革"中的那篇大批判文章也受到这样的批判：

> "二流堂"的一个骨干分子曾扬言："共产党的最低纲领是新民主主义，'二流堂'的最高纲领是新民主主义。"……为了实现这个"最高纲领"，"二流堂"的头头们在一九五六年的冬天便积极酝酿筹办堂刊——《万象》，作为"自己的阵地"。"二流堂"骨干不仅扬言要把《万象》编辑部办成俱乐部，而且还明文规定：不许共产党"干涉内政"；专登一些党所领导的刊物的退稿；对《万象》的批评要进行反批评……。联系他们的政治纲领，"二流堂"的骨干们创办《万象》是为了什么，不是很清楚了吗？（同上）

实际上，黄苗子并没有如郁风他们所劝说的那样，积极向所在机关提出申诉。这并非是他有先见之明，而是事情的发展过于迅疾，等他从西安返回北京时，郁风所兴奋提及的局面不过是昙花一现的景象而已。他来不及在这方面有所举动，就被瞬息万变的风暴吹得难辨东西了。

栖凤楼人走楼空

秋风骤起，阵阵凉意袭人，吹落满树枯叶。随后，便是冬日逼近。

栖凤楼渐渐冷清下来。吴祖光、新凤霞夫妇早在1954年就从这里搬走，现在，1958年初，黄苗子、郁风一家也搬走了。吴祖光一家搬走，是因为自己买到一个共有十八间房子的四合院。而黄苗子、郁风搬走，则是因为愈演愈烈的"反右斗争"。随着1957年夏天政治风暴的来临，那些对"二流堂"历史渊源和现实行为的批判，使栖凤楼这个小院，变得引人注目，也令居住在这里的人们忐忑不安。无疑，在此种情形下，离开已经成为是非之地的栖凤楼，对于黄苗子、郁风来说，也许是不得不做出的选择，而且也会是最好的、必要的选择。同时，还有另外一个说法，说是文化部当时下命令要住在这里的人分开。有人记得，当时在文化部主管"二流堂"专案的一位副部长，在一次批判"二流堂"的大会上，这位副部长说过一番严厉的话，大意是："为了防止你们死灰复燃，我现在宣布，你们必须迁出去，不许再有拉帮结派行为。"

黄苗子、郁风他们搬到了位于南小街的芳嘉园15号，小院的主人是后来以研究明清家具和民俗而著称的王世襄。他们认识王世襄是在一年前。当时在音乐研究所工作的王世襄，时常来到栖凤楼拜访盛家伦，和黄苗子、郁风虽无深交却也相识。他听说黄苗子、郁风想搬出栖凤楼，就主动提出让他们搬到芳嘉园与他一家同住。

在黄苗子、郁风之后，张光宇一家也搬到芳嘉园，住进西厢房。张光宇是他们早在30年代就结识的老朋友。他们一家的到来，使这座小院更加热闹，芳嘉园似乎又成了另一个栖凤楼。

离开了栖凤楼，似乎是要摆脱"二流堂"的影响，避免给人以"小集团"的印象。但是，来到芳嘉园，也并非幽居之地，从他们天性来说，也更非乐意从此与外界保持一段疏远。物以类聚，王世襄的这个说法的的确确是对这些文人生活态度与方式的最好概括。在黄苗子、郁风搬来不久，黄苗子便被定为右派分子，而王世襄这个自认为是个不问政治的书呆子，也在音乐研究所被打成右派分子。同病相怜也好，命运巧合也好，这座芳嘉园小院，因为他们两家和张光宇一家相聚的缘故，从此北京又有了一个文人频繁往来的场所。

经常来往于芳嘉园的有聂绀弩、启功、叶浅予、沈从文、张正宇、黄永玉等。他们互相借书，谈文物、谈古文诗词、谈绘画。他们各有其侧重点，又有相同的兴趣，不时地相聚，带给他们满足与温馨。

无法更改的性情。

难以想象，没有朋友间的相聚，没有文化的切磋，这样一些文人的生活还有什么意义？

"二流堂"终于坍塌

"反右运动"终于以几十万人被打成"右派"而告结束。那些成为"右派分子"的人们，生活随即发生重要变化，他们，还有他们的家庭，将不得不在逆境中走艰难的路。与之相随的是，一个民族因为失去大量知识精英和人才，而不得不在现代化行程中步履蹒跚。

他们不知道未来还会遇到什么，也无法期望会有一天得到彻底平反，相继成为不同领域的佼佼者，在事业上重新闪耀光华。这当然只能是当一切都成为过去之后，后来人细细评说的历史过程。而在1957年刚刚结束之后的那些日子里，所有那些当事者，只能用诧异的目光打量周围的世界。已经发生的一切，变化如此迅疾如此出乎意料，的确令他们惶惑。尽管也许有少数人可能有比较清醒的认识，或者说不满

1957年参与筹办同人杂志的几位，晚年聚会于夏衍家中。左起：吴祖光、黄苗子、唐瑜、张仃、丁聪、郁风。

于现实带来的这一打击。但大多数人恐怕只会是默默地接受现实，任命运在历史漩涡中旋转，抛起，再跌落。

这也是一种生活。

他们的人生，从现在起注定要以这样的方式来构成。

摇摇欲坠的"二流堂"，终于坍塌在这场风雨中。从重庆到北京，先后在"二流堂"居住过的人士中有不少成了"右派"。他们所在的单位分别是：吴祖光、戴浩，北京电影制片厂；丁聪，《人民画报》；黄苗子，人民美术出版社；高汾，北京《大公报》；冯亦代，民盟北京分会。另外，还有在栖风楼办过公的《新民报》负责人、新闻界名人陈铭德、邓季惺夫妇……即便不把因为他们的影响和牵连而打成右派的人数计算在内，这个数字在"二流堂"中所占比例也是相当大的。没有被打成右派的郁风、新凤霞等人，也同样承受着巨大政治压力和生活的磨难。

"反右"中，"二流堂"人士中，名声最大、影响最大、受到批判也最为猛烈的是吴祖光。在批判中，吴祖光被视为北京"二流堂"的"堂主"。并且，不限于原有的黄苗子等这些重庆时期的老友，还将与他关系密切的一些年轻文艺家，如杜高、田庄、陈敏凡、陶冶、罗坚、蔡亮、杜鸣心等，说成是以吴祖光为中心的一个名叫"小家族"的小集团。从此，重庆时期被称为"堂主"的唐瑜，渐渐退到了后台，吴祖光则被视为北京时期"二流堂"的主要代表人物，并且因为吴祖光的缘故，在反右斗争中，"二流堂"与"小家族"，成为一种历史的沿袭与连接。翻开当年的各种报刊，连篇累牍的批判文章，使吴祖光这位曾被视为"神童"的剧作家，几乎一下子成为"政治明星"，从而"二流堂"也在更大的范围内令人们熟知。只不过，他们不再是本来模样，而是面目狰狞的"右派"集团。

历史终于被嘲弄。

对吴祖光的批判，主要集中在他在"鸣放"时期发表的两篇重要文章，一是在《戏剧报》1957 年 10 期（6 月 11 日出版）发表的与《戏剧报》记者的谈话《谈戏剧工作的领导问题》，一是在 5 月 31 日中国文联举行的第二次整风座谈会上的发言，后来作为反面材料以《党"趁早别领导艺术工作"》为题发表于《戏剧报》1957 年 11 期（7 月 31 日出版）。

吴祖光对文艺界新人寥落的现象进行反思。他认为，文艺有着其特殊性，而主观主义、教条主义、宗派主义、官僚主义的行政领导，却不能有效地发展文艺。相反，事实证明，这样的行政领导必须摈弃。他这样描述现实中的文艺状况：

而我们真正的年长的，以及年老的某些专业文艺工作者，堪称为专家的艺术家们却由于长期地"依靠组织"的结果；长期地被粗暴压制和干涉的结果；小心翼翼，顾虑重重，金人缄口，寸步难行；不要说难以比拟戴着红领巾的小学生，比保育院的婴儿还要难以自处，失去了独立生活的能力。

由此，他对文艺领域的行政领导进行质疑：

谈到领导，我所理解的文艺工作的领导是马列主义的党的思想领导。在社会主义事业无限蓬勃发展的新社会里，马列主义是我们全国人民所共同奋斗前进的指导思想，这是毋庸置疑的。但是在过去这些年的文艺工作中，我总感觉到所谓领导常常只是行政的、事务的、物质的、团结、统战一类的领导。假如是这样，对于文艺工作者的"领导"又有什么必要呢？谁能告诉我，过去是谁领导屈原的？谁领导李白、杜甫、关汉卿、曹雪芹、鲁迅？谁领导莎士比亚、托尔斯泰、贝多芬和莫里哀的？……

他反复强调文学艺术的特殊性，反对"外行领导内行"：

正由于文学艺术是传达感情、反映生活的艺术，因此它就非常容易获得任何人的喜爱和关怀。任何人都会对它感觉兴趣，任何人对它都有发言权。也正是因此之故，外行人能够以他自以为是的理论，甚至于仗恃权势强词夺理来领导。孔夫子说过："人之患在好为人师"，在这种最具诱惑人的魅力的艺术作品之前，我们必须学得谦虚一些，实事求是一些，公平一些，关心别人一些，才能使我们为人民的艺术百花齐放，走向真正的春天。（以上均引自《谈戏剧工作的领导问题》）

在文联召开的座谈会上，吴祖光还就1955年的"肃反"发表了看法。显然，朋友黄苗子在1955年的遭遇，甚至包括像潘汉年这种人的命运，促使吴祖光坦率直言：

肃反是搞重了，面搞宽了。北大、戏曲学校……都很严重。肃反很欠思考。有些人解放前对革命忠心耿耿，做了很多工作，而肃反中却狠狠地斗了他。这是不公平的。这些同志若想出卖党，在解放前是轻而易举的；出卖了党还能做官，而且无人知晓。他们过去不出卖党，在解放后又如何会反革命？在旧社会受冤枉，被国民党冤枉，死了，千千万万人民同情他。今天不然，人民政府代表人民，如被冤为反革命，则人民都会说他是反革命，他会死不瞑目了，如不予昭雪，那真是很残忍的事。肃反这种斗争方式，即使在专制时代，也都是罪恶。（《党"趁早别领导艺术工作"》）

"二流堂"的人们在思想、性格等方面，可能与吴祖光会有所区别，也不一定都赞同他在"鸣放"时期发表的所有言论，但，在许多方面，可以推断，吴祖光集中反映出了他们平时的所思所想。如此尖锐、激烈的言论，在无情的"反右"斗争中，会面临灭顶之灾，并不会令人感到意外。

"二流堂"中另一个被公开点名的是黄苗子。

黄苗子究竟在"鸣放"期间有哪些举动，由于没有像吴祖光那样公开发表文章，也就无法详尽描述。不过，根据当时一篇著名的批判"二流堂"的长文，可以略有了解。

这篇文章即是在《戏剧论丛》1957年第四辑（11月27日出版）上发表的《从政治上、思想上彻底粉碎"二流堂""小家族"右派小集团——10月28日在批判右派分子吴祖光和"二流堂""小家族"右派小集团大会上的发言》，作者是当时担任文化部副部长、负责领导文化部反右斗争的刘芝明。这篇长达近三万字的批判文章，洋洋洒洒，势如破竹，将"二流堂"牢牢捆在了政治的耻辱柱上。这篇带有结论性的发言，可以说是在"反右"斗争中所有关于"二流堂"的文章中最为重要的一篇。

在这篇长文中，只有两个人被点名批判，一个是吴祖光，另外一个就是黄苗子。而且，从行文口气看，黄苗子是比吴祖光更为"狡猾"、更为"老到"的政治骨干。

文章的一开头就这样写道：

在反右派分子吴祖光斗争中，揭发出了"二流堂""小家族"两个右派小集团，吴祖光则是这两个小集团的中心人物。当今年五、六月间社会上资产阶级右派乘党整风之机，向党向社会主义进攻时期，吴祖光挂帅，经黄苗子建议选择了举足轻重的文联座谈会和《戏剧报》放出了纲领性的反党反社会主义的政治言论。（冤哉"建议"！——黄苗子1997年注）"二流堂"和"小家族"骨干们就在其所在的机关、单位使用他们可以使用的各式各样的武器响应吴祖光的号召，而黄苗子更亲自跑到西安等地放火，他们就这样向戏剧、戏曲、美术、电影、出版等方面进行了恶毒的攻击。

据该篇文章称，是黄苗子在幕后挑唆吴祖光在"鸣放"期间"大打出手"。在另外一个地方，甚至明确表明作者更看重黄苗子的作用："在这次较量中，特别是资产阶级知识分子劲头大，吴祖光，和北京时期的'二流堂'的骨干分子黄苗子等也不例外，他们认为大鸣大放是进攻共产党的时机来到了。吴祖光是没有什么政治斗争经验的，却也要出头显示一番身手，而政治老手黄苗子最终也忍耐不住，到底上阵来了。"

吴祖光和黄苗子在这里完全被看作是"二流堂"的"罪恶化身"和代表。

文章写道：

全世界现在是处于社会主义的伟大时代。而中国已经是社会主义革命时代。资本主义在世界范围内已经是没落死亡的时期，在中国则是正在被消灭的过程中。这是马克思列宁主义的真理，并经四十年的政治实践证明了的真理。

但是吴祖光和黄苗子则偏偏认为这个真理是教条，小看了科学的马列主义分析历史进程的结论。他们想违背实际与真理，要较量一番。

黄苗子说："在中国实行社会主义过早了一些，不经过资本主义不可能实行社会主义！"这句话是"二流堂"的一般理论，共同语言。但这种理论并不是黄苗子发明的，在二十年前已为叶青托派之流唱过了。

文章摘录了一段黄苗子在"反右"开始后写的检讨：

黄苗子这种政治思想，不仅有他的理论而且还有他亲身的政治经验。他在他的检讨中曾这样说过："眼看我自己所依附的阶级集团要垮台了，我不甘心这个阶级的垮台，我决心要维护这个阶级和集团的既得利益，于是我就想只有资产阶级的开明民主政治能够挽救它。我幻想美国能帮助我国建立一个新的资产阶级民主政权，我确实看到以蒋介石为首的国民党保守派逐渐走向死亡，但我希望美国帮助国民党内部的部分开明的官僚资产阶级和国内的资产阶级能掌握政权。"

在作者看来，这样的知识分子，无论如何是不能被这个新时代所接受的。黄苗子也好，吴祖光也好，"二流堂"的其他一些人也好，从一开始就面对的改造难题始终没有解决。如今，在一种更为激烈也更复杂的局势下，他们也就无法避免地被推上了陡峭悬崖。

下面所引的大段论述，在时光流逝 30 年后，仍然耐人寻味：

吴祖光、黄苗子等是资产阶级知识分子。他们差不多都是在旧社会里混过很多时的人。他们有的是"神童"，是作家，是学者；有的还是在旧社会做过官的，他们的出身、环境生活条件，工作职业各有不同，他们的性格也不同。不过，有些是相同的，或者大体上是相同的：就是他们与旧社会的联系很深，与进步人士和共产党人也都有来往，他们的人生观、政治观点、生活方式等则基本上一致，他们到新社会以后，对党对社会主义开始是观望，继之是不满，有距离，不肯合作，赶到反右派斗争时，他们就成为反党反社会主义的资产阶级右派了。

这批知识分子大体是曾经生活在新民主主义革命阶段，特别是在抗日战争和解放战争年代，这些年代是阶级斗争和民族斗争最尖锐的时期；他们现在又生活在更加激烈和深刻的消灭剥削消灭阶级的社会主义革命时代。这个时代对于资产阶级知识分子的变化、震动、考验是历代所未有的，也是过去所不能看到的。黄苗子在这一点上比别人感受得深一些，从他那里听到了在革命激烈地变革中的各类资产阶级知识分子的心声。他将这种类型的知识分子加以分析说道：

"每一个改朝换代，总是知识分子最苦闷最彷徨的时候，那时有些人不择手段去寻找个人出路；有些人则不愿廉价出售自己，却冷静地分析这个新动向；寻找个人出路的人，迎合时尚也是一件苦闷的事，因为这个时尚有时不一定是自己愿意迎合的。但更苦闷的该属于冷静分析这种新动向的人；……他并不是不想干，而是有所不为的知识分子的典型性格限制了他。我有时想，高傲、孤芳自赏都不是一个人的自然性格，而是环境把他造成这样的。"

黄苗子是明确地坚持知识分子要走资产阶级的道路，反对知识分子走工人阶级的道路。显然，他分析在大变革中的旧知识分子的三种类型，是资产阶级的右派观点。他没有说他自己和吴祖光是属于哪一类的，根据我的分析，他们是属于冷静地观察新动向的人。

经过作者高屋建瓴般的论述，对个人的批判顿时具有了群体意味。在这里，吴祖光、黄苗子就不再是简单的、孤立的个人，而成为某一类型的知识分子的代表了。

幸或不幸？

和其他一些右派相比，"二流堂"在批判者看来，不仅仅是简单的思想认识的错误，或者仅仅是因为对部门领导不满而发泄情绪。不，他们是一种政治上的集团，是性质更为恶劣的"反党反社会主义"的政治"小丑"。

那篇带有总结性的批判文章这样为"二流堂"和"小家族"定性：

因之，这两个集团就不是一般落后的非政治性的集团，乃是有强烈政治欲望的集团。他们不是个别人的活动，而是集团性质的，代表资产阶级右派的政治动向的集团。他们有纲领，有组织，有活动，他们想用资产阶级右派势力去推翻工人阶级和共产党，是想用资产阶级的政治路线去推翻社会主义的政治路线。这是大是大非问题，是政治问题。

"二流堂"与"小家族"右派集团，从揭发的大量事实看来，资产阶级的政治观点、思想理论、生活方式、政治活动各方面都相当完备。"二流堂"和"小家族"的特点是腐蚀性大、破坏性大、欺骗性大、反动性大。

为什么说他们的腐蚀性大呢？是因为这批人物具有资产阶级（还有封建士大夫派头）的最丑恶的、阴暗的肮脏的灵魂。这个灵魂分析起来就是金钱、名誉、地位和享乐。然而，这些都不是直截了当地公开表露出来的，是用"神圣"的光彩涂抹的，是用资产阶级的民主、自由、爱与人性涂抹的，是用继承封建的"纯朴"、"清高"、"玩世不恭"涂抹的。这两个小集团反对共产主义世界观，说学习马列主义就把人们的意识弄得单调无味，是社会主义时代是公式化概念化的时代。

为什么说他们的破坏性大呢？是因为他们不遵守社会秩序，破坏法律，反对组织力量，使个人胡作非为，只要民主，不要集中，只要自由，不要纪律，每个人随心所欲，不要统一意志。

为什么说他们的欺骗性大呢？是因为他们耍两面派，表面进步，实际反动。意识本是丑恶的，但以动听的理论、"崇高"的情操掩盖其极端的自私自利和剥削意识，用批评共产党的缺点来打倒共产党，用批评社会主义制度的缺点来打倒社会主义制度。

为什么说他们的反动性大呢？是因为他们有政治纲领，有政治活动。组织两个反动的小集团势力。这两个小集团，是老辈集团与少辈集团，彼此互相策应。他们有所谓理论家，有所谓政治老手，有所谓社会联系，特别可恶的是他们将资产阶级的最丑恶、最阴暗、最肮脏的东西集中起来从思想、政治观点、社会联系到生活方式方面顽强地表现与扩张，腐蚀人们的灵魂。

他们是一股反动的政治势力。

如此严厉、如此系统的批判，丝毫不亚于当年对最引人注目的章伯钧、罗隆基"章罗联盟"的批判。在文化界，它也足可以与对丁玲、冯雪峰的批判相比拟，不过，将之定性为"反动的政治势力"，其严重的程度恐怕要超过其他许多同样在这次运动中陷入逆境的人。

黄苗子后来再见到刘芝明是在 1962 年。当时经阿英推荐，黄苗子参与筹办纪念曹雪芹 200 周年诞辰大型展览。一天，担任副总理的陈毅在文化部领导齐燕铭、阿英、刘芝明的陪同下前来参观。郁风清楚记得，见到黄苗子，刘芝明颇有些尴尬，要握手却又不好意思伸出手来，只是说了这样几句："苗子同志，听同志们反映，你这几年的改造，成绩不错呀！"在这样的时刻，他们各自大概都不愿意回想几年前发生的事情，当然，更不会预想四年后另外一场更大风暴席卷而来的情景。那时，刘芝明将和他曾经批判过的这些人一样，同样避免不了肉体和灵魂的摧残。

北大荒悲怆伐木人

火车缓缓驶离北京站，朝东北开去。目的地是黑龙江的北大荒。

这是一列普普通通的客车，如同所有客车一样，大概没有格外引人注目的地方。一样的拉响汽笛，一样的喷吐蒸汽和黑烟，一样的消失在尽处。不过，对于坐在车厢里的人，和站在站台上瞩目送行的人，这却不是一列普普通通的列车，更不是一个普普通通的日子。

列车上的几百人，都是文化部系统的右派分子，属于在运动中被认为性质严重、必须进行劳动改造的一批人。他们将远离北京，远离亲人，被送到荒凉的北大荒，在垦荒过程中来使之从灵魂到身体得到脱胎换骨般的改变。

在他们中间，有黄苗子、丁聪、吴祖光、高汾等"二流堂"中的"右派分子"。

丁聪回忆：

反右开始后，批判"二流堂"，要我交代苗子，我交代不出什么。定案后，我也成了右派。那天去听报告，要我们报名去北大荒。会后，我和苗子两个人商量，是不是报名去。商量结果，我们想反正我们错了，就去吧。那时只知道错了，但不知道错在哪里。这样，我们就一起去了北大荒。（1996年8月12日与李辉的谈话）

在那些日子里，对于车上和车下的许多人来说，人生转折的变故，显得那么突然而茫然不知。他们是错的，这一点他们不会有多少质疑。问题却是，他们该如何看待这样的错误，该以什么样的方式和途径，达到正确的彼岸。他们中的绝大多数人，都显得那么真诚，晶体般透明，尚未学会在复杂情形下掩饰内心的一切。在突兀而至的风雨面前，他们既不是思想家，可以深邃而洞察未来；也不是勇者，敢于藐视周围的一切。他们只是普普通通的知识分子。在这个特殊的年代和环境中，他们只能用毫不惊人，甚至让后人难以理解难以接受的方式，走进苦难。一个个人，无论如何，是不可能与整个社会对立的。他们是那么善良、朴实、天真、单纯，他们只学会了彻底否定自己，而不可能去想其他。就这样，这些在中国堪称文化精英的一群落难者，并不悲壮地走上了流放之路。

于是，从历史意义、文化意义、人生意义诸方面来看，黄苗子乘坐的这次列车称得上是一列特殊的列车。坐在同一列车上的，除了黄苗子、丁聪、吴祖光、高汾、田庄他们这几个"二流堂""小家族"的成员之外，还有文化界其他一些著名人士，如聂绀弩、刘尊棋、谢和庚、荒芜、胡考（《人民画报》总编辑、漫画家）、萧离（《大公报》著名记者）、李景波（北影厂演员）、莫桂新（指挥家、歌唱家张权的丈夫）、尹瘦石（画家）……他们将一起在北大荒度过一生中最为艰难的日子，有的甚至将长眠那里，永远不会回到北京，回到亲人身边了。

火车向黑龙江驶去。

这支特殊的垦荒队伍抵达的北大荒，当时只限于环绕完达山的虎林、密山、饶河一带，其范围，远没有后来知青奔涌而至时的北大荒那么广袤。在被喻为雄鸡的中国版图上，此时的北大荒，正好位于这只雄鸡的嘴巴上。这是中国的最东部。完达山贯穿其间，兴凯湖依偎身旁，隔乌苏里江与苏联相对。

北大荒与苏联接壤，而中苏关系又处在良好状态，这也许可以看作将一批被视为有问题的右派，连同刑事犯一起流放这里劳改的另外一个重要因素。特殊的地理位置，可以避免这样一些人逃离出境。黄苗子回忆，到60年代中苏关系开始恶化之后，右派和劳改犯便陆续撤离北大荒了。

黄苗子他们新的生活，就在这片刚刚开始唤醒的土地上开始。

出现在他们面前的是满目荒凉。

把这样一批文弱书生发配至北大荒，显然受到这一年春天刚刚兴起的开垦热潮的影响。

从1958年3月到8月，号称有十万中国人民解放军转业、复员官兵到达北大荒，开始北大荒垦荒史上最大规模的进军。据记载，从这一年3月开始，一列接一列的火车，把转业军人及其家属运到密山，然后分乘卡车转运虎林、饶河各地。如今，这批自卑的人们，走进了他们的行列，在转业军人们的监督、管理、教育下，这些早就不从事体力劳动的脑力劳动者，以比垦荒者更为低贱的身份，开始从事与他们的职业、体力、特长都不相符的惩罚性劳动。

毋庸置疑，开发北大荒，是垦荒史值得大书特书的壮举。然而，对于黄苗子这批人来说，壮举的背后，却不可避免包含着另外的内容。不在于他们是否可以和士兵、农民一样投身于垦荒，而在于，劳动并非一种神圣，更非一种人生选择。精神、知识、人格被贬斥，业已形成的社会分工，被强行扭曲，于是，个人和民族的悲剧也就与壮举同时上演。这是当时的人们未必意识到，而今天的人们必须正视的历史。

火车抵达密山后，大家又分乘汽车抵达虎林。黄苗子、丁聪、高汾等分配到密山县正在筹建中的850农场。同在850农场的还有聂绀弩、刘尊棋、荒芜等。吴祖光分配到宝清县853农场。

这些新抵达的特殊人员，和其他垦荒大军一样，住进自己搭起的草棚里，当地叫作"马架子"。

"马架子"呈 A 形，大草棚里，人均半米之地，中留两米宽的通道，通道两边顶墙起居，冰土上铺有高约20厘米厚的鲜柳枝条，上铺约10厘米厚的草，无席无帘。这便是他们这些人的栖身之地。

刚刚住下，黄苗子他们就投入到修建水库的施工之中。

一到不久，就宣布在我们住地下坡挖一个大水库，为了纪念五一劳动节，定名为"五一水库"，以表示这些人都拥护劳动改造。这水库是由一位土工程师设计的，经常修改计划，挖了又填，填了又挖。从5月到9月底，终于算完成了。七一前夕，为了动员大家向党"献礼"，提出"白天晚上不停干"，以表"忠心"。"夜战一星期"等口号，督工的生产队长（穿军装的）随时用"板报"表扬批评，提出"分组、分班大竞赛"。果然奇怪，我确实跟着大家一口气干了七个24小时。（那时我已45岁）熬过来了。睡了一整天，也就没事。记得我和小田庄（比我小20岁）抬一副筐，搭档得很好。但事后他病倒了，躺了好几天。记得一个满是星光的夜晚，在吹哨休息的时候，田庄望着天空喃喃自语说怪话："共产党员是特殊材料制造的，制造右派分子的材料则更加特殊。"……丁聪当年是参加过五一水库的劳动的，但未完工前，他就调离云山，到虎林去编《北大荒》杂志。（1997年10月13日致李辉）

水库在夜以继日的抢修下终于建成。然而，第二年，一阵洪水冲来，它不堪一击，被冲得一片狼藉。所有的艰辛和努力付诸流水。

在修建水库的时候，黄苗子、丁聪、高汾这几个"二流堂"的成员，还担负办墙报的任务。丁聪画报头，黄苗子和高汾组稿。但刚刚进行几天，便有人向上面反映他们是反党小集团，仍然在一起活动。他们很快不得不戛然而止。而打小报告者，也是同样作为右派发配来劳改的人。人性居然扭曲到这种程度，不能不令他们为之伤悲。

抢修水库，只能算是小试牛刀，真正的考验伴随着冬天的来临而来到。

北大荒的冬天来得比北京早得多，还不等这些文人们熟悉脚下的土地，进完达山伐木，便成了他们的首要任务。

在通了公路的今天，如果乘坐汽车穿行在完达山，会感觉这座山并不险峻，被多年大肆砍伐后的森林，也没有原始森林的那种莽莽气势。可是，当年的完达山，在这些陷入逆境的文人们看来，却无疑是一座令人望而生畏的所在。步行爬行在蜿蜒曲折的山间小路，原始森林似黑夜张开深不可测的大口，仿佛会把他们吞噬。伐木，即使对于转业军人和当地山民来说，也不是一件轻而易举的活儿。可是，如此艰苦和危险的劳动，会一夜之间突然降临在这些文弱书生身上。

辉煌的垦荒壮举，在他们身上，却是刻骨铭心的磨难。因为，对于他们，垦荒的本义已经超出劳动范畴。改造，在北大荒这片土地上，才是他们生存、劳动、磨难的应有之义。有了这样一些他人不具备的内容，伐木，或者他们从事的所有其他劳动，就再也无法让后人寻找出多少伟大、光荣了。

完达山并不险峻，但恶劣寒冷的天气，生活条件的艰苦，伐木过程的危险，对于这些文人来说，却是无比险峻的现实。他们不得不从精神到肉体都经受这一刻骨铭心的考验。

分到850农场的"右派"们，差不多都参加了冬天进完达山伐木的劳动。

他们住进了在山上搭起的工房。据当年的伐木者们回忆，工房用圆木垒成，长长的像一条船，中间是一条长长的地炉，两边沿墙是两排长通铺。一般一个工房要住五六十

20世纪60年代从北大荒归来后的合影。左起：吴祖光、丁聪、黄苗子。

人，每人大约占铺一米宽。一个大工房只有一盏煤油吊灯，冬天晚饭后那段时间最难过。晚饭后，照例先是每日必开的当日工作检讨会、生活学习会，会后各自躺在床上休息。除了少数几个人燃起松明子写家信、看书、下棋，绝大多数人只有躺在铺上想心事，听屋外积雪压枝的声音，或者远处隐隐传来的狼嗥声。

诗人荒芜虽然和黄苗子不在一个连队，但他也是伐木者。他对当年伐木生活的回忆，相当准确和详细。可以作为黄苗子此段经历的参照：

一九五八年冬和一九五九年冬，我们这些充军到北大荒去劳动的"右派"，曾先后两次到黑龙江东北边疆完达山上去伐木。每年九月上山，次年三月下山。那是个穷边酷寒之地，冬季平均温度在零下三十余度。山高林深，荒无人烟，日唯与熊黑、野猪、黑熊为伍。伐木工作又多少带些危险性，稍一不慎，便容易发生伤亡事故。生活供应更差，每天只能以高粱米、棒子面、干白菜果腹。（《麻花堂外集》后记）

一位也成为"右派"的作家舒芜，20 世纪 90 年代在读了荒芜的《伐木日记》后，用极为悲愤的语调，概述了荒芜笔下所写的伐木生活的艰难、危险和惨状：

　　他们受的是什么样的罪呢？前面已经说过，他们是在穷边绝塞，在酷寒、饥饿、劳顿中，在死亡线上过日子。他们伐木，两人一组，每组每天的定额是八个立方米，相当于双手合抱的大树五六棵。每一棵大树倒下的一刹那，都是生死存亡的一刹那。最要紧的是判断树会向哪面倒，却很不容易。首先得看它倾斜的方向和倾斜度，其次看它的枝丫伸展的情况，地形和风向也要考虑，最使人恼火的是那种四平八稳的树，最容易夹锯的也是这种树。倒向的判断一失误，就会发生大事故。……各种树在不同的季节、不同的温度湿度中所起的物理变化也得注意。这个工房的老晁和小褚就是在合锯一棵树时，树忽然劈开，把老晁打死，把小褚的左腿骨打折。有时，一棵树伐了下来，却又被另一棵树架住了，叫作树挂，你要是对它没有认识，走到下面，一阵风来，说不定就会把你砸死。为了消灭树挂，把架树的那棵树放倒，叫作放挂。放挂最危险，敢于放挂的才是林场上的勇士。伐下来的树，还要截材，截材是在山坡上干活儿，一不小心就会被上面滚下来的大段木头把人压扁，叫作擀了面条。这个伐木队的老于，就是在一个月夜截材时被擀了面条的。冬天伐木，要力避一开头就弄得浑身大汗，宁可穿一件单衣干活，也不让汗湿内衣，那样的话，停止活动的两分钟内，就会结冰，就只好穿着一件结了冰的衫子干活。但是，他们每天下工，都要扛一根枯木回工房来烧炕，又常常要走五六十里山路去背粮，每人背五六十斤，诸如此类的事，都免不了出汗，又少有洗澡的机会，于是几乎人人身上都有虱子。

完达山伐木，虽然短短几个月，但这种经历却是"二流堂"历史中浓重的一笔。

走过浩劫，再获新生

风暴再起，"二流堂"又一次被卷进漩涡。

据 1979 年中共文化部党组为"二流堂"平反文件称，"文革"中对"二流堂"重新审查和大加讨伐，是在 1967 年 8 月间。批判"二流堂"被认为是林彪、"四人帮"所为，其目的是为了对准周恩来，因为周恩来在重庆时期乃至后来，与"二流堂"中的许多人有着较多往来：

"四人帮"把"二流堂"说成"反革命的裴多菲俱乐

部"，把住过"二流堂"和与"二流堂"有过来往的人一律打成"反革命"。一九七〇年初，叛徒江青在一次会上，信口开河，语无伦次地说：三十年代是"四条汉子"，四十年代是"二流堂"，五十年代是"裴多菲俱乐部"，六十年代是"五一六"，显然是别有用心的。一九六七年八月间，在林彪、"四人帮"控制下，对"二流堂"进行审查，这是一支毒箭，矛头是射向敬爱的周总理的。（《所谓"二流堂"的简况》）

一张当年造反小报的专号，留下了风暴肆虐的印记。这张专号由黄苗子所在机关人民美术出版社造反组织"红小兵"的小报《红小兵》，与天津南开大学的造反组织"卫东"的小报《卫东》，在 1967 年 10 月联合出版的"联合版"（以下简称"联合版"）。

"联合版"在左上角上加框醒目地刊登一则"最高指示"，内容是毛泽东在 1955 年为《关于胡风反革命集团的材料》所写的一段按语："过去说是一批单纯的文化人，不对了，他们的人钻进了政治、军事、经济、文化、教育各个部门里。过去说他们好像是一批明火执仗的革命党，不对了，他们的人大都是有严重问题的。他们的基本队伍，或是帝国主义国民党的特务，或是托洛茨基分子，或是反对军官，或是共产党的叛徒，由这些人做骨干组成了一个暗藏在革命阵营的反革命派别，一个地下的独立王国。"这段当年用在胡风和朋友们身上的话，如今，在"文革"中自然轻而易举地又用在了早在1957年就被打入另册的"二流堂"成员们的身上。

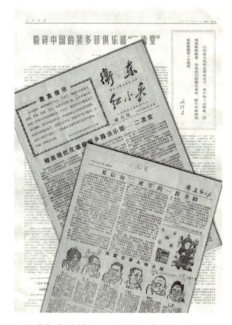

"文革"中批判"二流堂"的各种报刊

　　"联合版"为八开四版，用将近三个整版的篇幅，发表长文《彻底砸烂反革命裴多菲俱乐部——"二流堂"》，第三版上方，以将近半个版的篇幅，发表《打倒"二流堂"的黑老板夏衍》。以上两篇文章均未署名。第四版上方，发表《夏衍和"二流堂"的一出丑剧》，文后署名为"中央美术学院批判'二流堂'战斗组"。除这三篇文章之外，"联合版"还发表了"二流堂"的堂章和堂徽，另有一组肖像漫画，题为《关于"二流堂"主要人物介绍》，被画为漫画的人员为：夏衍、唐瑜、吴祖光、叶浅予、黄苗子、丁聪。漫画未署作者。漫画竭尽丑化之能事，但在捕捉人物形象特征上也反映出作者具有一定功力。

批判"二流堂"的"文革"小报

最为重要的文章无疑是《彻底砸烂反革命裴多菲俱乐部——"二流堂"》。这是一篇充满讽刺、挖苦、丑化、谩骂语调的长文。历史被歪曲被丑化，人格被侮辱被鞭挞。一批本来成就卓著、个性鲜明的艺术家，在文章中完全成了一群"乌合之众"。文中对重庆时期"二流堂"的描述，颇为典型地反映出其拙劣文风：

　　当时，在夏衍和狐朋狗友中，有个公子哥儿唐瑜，靠着他在缅甸经商的华侨哥哥，经济富足，在重庆黄家垭口"四德村"盖了两幢房子，自己住一幢，另一幢送给了他的黑主人夏衍。于是，这个地方便像招引苍蝇的厕所一样，勾来了一大批反动文人。金山、张瑞芳、盛家伦等也聚居到这里；吴祖光、黄苗子、丁聪、叶浅予等也常在此鬼混。这帮人多数没有正式职业，群居终日，高谈阔论，无所事事。夏衍靠着这一群小喽啰，他们也正要投靠夏衍作为靠山，尤其是黄苗子、吴祖光、丁聪尤受夏衍青睐，被封为"三神童"。当时，郭沫若看到他们这个样子，就说："这是一群二流子居住的地方，就叫它作'二流堂'吧！"这群寡廉鲜耻的家伙，对此不以为耻，反以为荣，干脆就传用了这个名号，"二流堂"便正式开张营业，挂起了招牌。

　　除了夏衍、吴祖光、唐瑜、盛家伦、黄苗子、郁风、戴浩、金山、叶浅予、冯亦代、丁聪、高汾之外，一些重庆时期的重要文化人，也被说成经常出入"二流堂"的人。他们中间有：萨空了、阳翰笙、陈白尘、陈鲤庭、张骏祥、曹禺、田汉、应云卫、凤子等。

　　还有一批人被看作50年代北京时期"二流堂"的成员，

早在 1955 年被捕的潘汉年，此时被说成是"二流堂"的"黑老板"之一，已在 1965 年去世的张光宇也未能幸免讨伐。

如果说红卫兵小报尚属自发性行为，《人民日报》的参与，则意味着真正来势汹汹的批判。

《人民日报》1967 年 12 月 13 日在第五版上以整版篇幅发表"南卫东"的文章《粉碎中国的裴多菲俱乐部"二流堂"》，在最权威的报纸上将对"二流堂"的讨伐推到又一个高潮。这篇长文，实际上即是在"联合版"发表的文章的修改稿，"南卫东"，显而易见是一个集体笔名，似是参与出版"联合版"的"南开大学红卫兵"《卫东》的缩称。

《人民日报》发表该文时，在右上角加框刊发另外一条最高指示，同样是选自毛泽东为《关于胡风反革命集团的材料》而写的按语："以伪装出现的反革命分子，他们给人以假象，而将真相隐蔽着。但是他们既要反革命，就不可能将其真相隐蔽得十分彻底。"

和"联合版"所发表的文章相比，"南卫东"的文章语调少了几分粗野和谩骂，删除了一些原来较为刺眼的字眼。在公开点名上，也显得慎重。除了夏衍、吴祖光外，其余"二流堂"人士都没有点名。但是，由于是发表在《人民日报》这种报纸上，略加修改的文章，便具备了红卫兵小报所难以拥有的分量。发表这篇文章，目的显然在于将批判"二流堂"与批判"中国赫鲁晓夫"（"联合版"点出了刘少奇的名字，而这里则隐去，以"中国赫鲁晓夫"暗指）结合起来。刘少奇被说成是"二流堂"的总后台，因此，从刘少奇到周扬、夏衍，再到"二流堂"，俨然由一条粗粗的黑线串连起来。

据1979年中共北京电影制片厂领导小组《关于吴祖光同志1957年划为"右派"的改正决定》，1970年，周恩来也就"二流堂"问题发表过谈话，其基调与江青当年发表的谈话有所不同。《改正决定》写道：

所谓"二流堂"是林彪、"四人帮"矛头对准周总理的阴谋诡计。1970年5月9日周总理明确指出："二流堂"不是一个组织，"它没有正式手续，不像'哥老会'、'青洪帮'有个手续，就是一些知识分子吃吃喝喝……不是凡是和'二流堂'沾一点儿边的人就是坏人啰。"并严正指出："这次'文化大革命'中有人利用所谓'二流堂'整无产阶级司令部的所谓黑材料，那不行！"

上层围绕"二流堂"到底发生了哪些事情，恐怕永远是个谜。对于因"二流堂"而在"文革"中蒙受打击的人员来说，重要的是悲剧命运注定要降临其身。

在 1968 年前后，先后有夏衍、黄苗子、郁风、叶浅予等被关进秦城监狱，一直到 1975 年才陆续释放回家。吴祖光、冯亦代、唐瑜等人则在"五七干校"里度过又一段艰难的日子。

"二流堂"人士的生命力是旺盛的，他们中的绝大多数人，如夏衍、唐瑜、黄苗子、郁风、丁聪、吴祖光、新凤霞、叶浅予、冯亦代、高汾……都挺过了"文革"磨难，顽强地生存下来，迎来了风雨后的新生。

1979 年 6 月 22 日，中共文化部党组发出《撤销〈关于"二流堂"组织活动情况的报告〉的通知》。同年 8 月 19 日，《人民日报》发表了文化部为"二流堂"平反的消息。消息如下：

文化部为"二流堂"问题平反

所谓"二流堂"是我党联系党外人士的一个场所，林彪、"四人帮"把它打成"反革命的裴多菲俱乐部"，其矛头是对着周总理。

新华社北京八月十八日电。文化部党组最近发出通知为"二流堂"问题平反，为受到"二流堂"问题牵连的同志恢复名誉。

抗战期间，有些从上海等地转移到重庆的文化、戏剧、电影、美术、新闻界人士没有住处，借住在唐瑜同志家里，他们大多数是青年，没有固定职业，生活比较艰苦。周恩来同志对他们很关心，曾指派夏衍同志经常做他们的工作。郭沫若、徐冰等同志常探望他们。重庆《新华日报》在举行创办五周年纪念演出的晚会上，有个改造"二流子"的戏，大家觉得很有趣。因为上述同志没有固定职业，过着流浪式生活，有的同志就开玩笑说他们是"二流子"，住的地方可以取名为"二流堂"。一时传为笑谈。当时在那里经常往来的有吴祖光、吕恩、丁聪、张正宇、郁风、黄苗子、张光宇、盛家伦、戴浩等。

文化部党组通知说，在一九五五年肃反期间，由于对"二流堂"的情况缺乏全面了解，作了错误的结论。"文化大革命"期间，林彪、"四人帮"怀着不可告人的罪恶目的，把"二流堂"打成"反革命的裴多菲俱乐部"，他们的矛头是对着周恩来同志的。许多人因此遭到迫害和摧残。

文化部党组同志指出，经过近年来的反复调查研究，大量事实证明，所谓"二流堂"是我党和一些党外人士联系的一个场所。当时和所谓"二流堂"往来的人，都是倾向进步，要求民主的。为此，文化部党组通知，对所谓"二流

时隔40年，2007年6月唐瑜和黄苗子一起看"文革"中批判"二流堂"的小报。

堂"所加一切诬蔑不实之词予以推倒，凡因"二流堂"受冲击、受牵连的人予以彻底平反、恢复名誉。

风风雨雨终于过去。"二流堂"人士没有在重压下垮下去，他们欣慰地走进晚年。"二流堂"，不再是一个耻辱的名称，而被视为一群艺术家的自由结合。如今，大概不会有太多人知道这样一个名称，但对于吴祖光、丁聪、黄苗子、郁风、冯亦代、唐瑜这样一些名字，还有夏衍、叶浅予等，他们不会

1997年前后"二流堂"新老朋友聚会合影，分别有：吴祖光、丁聪、沈峻、杨宪益、华君武、范用、黄苗子、郁风、姜德明、邵燕祥等。

感到陌生。他们在晚年创作的文学作品和书法、绘画，在将近20年来的中国文坛上占据着重要位置，产生着广泛影响。他们再次以自己的才华和学识，证明了一代文人的价值。

磨难过后，他们的性情依旧，兴趣和爱好依旧。他们还是喜欢聚在一起，还是嬉笑怒骂。只是人已到老年，体力所限，无法再现当年情景了。不过，奇也好，悲也好，对于他们，走过的历史都似乎成为云烟了。所幸的是他们的精神仍旧具有活力，他们的思想和情感没有衰老，他们仍以他们的方式与这个发展着的时代紧密联系着。

进入 90 年代后，叶浅予、夏衍相继去世。"二流堂"已经成为一个渐渐陈旧的过去，但贯串"二流堂"的精神特质和性情，仍然是联系京城一批文人的主线。人们分分合合，合合分分。彼此之间有时也难免有些隔膜或误会，但随着"文革"结束后生活的稳定和开放的局面形成，"二流堂"就不再仅仅是原有的那批人的圈子，而是在更加广泛意义上的"物以类聚"。从王世襄、杨宪益、黄永玉、范用、黄宗江、黄宗英等，到年轻一些的姜德明、邵燕祥、沈昌文、杜高、董秀玉等人，这些不同领域的人士，也都不时出现在"二流堂"的聚会上。

维系他们的，依旧是绵绵不绝的文化情怀。

一代人，如此走过……

写于2000年，修订于2014年11月

下辑

夏衍：风景已远去

　　每次见夏公，都是来去匆匆，只有一次例外。那天我们谈了很久，话题很集中，主要是关于周扬。

　　由他来谈周扬，当然是最合适不过的。历史的原因，他们两人被紧密地联系在一起。彼此往来长达半个世纪，彼此的政治地位、政治经历也十分接近，可以说健在的其他任何文人，都不可能像夏衍这样更能了解周扬性格的内核，更能设身处地地体察周扬在不同历史时刻内心的感受。在我所完成的关于周扬的一系列访谈录中，无疑，与夏衍的谈话，有着特殊的价值。

　　我们相对而坐。对于我，更多的是探询、是疑惑、是思索；对于他，我想，则是温暖的回忆和冷静的分析。最近，在他逝世之后，我重新找出曾经整理过的这篇谈话仔细阅读，又一次回想记忆中的老人。现在想来，看上去他在谈论周扬，谈论胡风、丁玲，实际上他也是在谈论着自己。在他们不同的人生姿态中，我们也许可以不断地发现他的影子。历史决定着他们这一代文人，彼此永远无法分割开来。他们相互影响着，相互制约着，也相互映衬着。我们也无法将他们孤立起来审视，只有当把他们作为一个整体来观看、来理解时，才能深入地体味彼此的心境。

当时，一个多小时就这样非常丰富地不知不觉过去。坐在他旁边，面对着这样一个真正意义上的世纪老人，我有一种强烈感受，仿佛自己也同他一起走向历史的远景。

二

那是一次十分轻松自在的长谈，没有拘谨，也没有禁忌。如许多熟悉他的人感叹的那样，已经 91 岁高龄的老人，却丝毫没有精神衰老的痕迹。我吃惊于他思路的清晰、机敏。譬如，当我说到周扬出生于 1908 年时，他马上毫不迟疑地说："1908 年？那比我小 8 岁。1930 年他只有 22 岁，很年轻的。"显然，他已经习惯于甚至更愿意以这样的方式向人们证明自己生命力的坚韧与旺盛，并为此感到骄傲。于是，他在和人们交谈时，非常注意强调许多年前的某一细节，或者强调某一时间的准确性。他的自信、他的执拗，便因这样一种风格的回忆，而得到充分的表现。

晚年夏衍

　　在这一点上，冰心和他有所不同。与他同龄的冰心，同样清晰、同样机敏，但她不大专注于某一细节或者时间，也不像夏衍那样表现出一定的理性色彩。谈到感兴趣的人和事，她往往强调个人感觉，她随口背诵出记忆中熟悉的诗句、对联，让谈话充满着轻松、亲切、幽默的氛围。

　　夏衍则不。可能因为话题实在过于严肃，过于理性化，也因为我与他并不十分熟悉，我们的谈话基本按照对话的方式进行。与冰心相同的是，他也有自己喜欢的猫，它不时出现在我们面前，爬进夏衍的怀中。夏衍便一边抚摸它，一边追寻遥远往事。

他的床头上正好放着我的那本《胡风集团冤案始末》，关于周扬的谈话便是由胡风开始。他毫不迟疑地回想起一件件文坛往事，坦率地发表着对一些人与事的看法。

他讲到20世纪30年代初的周扬："那个时候，他很潇洒，很漂亮。穿着西服，特别讲究，欢喜跳舞。反正那个时候很潇洒。"

我问："周扬常和你们一起玩吗？"

"当然。他爱去跳舞，跟我们一起上咖啡馆，看电影。那时候他可真是潇洒。"说到这里，他笑出了声，让人感到他是为在旧日场景里寻找到了周扬年轻的身影而高兴。

谈话中，他反复强调周扬性格的变化，留给我非常深刻的印象。

"你写过关于胡风的书，对周扬有所了解。不过一个人呀，嘿，前后是可以变化的。在抗战前、抗战后，主要是去延安之后，也就是延安文艺座谈会之后，周扬显然变了许多。

"在抗日战争之前，我看他当时没有什么教条。他本人是搞话剧的，参加'左联'之前，最早是参加剧联的。他还演过戏，演过那个……我不记得名字了。

"周扬这个人当然是搞理论的，但组织能力很强，他后来完全变了嘛，解放后就是开始做报告，写文章，没有生活了。不像我这样，兴趣多。环境是这样，他写文章做报告，做领导工作。他真正的可以开玩笑的朋友也没有。这就是因为环境变了。

"从延安出来之后，他变了。地位变了，被摆在领导者的岗位上。他这个人，内心里其实不是一个领导，只是一个演讲家出身。他也没有什么架子，但具体从生活上看，好像是领导，中宣部副部长管文艺嘛，再加上在'左联'、抗战中的抗协、解放后的作协，做实际工作的从来是周扬。

"所以说，一个人呀前后完全不同，解放以前和解放以后不同。去延安之前和之后完全不同，因为和（19）31年当时军事环境不一样，他站的地位也不一样。'左联'不同于地下党，党领导文艺不可以发号施令，发号施令仅仅在很小的圈子里面。那时他没有权的。抗战时也差不多，抗协也不存在发号施令。后来就不同了，中宣部副部长兼文化部副部长，到（19）55年才被免去文化部副部长的职务。他变化大是在从延安出来之后，不过那时我们还可以和他开开玩笑，解放以后就不行了。他是党的文艺政策的传达者。"

也许只有夏衍才能深切地感受到周扬身上发生的这些变化。显然，他有许多感慨。变化后的周扬，不能再像以前那样和朋友开玩笑、谈心了，变化后的周扬，与艺术家的关系再也没有以往那样轻松自如。我相信，对于夏衍，周扬性格的变化，当时或后来，自然会使他若有所失。但失去更多的也许应是周扬本身。在我看来，这种看似个人友谊方式的变化，其实已经包含着许多复杂的历史内容了，不然，老人不会如此反复地予以强调。

他的话无疑可以作为一把钥匙，借此打开走进周扬性格世界的大门。

三

那天，乃至后来再见到他，我一直想提到一个人，想再度从他那里了解他们永远没有化解的历史积怨。这个人便是冯雪峰。但是，我犹豫再三，最终没有开口。

还在大学期间，我便注意到当时文坛的一次争辩。那是因为夏衍在回忆录中，谈及 20 世纪 30 年代的"两个口号"论争时，对冯雪峰颇有微词。对于他来说，他不能理解也不能原谅冯雪峰当年的历史作用。他对冯雪峰 1936 年由延安到上海后，没有先与他和周扬这些共产党人联系而是先找鲁迅一事耿耿于怀，认为这是导致"两个口号"论争的发生，导致鲁迅与周扬等人矛盾激化的原因。他的这篇回忆录发表后，马上引起不同反响，一些鲁迅专家和当事人，相继发表文章为冯雪峰辩护，并认为在"文革"刚刚结束之际这样批评冯雪峰，对在"文革"中冤屈而死的冯雪峰来说，有失公允，也欠宽容。至今，关于"两个口号"论争的是是非非的话题，并没有被人淡忘。围绕这一历史纠葛而发生的不同人的命运，我想，仍将不断被人提及，被描述。

初次知道夏衍与冯雪峰的矛盾时，我刚刚涉足于现代文学研究，诸多历史纷争、诸多个人恩怨，只是迷雾笼罩着的一座城堡。我好奇，却无法走进去。城门似乎四处都是，却又无法找到通往城门的路。如今，即便十几年过去，我仍然觉得自己，甚至许多对之有兴趣的人都只能徘徊在这些城堡周围，为无法走进城堡而迷惘。在这样一些历史城堡面前，人们不得不感慨人与事的无常，不得不为这些无常居然消耗过不少人的精力、心血、才华而感叹。

其实，谁又能例外，谁又能说真正走进了其中呢？我甚至觉得，每个当事人即使身在其中，也不能说他就能明了周围的一切。他不是小说创作时的那个所谓全知全能的作家，他不可能通晓城堡中存在的一切、发生的一切。他也许熟悉自己所在的那座房屋，熟悉那里的一砖一瓦，熟悉进进出出的人。但是，城堡内别的房屋是什么模样，那些地方发生了什么，谁又能知晓，谁又能预料？

历史便是这样。大的趋势、总的面貌也许不难分析、不难概括、不难描述，但一旦涉及错综复杂的人际纠纷，事情便显得棘手得多。原则的与非原则的，重要的与非重要的，必然的与偶然的，情绪化的与非情绪化的……许许多多的因素交织在一起，诱发事态的发展，决定不同的人在同一场景里的不同姿态。

于是，我愿意这样确定：一个人只能描述他所观看到的历史一隅，而全貌则可能永远掩映在迷雾中。它可以诱惑人们注视它，试图解说它、梳理它，但实际上，永远可望而不可即。

在这种情形下，基于这一确定，我渐渐觉得我们也许不必过多地着眼于个人之间的纠葛，而是从中跳出来，尽量去感受、去设想历史人物不同性格的形成与发展。与一味地陷于历史纠葛的梳理与解说相比，对于后人，这似乎更为重要、更有意义。

四

在对待冯雪峰问题上再现出的与众不同，恰恰很有代表性地反映出夏衍自信而执拗的性格。

在我面对他时，我便深切地感觉到他身上流溢出的性格力量。我吃惊于大自然的创造。一个九旬老人，身躯那么瘦小，瘦小得几乎让人难以相信就是这样一个身躯里，还活跃着思想，还有敏感的神经感应着现实生活的脉搏。

从人们的介绍，从他的文字，从他的谈话，我发现这是一个不会轻易改变自己观点的老人。他好像很少人云亦云。许多时候，他愿意保持个性的独立性，不喜欢附和他人的意见，除非他自己有这样的认识。不妨比喻一下，他不习惯自己是一个别人手中的风筝，由别人决定何时放和决定线的长短。他不。他永远是他自己。无论政治、艺术方面的宏旨，或者个人间恩恩怨怨的细枝末节，他要么不置一词，要么就直抒己见，且不管别人如何看待，会招致何种议论。

晚年时的夏衍，便给予我这样一个印象。

不单是冯雪峰这件事，在同我谈到丁玲20世纪30年代幽禁南京时期的事情时，他同样仍然坚持自己以往的意见，对丁玲和冯达保持夫妻关系一事耿耿于怀。他说作为共产党人，他一直不能认可这一做法，尽管丁玲为此后来遭受过磨难。

是偏颇、狭隘，还是个人意气起作用，或者别的什么原因？我想恐怕不能简单归纳。我所看重的是，它能帮助人们认识一个文人性格的多面性，帮助人们了解与描述他这样一个集革命家、文学家、艺术家于一身的中国文人，如何以与众不同的步履走过20世纪。

几年前，我写过一篇短文《冰心、夏衍、巴金：与世纪同行》。把他们三个人放在一起，不仅仅在于他们是文坛健在的三位长寿老人，还在于在"文革"结束后的年月里，他们都引人注目地走在全民族的历史反思的行列之中。他们风格各异，但在这一历史大合唱中，其声音都格外清亮而悠远。巴金倡导"说真话"，把自己的灵魂袒露出来予以解剖，为自己在一些年里人云亦云而悔恨；冰心一改往日的温柔敦厚，让笔端流露出少有的敏锐与讽刺，为教育、为知识分子的问题而大声疾呼；夏衍的目光则不仅仅停留在文艺方面，他的身份和经历，决定他把政治上的"左"和领导层的教条主义纳入自己思考的范围。作为"五四"时代的产儿，对现实中封建主义的影响的认识，再度成为夏衍思想的组成部分，并为反对封建主义而呼吁。他说过"封建主义这一家，却一直顽固地妨碍着我国社会的前进"。

夏衍的历史反思是真切的。而且一旦形成他的观点，他就不再因某时某地情形的变化而变化。可是，尽管一再反思，尽管一再认为许多年里"左"和教条主义产生过危害，他却反复明确表示自己不会忏悔。他说过这样一段很典型的话：

> 人是社会的细胞，社会剧变，人的思想行为也不能不应顺而变。党走了几十年曲曲折折的道路，作为一个虔诚的党员不走弯路、不摔跤子也是不可能的。在激流中游泳，碰伤自己也会碰伤别人。我在解放后一直被认为右，但在30年代王明当权时期，我也"左"过，教条宗派俱全。（19）58年"大跃进"，我也热昏过，文化部大炼钢铁的总指挥就是我。吃了苦，长了智，我觉得没有忏悔的必要。（见会林、绍武《夏衍传》第384页）

这似乎是一个矛盾的存在。对于他这种经历的人，对于许多从一次次运动走过来的文人来说，在历史大环境、大舞台上，谁都很难摆脱历史阴影的笼罩，谁都难免时而表现出思想和道德的负面作用。这样，反思往往势必与个人的自我解剖相关联。我们视野中的不少文人，便是这样完成着自己晚年的思想历程。

夏衍和周扬显然不同。周扬也进行过历史反思，他与夏衍一样感慨过以往"左"的做法和教条主义作风，但他最引人注目的却是他的自我忏悔。在"文革"刚刚

结束的日子里，他
在许多场合，以悔
恨的方式谈到"文
革"前自己一些做
法，不厌其烦地向
曾经受到过他的打
击、因运动而受到
迫害的人们道歉。
每当这时，也会落
下眼泪。

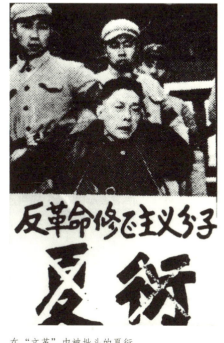

反革命修飞主义分子

夏衍

在"文革"中被批斗的夏衍

夏衍的自信与
执拗，使他与众不
同。显然他基于这
样一个看法：在历
史演进中，个人的作用是微乎其微的。他反思，是立足于一
个共产党员对整个党的事业的反思。他不认为个人可以改变
历史，因此，他认为在党犯错误的时候，个人的错误是难以
避免的，因而也是不必忏悔的。重要的在于从整体上认识历
史，避免历史错误的重犯。

这样，他所表述的"不忏悔"，和另外有些人的"不忏

悔"便有了差异。他不是回避历史错误和教训，不是肯定以往种种做法，而是在"不忏悔"的同时，仍然做着"忏悔者"们所做的同样的反思。矛盾的两面，居然能够同时存在于他身上，不免有些令人费解。我甚至一直在想，当他执拗地说自己不忏悔的时候，内心究竟处在一种什么样的状态。

不管如何，这是一个很特别很有个性的老头。你可以不解，可以疑惑，或者可以不赞同，但你却不能不惊叹他的精神的丰富，不能不感慨于一个独特个性的存在，并为这样一个存在而更加敬重他。

五

在夏衍的遗体告别仪式上，我见到了画家郁风。自走进悼念大厅，我便注意到她。年过古稀的她，站在亲友的行列里很醒目，她和每一个熟识的人拥抱，失声痛哭。

仅仅一两个星期前，我去看望刚从澳洲归来的黄苗子、郁风夫妇时，我们曾谈到重病中的夏衍。他们对我说，在澳大利亚旅居的几年时间里，时时怀念着一些老友，而最为想念和牵挂的，自然是与他们有着半个世纪友谊的夏衍。他们一回到北京，就去医院看望他，而正在举办的他们夫妇的联展，还是由夏衍撰写的前言。交谈中，我们为他的病情而担忧。

谁料想，我们的担忧，转眼间便成为冷冰冰的现实。当我走到她的面前，她紧紧抱住我痛哭。我只有安慰她，让她节哀，她则哭着说了一句："一个好人走了。"

我能理解她的心情。在夏公家里的灵堂上，遗像两旁便挂着他们夫妇书写的挽联："故国瘁深情千万字心灵呕沥，归舟悲永别六十年风雨追随"。苗子先生的书法苍劲有力，看得出是心情处在悲痛沉郁状态时的挥洒之作。我想，对于他们，两艘远涉重洋的"归舟"，一方面为失去所敬重的人感到悲切，同时，又为自己能在夏衍告别人间之前与他见上一面，并为他的后事忙碌而感到安慰。

前来与夏衍做最后告别的许多人，我想与郁风有着同样的心情。他们与之告别的是一个可尊敬的长者，是一个与艺术家们有着密切感情联系的人。在我所参加过的追悼会中，这是人数最多的一次，也是涉及的领域最广泛的一次。这当然与他的政治经历、文艺经历有关，但我伫立在拥挤的人群中，却在想，如此众多的悼念者，实际上是在表达着对一种人格精神的留恋。人们也在为这样一代与世纪同行的文人的陆续消失，而感到莫名的悲哀。这时，我才强烈感受到他在人们心目中占据着一个多么重要的位置。

尽管夏衍有着足可炫耀的政治经历和地位，许许多多富有神秘色彩的地下工作的传奇故事，也足以构成一部大书，可是，他毕生最有兴趣的一直是文学，是艺术；他最看重的似乎也是自己的文人身份。和他来往最为密切的朋友也是一些文人。在这些文人朋友眼中，他的革命家身份，远没有文人身份重要。

吴祖光先生在不同场合，不止一次回忆到夏衍的这样一件事情：

20世纪50年代初，夏衍在上海担任华东宣传部的领导职务，按照他的兵团级首长的待遇，外出必须跟着一位持枪警卫。他到北京开会，每次来看望吴先生，身后总是少不了那位身材高大、朴实忠厚的警卫员。显然，对于这一待遇夏衍感到很不习惯，他曾说笑话自嘲为"男起解"。有一次，他居然一个人来到吴先生家中，他高兴地说："过马路的时候，我趁着人乱，把'尾巴'给甩掉了。"大家都笑了。在吴先生的记忆里，夏衍当时笑得像一个刚离开严师管束的孩子。

在1957年撰写一篇关于夏衍的文章中，吴祖光就提到过这件事，但文章发表时这一段被删去。这毫不奇怪，对许多人来说，夏衍的举止是很难理解的，是不符合当时严格的保卫措施和等级待遇的。然而，我理解，夏衍不习惯的恰恰是这样一些违背他性情的规定。尤其在和文人交往时，他依然留恋的，还是以往的轻松、平等、自然。他愿意永远是他们中的一员。

这就显出了夏衍的独特。文人性情和才能，使他的政治理想、政治生活由此丰富起来，他以此而具备了别的政治家所缺乏的性格魅力。对与他有着良好关系的许多文人来说，出现于他们面前的这位革命者，不是通常人们所讲的那种严厉、单调、死板的政治人物，而是他们中的一员，与他们一起潇洒，一起切磋，一起或悲或喜。30年代在上海，40年代在重庆，后来在北京，夏衍正是因为具备这样的特点，才能像磁铁一样，吸引住一批有才华的文人。他在文化界也因此而形成了自己特殊的地位。

对于他所献身的理想，对于他所为之工作的政党，应该为拥有他这样的人而满足，应该为时代造就出类似他这样一些将革命理想、政治原则与性格魅力巧妙地集于一身的人而骄傲。

走笔至此，我仿佛还能想象，在吴祖光先生所描述的那个历史场景中，夏衍为摆脱警卫的"跟踪"而获得的一种快感。在这样的快感中，他的文人本色才能显露出来，而能够永远拥有这样的快感，显然是他所希冀的。

六

吾辈其生亦晚，没有机会在舞台上看到夏衍的话剧演出，只能在阅读剧本的过程中想象着舞台上一个个活的形象。

夏衍当然不属于那种浪漫、潇洒、才情飞扬的文人。尽管生活中的他，在许多年的地下工作中，经历过不少惊险、曲折、极具戏剧性变化的事情，可是他写剧本，很少追求戏剧冲突的效果，而是以平淡取胜。他着眼的当然不是叱咤风云的英雄，他偏爱描写小人物的命运。那些活动于上海屋檐下普普通通的市民、知识分子，常常让他产生创作的动力。他将生活中人们习以为常的细节，赋予丰富的含蕴，以此来渗透人心，从而产生一种隽永韵味。

和一些革命作家有所区别，夏衍似乎并不生硬地否认自己的知识分子背景，相反，他倒愿意将自己视为其中的一员，去感受他们，去理解他们。写大时代中他们个人的命运、爱情、家庭、工作、苦闷，等等。当然，也勾画出他们身上种种或可笑或可悲的性格。不管怎样，他依然承袭着"五四"时代的遗风，既因为大大小小的知识分子本身存在的弱点而进行道德解剖、性格解剖，又为他们在现实生活中可怜的位置而痛惜。"我谴责自己，我谴责同时代的知识分子，但是，亲爱的读者，在叙述人生的这些愚蠢和悲愁时，我是带着眼泪的。"1945年他便这样说过。

这一年，夏衍在重庆创作了1949年以前的最后一部话剧《芳草天涯》。他在这部话剧的"前记"中，说了上面的话。恰恰因这个剧本，几乎从未间断的批评，乃至批判，开始光临夏衍的后半生。

在《芳草天涯》中，夏衍第一次（也是唯一的一次）把知识分子的爱情作为主题来描写。尽管是第一次，这却是创作风格的自然延续。那些生活中的知识分子，没有显赫的地位，也没有惊天动地的壮举，且生活于一个沉闷、阴暗、缺乏活力、缺乏创造激情的环境中。但是，许多人每日不就是如此这般地生活着，他们仍然少不了爱，少不了婚姻家庭的悲欢离合。

夏衍对托尔斯泰的这段话深有同感："人类也曾经历过地震、瘟疫、疾病的恐怖，也曾经历过各种灵魂上的苦闷，可是在过去、现在、未来，无论什么时候，他最苦痛的悲剧，恐怕要算是——床笫间的悲剧了。"不过，他的革命理想和政治经历，又使他有所不同。他说自己没有托尔斯泰一般的绝望和悲观，他愿意从托尔斯泰的文字中抹掉"未来"这两个字，因为他相信人类是进步的，人与人的关系是会改变的。

夏衍在"前记"中这样说:"我望着天痴想:要是普天下的每一对男女能够把消费乃至浪费在这一件事情上的精力节约到最小限度,恋爱和家庭变成工作的正号而不再是负号,那世界也许不会停留在今日这个阶段了吧。"

就是这样的表述,和整个剧本的人物、剧情,当即受到了刚刚从延安来到重庆的何其芳的严厉批评,他写了《评〈芳草天涯〉》一文。

我看重这次对《芳草天涯》的批评在夏衍人生中的转折意义。20世纪30年代初沉溺于勾画一己梦幻的何其芳,在革命与战争的磨砺之后,风格已经变化,其身份也与以往大大不同。他来自解放区,来自正好诞生一种新型文学的地方。他到重庆也有重要的使命,那便是和其他人一起,将毛泽东在延安文艺座谈会上形成的文艺思想,传播于"国统区"的作家之间。

与时代的革命主题相比,人们的婚姻爱情已经微不足道;与工农兵形象相比,知识分子更不能作为文学关注和描写的对象。何其芳批评夏衍的观点说:"这问题真是这样重大吗?这真是一个关系整个世界进步或停滞在某一阶段的问题?不是的。还不用说整个世界,就是一个国家,一个民族,它从某一阶段进到另一阶段,总是千百万群众觉悟与组织起来，并去进行多次曲折复杂的斗争的问题。在这种事业中，知识分子有他的伟大的作用，但仍然不是主力军的作用。而在恋爱和家庭的问题上消费乃至浪费最大限度的精力者，不过是知识分子，在劳苦人民中这类问题并不是这样麻烦的。""这也是为什么我们认为文艺工作者们最应该关心、理解，并去反映的不是旁的，而是千百万群众自己的事情，他们的痛苦、呼声、觉悟、斗争。"

对于夏衍来说，何其芳所阐述的思想，显然是陌生的课题。

不仅仅他一个人。对于许多习惯于描写小人物、习惯于"五四"时代形成的知识分子情结的现代文人来说，这是一个不可忽视的转折点。他们这些从未在延安、在解放区生活过的文人，包括革命作家，对遥远的地方发生的生活巨变，并没有切身感受，他们依然随着"五四"新文学的惯性向前走着。他们业已形成的风格，他们习惯的思维方式，在新的现实面前，渐渐显得不合时宜。这似乎是历史的必然。

现在，一切需要改变，即便革命作家，也不例外。在新旧时代交接之际，不管他们用何种心情来接受新的观念，不管他们用何种目光打量陌生的新型的文学样式，他们都需要抛弃以往，以完全不同的步履走进新的队列之中。

　　我猜想，对他的批评，多少让当时的夏衍感到困惑与不解，或者说一时难以适应。他放下了创作话剧的笔，直到9年之后的1954年，他才重又开始剧本创作，发表了取材于1953年华东"新三反"运动的《考验》。个人间的爱情让位于工业战线反官僚主义的斗争；知识分子形象让位于领导干部和工人群体。

　　在夏衍所有的剧本创作中，《考验》的艺术成就当然无法同他过去的《上海屋檐下》《芳草天涯》相比，如今研究专家们也很少提及它。不过，当时重要的是，夏衍用剧本证明了自己风格的变化。至于姿态是否优美，是否合格，并不重要。

　　"文革"后夏衍的第一次公开露面，正好是在何其芳的追悼会上。与人们阔别十年，本来消瘦的他，显得更加削薄。令人们惊奇的是，经过法西斯般的铁窗生涯，他还健康地活着，不过，他的右脚已在揪斗时被折磨致残，如今行走只能拄着双拐。

　　他怀念死去的何其芳。作为一个革命者，他想必把当年何其芳对自己的批评，看作历史的必然，并非个人行为，完全可以淡然视之，并予以理解。它不会影响彼此之间的情谊。后来他就是这样同我谈到了何其芳："他是受时代受环境的影响。何其芳我最清楚。何其芳完全是一个诗人嘛，解放后变成了一个理论家批评家，他受当时的组织、当时的风气的影响。作为个人来讲，他很谦虚谨慎的。但文章写得很厉害。"

没有更深入地说下去。我本应该多去看看他，听听历史反思后的他，如何纵论往事云烟。如今，这只能成为永远的遗憾。

七

好几年前，在和风子先生闲聊中，她曾谈到1949年参加第一次文代会时的心情。

她说，她和许多曾经生活于"白区""国统区"的代表，为一个企盼已久的新时代终于到来而欢呼，也为能同来自解放区的同行们相聚而兴奋。但是，生活区域的不同，历史身份的不同，导致彼此的感觉和心情，有着明显差异。那些身着军装随着解放军的炮声大步走来的解放区文艺家，有资格拥有自豪与骄傲；相形之下，他们是被解放的，这就难免带有一种无法回避的惭愧，甚至自卑。尽管他们也曾为新时代的到来而积极地工作过，但是，当这一历史时刻到来之际，解放者与被解放者，这种身份的区别，终归会影响着彼此的感觉。

风子的这番话，我一直没有忘记。我觉得这并非仅仅限于一种个人心情的描述，其实它可以帮助我们走进复杂的历史现象的深处。

在写这篇文章的过程中，我又同冯亦代先生谈到这一情形。他同凤子一样参加过第一次文代会，也没有去过解放区。他赞同凤子的意见，并由此展开话题。在后来的日子里，历史身份的不同，不时给人们带来新的需要解决的课题。无形之中形成的文化界的"山头主义"，也许远没有不同性格文人的适应过程、变化过程，更值得后人去体察，去描述。对于那些初初改变生活环境，对新的现象十分陌生的文人来说，在拥抱一个新时代之后，一切只能说重新开始。

他们面前是一条与以往大大不同的路。他们的方向感，他们的步态，将因这条路的特殊而重新调整。从文化意义来说，他们业已形成的生活习惯、思想风格、话语方式，在许多方面，显然已不合时宜。他们需要适应新的现实，他们需要调整自己改变自己。

其实，对远距离观看往昔的后人来说，不妨把这看作历史在提供机会，让有关的人，在适应与改变过程中，在旧我与新我的替代过程中得以呈现自己。于是，性格的差异，才智的差异，以各自的方式出现在我们的面前。或冷静沉稳，或浅薄，或爽快明朗，或困惑，或随意挥洒，或消磨殆尽，或瞬间火花……他们是不寻常的一代，他们便是这样走过来的。

夏衍是否会承认自己也有类似凤子、冯亦代的此种心情，我当然无从知道，因为他的经历、身份与他们毕竟不同。但是，他面对着同样的历史课题，而这在《芳草天涯》受批评时已经开始。

不错，他的政治原则、他的革命热情，都不会使他与新的潮流背道而驰。他愿意渐渐改变自己，愿意渐渐接受陌生的观念、事物，以适应新的时代。他和他的许多同时代人，正是这样努力着。有的时候不能说这就是一个痛苦的过程，新的文学形态，也给予他们新的喜悦新的刺激。然而，改变业已形成的精神，改变业已形成的性格，却又不能不说是何等艰巨的选择和过程。

夏衍的性格，夏衍的才智，使他不可能完全改变自己。他本质上更属文人，长期做统战工作的经历，又使他的政治身份，多了许多别的政治家所欠缺的温情。新的潮流让他新奇让他兴奋，但过去的生活，却更让他感到丰富感到留恋。一旦进入文化创造的领域，他仿佛更习惯旧有的思路，更钟爱自己过去的影子。于是，尽管他在十多年时间里，一直处在显赫的领导地位，可似乎总是一个不合时宜的人物。批评，检讨，再批评，再检讨，他却依然故我。他以与众不同的方式表现着自己，他用讲话，用电影改编，用历史反思，完成着自己的生命创造。

八

我收藏过一些"文革"期间的小报书刊，其中我发现了关于夏衍的两个小册子。一本是《对夏衍著作的评论与批判》，这是有关文章的目录。一本是《批判夏衍参考资料》，以摘录的形式，汇集夏衍1949年之后的各种应该"批判"言论。我得感谢这些"文革"产物，它们让我集中了解夏衍那些曾被认为"离经叛道"的观点。

"不能将《毛泽东选集》四卷的内容硬加到作品中，或是指定一定要反映那几条。"（1961年3月13日在上影创作人员座谈会上的讲话）

"简单化的做法常常把什么事情都提高到政治原则的高度，这就人为地造成紧张局势。有些事情常常简单地加上等号：资产阶级的人性论等于人性；人性等于人的思想感情等于流泪。这样等下来，流眼泪就等于人性论了。这是简单化，这不利于文学事业的发展。"（1961年6月21日在故事片创作会议上的讲话）

"文学艺术绝对地必须保证每个人的创造性和个人的爱

好，绝对不能简单化，不能少数服从多数，不能勉强别人。"（1961 年 6 月 21 日在故事片创作会上的讲话）

这便是一个执拗性格在尽可能地表现着自己。

他和他的同时代的一些左翼作家，未必不愿意用创作配合现实政治——以往曾这样努力地做过，也未必不把资产阶级的观念视为与革命格格不入的东西。但是，他们走过的路，他们长期生存的环境，他们由此而形成的所有修养、艺术观念，却又必然地与教条主义、简单化、片面化相排斥。他们投身于"阶级斗争"，但此起彼伏的运动，令他们不能不感到困惑，感到疲倦。而当无休止的批判降临于自己身上时，他们便会发现自己已经渐渐为现实政治所冷落、所排斥，他们于是越来越陷于一种不能自持的境地。

正是在这样的境地里，夏衍艰难地进行着艺术创造。现在我似乎才明白，他为什么那么倾心地改编鲁迅的《祝福》、茅盾的《林家铺子》，为什么对《早春二月》《舞台姐妹》这类作品情有独钟。他为自己找到了一个寄寓艺术精神的特殊天地。在这样的天地里，因政治运动而疲倦的心灵，可以得到歇息，得到安慰。他以这样的方式，与造就他的"五四"时代、"五四"精神，保持着无法割断的联系。

1957 年，在一次谈《上海屋檐下》的创作时，夏衍说过这么一段话："那时年轻胆壮，敢于把什么都搬到舞台上去（上海的弄堂房子）。现在写这样的戏，就得考虑多一些了。当然，那时也没有什么清规戒律。"还有一次他这样谈到马连良等过去经常演二百出戏，现在每人只上演十出戏；梅兰芳几年来五出戏不到。"有鬼的，两个老婆的，迷信的，都不演了，'双百'方针之后，戏反而少了，观众有意见。"（1961 年 3 月 13 日在海燕电影制片厂的讲话）

不妨想象一下，当他面对诸多对过去感到陌生的年轻演员讲述这些话时，心里想必充溢着深深的怀旧情绪。显然，他留恋自己经历过的那种戒律较少、禁忌较少的氛围。他回想这些，他重新讲述这些，是在寻求着过去与现在的一种调和，或者说交融。对于他，艺术的自由创造能够尽可能地与现实有机结合，也许应该是较为理想的发展。

我相信，这样的怀旧情绪，一直若隐若现，始终伴随他的后半生，决定着他的思想走向，决定着他生命的最后完成。对他的非议由此而产生，对他的敬重也由此而产生。最大的痛苦莫过于自己常常得不到充分的理解，相反，甚至会引致误会或者曲解。这样的委屈，这样的困惑，诸如此类种种难以名状的心情，伴随他走完一生，留给历史留给后人无尽的惆怅。

告别 20 世纪时，类似夏衍的心情，也许会仍然存在于人们身上。它仍将与人们相伴，向新的世纪走去。那个时候，当我们再回望夏衍时，又该会是什么样的感触呢？

九

文章快要写完时，我突然感到自己有太多的分析，太多的议论。我担心，对于读者，阅读起来未必轻松。本可以有另外一种的写法，那就是在人生故事的叙述中，勾画出夏衍的性格。

的确，这位世纪老人一生的每一阶段，都有足以让人酣畅描述的故事，而许多故事，均包含着丰富的人生、政治、历史的内容。如果我此时重新构思另外一篇关于他的文章，我会顺着这样的思路动笔，串起一个个故事，让读者与我一道走进他的世界。

我想，在写那篇文章时，我不会忘记讲述这样一个故事：

"文革"中，夏衍被关押在秦城监狱 8 年有余，1975 年才被释放。回到家中第一个使他感动落泪的，是他过去所钟爱的一只黄猫。这只叫做"老勃古"的猫，自夏衍被捕之后，就一直郁郁寡欢，怀念着主人，坚守着老主人的归来。7 月 12 日，夏衍获释回家，老黄猫已经奄奄待毙，数日不食不饮，连站都站不起来。但一见阔别 8 年的主人回抵旧居时，垂危的老黄猫却突然站立，围着主人走了几圈，凄切地叫了两声，然后倒下来死于主人足下。

老黄猫的忠诚，深深触动着夏衍。于是，他和家人以特殊的悲哀把"老勃古"掩埋在庭院里，让它永远与自己相伴。

这个故事的含蕴，他和家人有着深切体味。经过多年的冷漠、磨难之后，在人生有过大起大落之后，还有什么能比一只猫的义举更能感动他呢？

以这个故事作为另一篇文章的开篇，当然只是一个设想。那么，此刻且让我用它来结束这篇长文。

1995年5月

丁玲：往事已然苍老

这些日子，因为搬家，我清理一些旧物，在一个大信封口袋里，发现一摞照片。它们摄于 1984 年冬天的一个下午，是在丁玲为《中国作家》杂志创刊而举行的大型招待会上。我从来没有学会摄影，至今也只会用"傻瓜"相机。但是，我珍爱十年前留下的这些照片。在我那几年所拍摄的照片中，也许只有这一组照片最能引发我的感慨，至少在现在是如此。

印象中，那是一年间北京最为热闹的文坛盛会，在北京的几代作家，足有三四百人，都来到了新侨饭店。于是，我的这些照片，固定住一些在我看来十分难得的瞬间。难得，因为绝对不再有可能出现相同或相似的场景。

胡风在夫人梅志和女儿搀扶下来到大厅。不到一年，他就离开人间，离去时，孤傲的灵魂仍然担负着无法卸掉的历史重负；爽朗的萧军，依然爽朗地大笑着，几年后他也离去；萧乾弯着腰与曹禺热烈地握手。曹禺当然还记得当年自己的《雷雨》，在萧乾主办的《大公报》评奖中获奖的往事，那一片刻，他们谈得十分开心。站在他们一旁的是吴祖光——一个似乎是永远在不断惹来麻烦也始终引人注目的人物；王蒙与另一位同龄作家坐在一起谈得好像非常投机，他们在争论着什么，或者是在一同回忆着什么。王蒙认真地听，关切的神情还带着应有的礼貌。另一个则显得很投入，一只手有力地伸出来，在描述着什么或者强调着什么……

假如把出席这个招待会所有人员的名单开列出来，一定是一个奇妙的排列组合。过去的对手或者朋友，以后的朋友或者对手。他们中每个人的过去或未来，都会是一部厚厚的书。他们相互之间起伏不定的关系，更是无法详尽描述准确概括的存在。20世纪复杂的演进，伴随着他们的人生。从上海亭子间到延安窑洞，从"反胡风""反右"后的劳改农场到"文革"中的监狱，再到改革开放后的宽广舞台。往昔的冷清近日的荣耀，往昔的荣耀近日的冷清……半个多世纪的历史场景，在不停地闪动不停地被剪辑之后，似乎奇迹般透过他们的身影一并呈现出来。现在回想起来，如果历史老人是位画家，那天的大厅，在他的眼中，完全是一块巨大的调色板。几十年间的驳杂色彩，浓缩在这块调色板上。

十年前的这一场景，我真觉得恍如昨天。

十年！怎么会过得这样快？

过去，说到历史时，人们（当然包括我自己）常爱说在漫长的历史长河中，十年、半个世纪，只是短短一瞬。这话没错。不过，它只是立足于静态观察时表述的一种客观判断。其实，它应该还包括另外一种内容，即人置身于时间流动之中时的感受。文章写到这里，我便产生这样一个想法：十年，对于历史自然是短暂的，但对作为亲身经历的人来说，它也未必就那么漫长。譬如对于我，它好像同样显得步履匆匆，显得短暂——尽管我一生中不会有多少个十年。

这只能说自己的一种感觉。事实上这十年是多么丰富，变化多么迅疾异常。和历史上任何一个十年相比，它都不会显得缓慢、苍白，甚至要远为伟大、复杂而多彩。不管怎样描述它概括它评价它，可以肯定地说，它与20世纪的任何一个十年相比，都不会逊色。

但如此丰富的内容，此刻我感觉到好像它们是不分前后不分主次一下子呈现在历史舞台上。十年，它本来就是不分幕次不分场别的戏剧。

我看重人的消亡。依我看，许多人的逝世，最能说明这十年的丰富。正是在这十年，那些注定要在20世纪史册上留下名字的重要人物，政界的、科学界的、军界的、文化界的……一个个告别人间。仅就文化界来说，现在或者将来都必然不断为人们提及的一些人物，便是在这十年离开我们。冯友兰、梁漱溟、俞平伯、马寅初、胡风、周扬、沈从文、朱光潜、丁玲、萧军、胡乔木（我更愿意把他放在文人行列予以描述）……如果愿意，当然还可以举出更多引人注目的名字。他们参与了这个世纪的创造。也因他们，这个世纪的中国文人性格长廊上，喜剧悲剧不断上演着，从而留给人们无尽话题。他们每一个人，其经历、人格、精神状态等等，都能构成一本书，丰富且耐读。不妨假设一下，这个世纪过去，以后的人们只要把他们中间的任何一个仔细阅读，我相信他们便能从中窥探这个世纪不平凡的景象。

能否这么说，时间的流逝正是以一个个生命的消亡为标志。

时间可以带走生命，但是，时间能消解一切吗？

丁玲自然是十年那个聚会的中心。

20多年的沉寂之后，这一天，也许要算丁玲复出后最为辉煌的日子。巴金从上海为她写来长篇祝词。叶圣陶出任她的顾问，上午刚刚出院还执意参加招待会，被丁玲劝阻。几代文人，除了官场必要的应酬之外，许多人可以说是为她而来。已是八十高龄，但她依然拥有别的老人所缺少的雄心与抱负，或者说，年轻人一般的活力。她不愿意被人遗忘，更不愿意让人永远打入冷宫。一旦机会降临，她会用各种方式证明自己的存在。不管人们如何看待她的举动，有一点是不能否定的，那就是一如半个世纪之前，她还是洋溢着一种创造精神。其中，也带着几分执拗、自负。

她来得很早，在记者们簇拥下微笑着侃侃而谈。我想，环顾四周，她一定感到满足。不知她是否意识到自己已经成为一面旗帜（或许这正是她所向往的），在她的周围，在《中国作家》的周围，汇集了鲁迅的儿子、冯雪峰的儿子、"胡风集团"的受害者、"右派分子"……特殊的历史演进，给予她这样的机会。特殊的环境与需要，使她把可能变为了现实。

许久她没有感受到众星拱月时的那种满足。我想，丁玲也许会重温 20 世纪 50 年代初获斯大林文学奖带给自己的荣耀。对于她，那是多么值得留恋的日子。鲜花、颂词、掌声，曾经无休止地抛向她，在一个全新的时代开始之时，作为一个明星，她闪烁着文学与政治的双重光彩。然而，恍如一场短暂的梦，很快她失去了曾经拥有的一切，不得不在北大荒冰天雪地里，承受劳累、寂寞。所有的辉煌，顿时消融于暗淡的雪色。

多年的寂寞、冤屈总算一扫而光。然而，时间对于她绝对不可能消解一切。她可以原谅、淡忘导致自己遭遇痛苦的诸多因素，可以在微笑中和往日的宿怨握手，但是，她却永远不会原谅某些人——因冤屈的产生，或者其他原因。

她的心中，浓浓阴影难以驱散。

十年前的那个下午，我没有见到那些与丁玲有着密切的关系的重要历史人物。现在想来，我当时一定是用企盼的目光在大厅里搜寻过。远远近近的风云波澜之后，我特别愿意看到那些在历史中扮演过不同角色的人们，如何在这样一个场景中相遇，如何含笑面对，或者漠然视之。

我最希望见到的场面并没有出现。沈从文没有来。周扬、夏衍等也没有来。在丁玲漫长的一生中，他们都是与之有关的重要人物。

他们当然无法参加这个集会。沈从文已经半身不遂，周扬也重病在身，夏衍年岁颇高。我所考虑的是：即使身体健康，他们也不可能接到邀请；即使接到邀请，他们或许也不会参加。丁玲与他们之间，横亘着鸿沟，难以逾越。

沈从文与丁玲的矛盾，因丁玲公开撰文涉及往事而在晚年突起波折。至死他们相互没有谅解，而是把半个世纪的恩恩怨怨，留给后人描述、评说（参见拙著《恩怨沧桑——沈从文与丁玲》，百花文艺出版社）。比较而言，他们之间的矛盾，尽管有许多时代的、政治的因素参与其中，但毕竟更具个人色彩。在所有世纪，在所有时代，类似的个人恩怨，都有可能出现。这是文人间过去、现在和将来不断上演着的人生戏剧。

和周扬等人的矛盾则不同。他们才应该是丁玲心中挥之难去的阴影。从延安时代起，特别是1955年、1957年对她的无情打击，使她永远不会原谅他们。这阴影从来没有淡去。她会不会根本不愿意告别那些阴影？既然阴影给过她磨难，那么现在，当苦难过去，在一个全新的环境里，它们反而使她获得活力。在蒙受打击时，她奋力抗争过，在陷入逆境时，她默默等待过。现在，一切不同于以往。她以特殊的思维方式和处世态度，显示出她的个性，有意无意之中，与周扬（对手？）的相对是那样鲜明而引人注目。从这一角度考虑，以往的阴影对于她不再是政治生命和生活的沉重负担，相反，它给她以刺激，给她以活力，更给她新的感召力，或者说凝聚力。

于是，她自然而然成了一个中心。那些在不同年代不同运动中与周扬有过这样或那样矛盾的人们，汇集到她的周围，她和周扬的对峙，半个世纪以来似乎从没有像现在这样形成一个完美的局面。

在这样的人与事的演变中，时间显得那么无足轻重。尽管其间有过风风雨雨，有过起承转合，尽管与之关联的人们不断地交换和排列组合，没有化解的矛盾，却一如半个世纪前的延安时代，依然存在着，并以不同方式延续。

一个个心灵上打着无数个无形的结。这些结也把时间紧紧捆住。时间是流动的，但在这里也是停滞的。

两年前在斯德哥尔摩大学东亚系，我曾做过一个演讲，题目是《文学团体在中国的演变》。开始我想讲贯穿半个世纪的左翼文化运动的宗派之争。可是，转而又想，"宗派"，一个多么难以讲述清楚的现象。我们中国人自己，不管文人也好，旁观者也好，本身就无法面对这个尴尬的现实。更何况纠缠其中的那些错综复杂难说是非的人际纠纷，也许是永远无法理清的一团乱麻。如此棘手的话题，我怎么可能在短短的一个多小时里，把它讲得明白易懂。

我放弃了最初的想法。但自那之后，"宗派之争"这一问题从来没有走出我的思绪。我不能舍此不顾。研究 20 世纪中国的文人，研究这个世纪的文化现象，这个课题无论如何都是不应该回避的。

一直困扰左翼文化界的宗派之争，不管与之有关的人们是否承认，它始终客观存在着。我们的目光大可不必停留在小小的人际纠纷，有的也许不再值得提及，因为那毕竟更大程度上属于个人性情所致，是任何时代都不可避免发生的生活现象。但对于具有代表意义的宗派纠纷，因为它们与政治和文化的兴衰起落，与人的命运沧桑有着密切关系，便包容了巨大的历史分量，所以，纵然难以归纳梳理，也值得花费气力去认识，去解剖。

问题是它实在太难以把握。这是一个巨大的漩涡，我所熟悉的或者陌生的，我所敬重的或者厌恶的，许多人都在这一漩涡里被动地或主动地滚动着。它还是一个巨大的迷宫，一旦走进，人们便在无休止的曲折小径上行走，陷入一个似乎永远走不出的窘境。拐来拐去，忽东忽西，如此循环反复，如此起伏跌宕。有的人渐渐失去人格的方向，有的人渐渐不能确定自己的位置与动机，一种巨大而无形的力量，驱动着人们不断做出自己也无法解释的选择，走向不可知的彼岸和终点。或者说，根本没有彼岸，没有终点。

不仅仅如此。宗派斗争意外地成为一帖兴奋剂，在政治口号的背后，激发出所有卷入者的激情和创造性。它仿佛具备一种特殊功能，既毁灭人却也造就人。有的人因它而才华消磨，有的人却因它而具备了才华；有的人因它而命运坎坷，有的人又因它而声名显赫。有的人不能不咒骂它，却在咒骂的同时又不能不陷入其中；有的人希望尽快摆脱它，却又最终只能在其中找到自己的生存价值……

我迟迟不能动笔。我担心一管无力而虚弱的笔，不能承受如此分量如此复杂的内容。我更担心，尚未思考透彻就匆匆描述，会让一个重要的历史现象变得更加含混不清，更加不可思议。

回首历史时往往就是如此，愈有探讨价值的现象，愈加难以把握。

但不管怎样，人们总要面对它，迟早要解剖它。迟早。

一个早上醒来，我决定还是写写这个题目。

周扬、冯雪峰、丁玲、胡风、萧军……我们视野中的这些人物，由他们构成的左翼文化界特有的"宗派斗争"现象，其实已经超出了通常对于宗派和宗派主义的定义。一般来说，宗派是指政治、学术、思想、宗教方面自成一派而和别派对立的集团，而宗派主义，则被简单界定为主观主义在组织关系上的一种表现，特点是思想狭隘，只顾小集团的利益，好闹独立性和作无原则的派系斗争。从表现形态上看，半个世纪以来此起彼伏的宗派斗争，当然具备这样一些特征，并因不同环境不同场合而有所不同。然而，这种普遍意义的概括，并不能说明我们面对的特殊现象。就是说，它的色调过于单一，笔触过于规范，绝对不足以勾画我们面对的迷宫，不足以描绘那些漫卷的烟云。

一切因权力的参与而显示出特殊性。

按照原有的理解，宗派并非一个贬义的现象，它和"派别"应该是通用的。人类精神文明的发展，需要思想、学术、文学诸方面形成各领风骚的派别，或者说宗派。在一个平等的尺度面前，宗派之争本应是思想的冲撞、观念的交相辉映，而不必借助其他。由此，人类的精神领域，才变得丰富起来，才呈现出千姿百态。好几年前，谈到刊物的个性时，我曾对所谓"兼容并蓄"的方针发表过意见。我认为，一个刊物其实就应该高扬自己的旗帜，明明白白而不是羞羞答答地宣布自己与别的刊物的不同，甚至明白无误地具备排他性。只有这样真正具备个性风格的刊物，才能独树一帜，不至于淹没在洪水一样的刊物中。几十年来，多少省多少城市，有多少个《××文学》《××文艺》，多少大学，又有多少个《××大学学报》，可是，谁能分得清各自的容貌，记得住各自的特征？一样的"兼容并蓄"，一样的分门别类，一样的文风、学风。没有相互之间的竞争，思想的交锋，更谈不上以刊物而形成不同的派别，去进行富有意义的赛跑。

　　于是，呈现在历史面前的，是雷同，是单调。雷同、单调，也就意味着风格、思想与精神的苍白。不仅仅刊物，其他很多领域同样如此。

　　公开的光明正大的派别之争消失了，与权力相结合的宗派斗争，却以不同方式不同面貌有声有色地进行着。我所熟悉的文化界，正是如此。权力闪耀着美丽的光环，但一旦与无法说明的宗派情绪嫁接，便长成为一棵弯弯曲曲的怪树。树上没有鲜花，却结下了苦果，涩果。

　　周扬在更多时候拥有别人没有的权力，他自然成为一个中心。当勾画他的一生时，他的暮年会是重要的，是值得用浓彩的。但我们又必须还原一个完整的真实的他。不管承认与否，在以往那些日子里，他心中的宗派情绪，不断蚕食着感情、思想与理智。他拥有胡风、丁玲、冯雪峰他们所没有的权力，他便有了战胜他们的可能。事实就是如此。当一个个运动突兀而至时，有意无意之间，周扬把个人情绪同政治斗争捆在一起，从而导致与胡风、丁玲等人矛盾的激化，并借助于革命的名义，借助别人没有的权力，把长久的纠纷，画上了一个圆圆的句号。

　　没有他那种权力的人们，希望自己也能拥有它，借助它。于是，他们无一例外地把祈求的目光投向他们所崇拜和敬重的领袖们。最终，他们失败了。因为，宗派斗争并不是决定事情变化的一切，特别在领袖们那里。可惜卷入其中的人们，无法摆脱个人纠纷的困扰，把思路转到另外的角度。

开始思考宗派斗争这一问题时，我常常想，为什么它偏偏在左翼文艺界内部最为严重。从鲁迅时代的两个口号论争开始，一直到丁玲与周扬最终的互不原谅，几乎长达半个多世纪。卷入其中的许多人，本应是战友，因为他们从事着同一事业，拥有同一理想。可实际上他们却成为无法和解的对手，其矛盾的激烈程度，甚至超过了其他。

也许是历史给予他们一个误会。在他们心中，总有这样的自信，自己拥抱了革命和理想，也就拥有了真理，因而只有自己是正确的。时光匆匆，风云匆匆，他们的词汇中缺少"宽容"的字样。过分的自信，产生强烈的排他性，而且以一种鄙视的目光，打量与自己相左的人。

具备这样自信的人，是没有权威概念的。正是如此，当年年轻的周扬，和一些年轻的左翼作家，才敢于向鲁迅挑战，因为他们坚信自己掌握着真理，代表着新生的时代。不然，我们无法解释发生的一切。

这是一个重要的具有决定性意义的开端。由此，政治热情、理想追求、宗派情绪，便不可避免地成为一体。

在权力还没有成为决定思想之争、学派之争命运的时候，与鲁迅的矛盾，仅仅限于文学交锋思想交锋，而且是极有意义的交锋。但是，即使这样，一种被扭曲的情绪，给后来的宗派斗争埋下了隐患。鲁迅派——冯雪峰派——胡风派，名称的变化意味着宿怨的加深和矛盾的复杂化。20世纪50年代"胡风反革命集团""丁玲陈企霞反党集团"等，几乎囊括了所有曾与周扬等人在不同时期有过冲突的文人。丁玲与冯雪峰曾有过激烈的爱情，周扬与她矛盾激化，也许有相应的个人因素参与其中，但我认为彼此之间性格的冲突起着决定作用。

不管怎样，一旦权力的介入成为现实，以往的种种矛盾冲突，便发生了质的变化，各自的命运也从而改变。

十年前那个喧闹场景，在冬日的萧瑟中显得离周扬那么遥远。

周扬躺在病榻上。白色裹着的世界，沉寂无声。

突如其来的变故，已经使他无力再继续人生的旅途了。他的思维一日日接近于死亡。类似的场景里，不再可能出现他过去威严的身影。他也不可能再有青年或者中年那样的活力，与丁玲一样感受创造的激情。

他默默地接近死亡，却永远不会无声无息地消失。他注定成为这个世纪的显赫角色，活着或者死去，都赫然存在着。

周扬在"文革"后以不同过去的面貌出现于历史舞台，使一个可能会被人们用单一笔调单一色彩勾画的历史人物，变得复杂起来丰富起来。更容易被人理解，也更难被人理解。历史与现实中巨大的差别，是对他的描述增添许多意味，也增加许多难度。透过外在的形态，人们能看见背后隐匿的世界吗？情况就是如此。不仅他晚年所表现的一切，引起不同的议论和结论。他整个的人生，也更具解剖价值，其性格、思想、生平的叙说，更具历史感。

我一直设想写一本周扬传，可准备好几年，至今也没有动笔。这实在是难以描述的人物。他的性格，他经历的一切，他所活动的背景，似乎远没有到可以洒脱地勾画的时候。和我写过的那些人物不同，我无法深入到他的内心，无法透过他外在的形态，揣摩其每一时刻每一举动的动机。但唯其如此，他才更值得探讨，值得描述。人们要了解历史，或者认识人物性格，他都算得上一个颇具诱惑力的对象。

在谈论他时，我曾用过"仕途上摇荡的秋千"这样一个比喻（参见《摇荡的秋千》，《读书》1993 年第十期）。我知道，对于周扬，这种比喻显得简单，但我暂时找不到一个更合适的概括。对我的比喻，一些我所尊重的前辈表示不能接受。他们认为我没有理解他们和周扬这样一代人投身革命的初衷。那时，是以热血和生命为代价，来追求理想的实现。做官、权力等，并不是花园中美丽的花朵，平静地等待着他们摘取。

起初听到这样的意见，我觉得自己可能显得偏颇。对于曾经充满理想充满英雄主义精神的那代人，我怎么能用"仕途"这种传统术语来概括其人生旅途呢？为了表述的方便，为了对某一方面的侧重，却掩映了曾经闪光的生命。由此可见，在历史面前，年轻人的笔常常会显得单薄、肤浅、无力。而年龄差异环境差异，几乎是无法跨越的，这样，对过去的认识，如何才能准确、才能真切？我无法确信。

随后我又感到困惑。

人都生活在现实之中。（人们习惯说，现实是历史的延续。）而现实，无论何时何地都存在仕途、权力，而地位的不同能带来人的分量的不同。这是无须回避的存在。理想的最初闪耀，未必就能取代一切，涵盖一切。一个恢宏事业的进展过程，也并不一定让个人性格全然消亡。我们所看到的恰恰相反。在历史的大合唱中，个人总是以不同方式发出自己的声音。

周扬正是强烈地表现出个性的一个。我觉得，一方面，

"仕途"还是能概括他20世纪五六十年代所曲折走过的路程；另一方面，与"仕途"紧紧相连的领导欲、权力欲（这里并非是贬义上的理解），从一开始就伴随着他。他热情拥抱理想，用于为事业而献身，同时，又把个性的完成，同理想的实现融合在一起。于是，当历史给予机遇，只有二十几岁的他成为左联的领导人，这样的性格就得以展示，并决定他成为是是非非的中心，成为一面属于自己的旗帜。从那时候起，与鲁迅，与冯雪峰，与胡风，与丁玲……无休止的争论，不同程度的斗争，不同结局的命运，成为周扬一生极为重要的人生内容。而这一切，不会因为他生命的结束而被时间消解。

当他躺在病榻上度过最后时光时，他可能已无法想起这些。而我，在十年前的那个日子，只是关注着他能否出现在以丁玲为中心的场景，至于其他，无暇去想。

丁玲与周扬，本不该成为无法和解的对手。

他们有那么多可以成为朋友的因素。同是湖南人，且家乡常德与益阳相邻；从事同样的文化创造，同被视为左翼文学的代表人物；拥有共同的理想，同属一个政党；一度同为所崇拜的领袖赏识……然而，他们几乎从来没有亲密地合作过，相反却壁垒分明地成为两派。（也有例外的时候，譬如延安时期批判萧军时，他们曾采取过相同的态度。20世纪50年代初对待胡风的问题上，也曾站在一起，胡风的一些信件中，便流露出对于丁玲的不满。）我试图弄明白他们两个结怨的原因，也试图把他们互不相让而形成的宗派斗争的背景梳理清楚，然而，谈何容易。

那是一片片浑浊的云烟，因时间与环境的差异，不断地变幻着形态。浓厚的云烟，笼罩着一切，掩映着一切。于是，当我们局外人回望它们时，常常只能看到朦胧的云块，而无法走进去，看一看许多熟悉或陌生的场景。我很愿意在这样一些场景中，拥有一种平静的心境，去和那些熟悉或陌生的人相遇。同他们握手，同他们交谈，同他们一道抚摸历史留在心中的痕迹。或者，径自一人在其中漫步，用一种新的年轻的感觉，来触摸苍老的往事，来猜想云烟。

虽然许多猜想可能属于空穴来风的虚妄，但我觉得在认识历史过程中，也许需要这样一些猜想。于是，尽管知道实际未必尽然如此，我依然乐于随自己的思绪去追寻。

丁玲与周扬，两个不同的个性，注定他们无法走在一起。性格，这才是许多时候至关重要的因素，决定着整个进程。性格比理想、比政治、比纪律更为内在地决定着人的举动，人的亲疏好恶，即使在 20 世纪，即使在为理想献身高于一切的时代也不例外。不然我们面对发生于同一政党同一阵营中此起彼伏的个人恩怨宗派纠纷，就会觉得常用的思想、原则的划分，显得那么苍白无力。

一些友人在读过《恩怨沧桑——沈从文与丁玲》后，曾经反复同我议论过丁玲的性格。一个前辈作家，一次在电话中和我谈了许久，我们都希望找到一个合适、准确的词，来概括她的特点。当然很难。我们注意到周扬和丁玲，有一个共同特点，那就是都愿意成为人们环绕的中心，但所表现和所追求的方式却是不同的。他同意我对周扬特点的分析，即周扬更愿意以一个领导者的身份出现在文人中间，也就是说，他个性中的领导欲和权力欲，决定着他许多时候许多场合的选择。而丁玲，尽管她也愿意为人们拥戴，但不是借助地位、权力，而是靠文学成就所形成的明星效应。

"对，是明星意识。"聊了半天，那位前辈在电话中确定了这一概括。

明星意识是一个巨大的载体，它包容着所有外在的潜在的意愿，不管它是否合理是否现实。明星意识也是少数人拥有的专利，只有那些有能力有成就有个性的人才能具备。明星意识还是一种积极的人生态度，一种把个性放在崇高位置的举动。

我们这个时代是需要明星也不断涌现明星的时代。明星总是以自我为中心，需要鲜花掌声和欢呼。明星始终不甘于寂寞，不愿意被人淡忘，他永远需要人们的簇拥。明星不会衰老，明星希望时间凝结在他最为辉煌的那一瞬间。

明星意识对于丁玲，正是她人生意义的积极体现。她是一个女作家，便具备了女性与文学家的双重特点。同时，她也为自己是一个革命者而自豪。政治、文学在她那里以一种独特的方式结合着，所以她特别看重自己作为左翼文学杰出代表这一地位。这便是与周扬不同的丁玲，也是与众不同的丁玲。她乐于以文学的方式与人们见面，便把自己的文学兴趣与成就，放在了一个特殊的位置。自己仰望着，也愿意别人怀着同样的心情仰望着。她始终没有放下手中的笔，每个时期，她都用新的作品来证明自己的存在，而且是不同于他人的存在。只有怀着这样的抱负，她才会在暮年仍然雄心不已，仍然充满当年锐气，把创办一个刊物，同自己的存在价值紧密联系在一起。现在想来，在十年前的那个日子，她的政治热情、文学热情、明星意识，都得到了体现，并在体现过程中她获得满足，一种与周扬相抗衡的满足——这也许又是我的虚妄。

具有这样性格的人，注定无法同周扬协调，除非他们各自改变自己。

丁玲1948年有一则日记，记述了一件非常有意义的往事，它成为我的描述的最好注脚：

周扬挽我在华北搞文艺工委会，心甚诚。但当我说到我的小说（指《太阳照在桑干河上》）已突击完成时，他不置一词。我知道他的确愿意我在他领导下工作，他知道我这人还有些原则性，在许多老的文艺干部之中，他比较愿用我，但他对我的写作却有意地表示着冷淡。

（1948年6月14日，《新文学史料》1990年第三期）

简单的记录，却形象地勾画出两个人不同性格不同意趣的冲撞。

如果丁玲接受周扬的建议，在他的领导下工作，以往彼此之间的一切不愉快，必然消失得无影无踪。丁玲后来的命运会迥然不同，左翼文艺界延续甚久的这一宗派纠纷，也无从形成。完全可以做出这样的设想。

设想毕竟是设想。事实是丁玲没有放弃走自己的路，从而她与周扬的矛盾永远无法化解。而且，随着丁玲小说的巨大成功，随着丁玲获得斯大林奖，一时的荣耀和辉煌，反倒使这一矛盾更加激化。后来的发展，后来因宗派情绪产生的各自命运的曲折坎坷，以及由此而具备的历史嘲弄意味，恐怕是谁都始料不及的。

"文革"刚刚结束时，周扬接受赵浩生的采访，同他漫谈往事。《新文学史料》1979 年第二期上发表了这篇访谈录《周扬笑谈历史功过》，对于很少用文字说明自己的周扬，这是难得的材料。在谈话中，周扬谈到了丁玲。他说在延安时期，他和丁玲就形成了两派："当时延安有两派，一派是以鲁艺为代表，包括何其芳，当然是以我为首。一派是以文抗为代表，以丁玲为首。……我们鲁艺这一派人主张歌颂光明。而文抗这一派主张要暴露黑暗。"周扬的说法，未见丁玲本人的反驳，但在她去世之后，陈明先生曾在 1993 年发表文章，认为丁玲"不是主张暴露黑暗派的代表人物"，并力陈"文革"后周扬的这一谈话，对丁玲造成的压力。

暂且不必对这样的说法做出结论。我倒倾向于认为，周扬的谈话，正好说明在他的内心，丁玲始终是自己的对立面。即使到了"文革"之后，在他频繁地表现出难得的反思和忏悔时，仍然没有淡忘与丁玲的隔阂。

丁玲同样如此。她也始终没有淡忘与周扬的矛盾，而且随着时代的变迁，那种因多年的磨难而产生的敌意，更加痛切。在1979年1月的一则日记中，丁玲记录了她的这一情绪：

电视中见到周，依然仰头看天，不可一世，神气活现。谣传将出任部长。

（1月26日，载《新文学史料》1990年第三期）

这时《周扬笑谈历史功过》还没有发表。

在另一则日记中丁玲还写道：

近日为周"文"所苦。决定写《风雪十二年》。下午××来，未谈正事，不谈要事，只劝我不要卷入帮派。我何时有帮派？现在谁有帮派？他自己是否有帮派？劝我不要卷入，究竟意在何处？有何所指？他代表谁在说话？对我想起何作用？这些小丑，总是会说假话，会说瞎话，会说坏话，真是防不胜防呵！

（3月24日，出处同上）

历史的积怨不再可能化解。两人之间的矛盾，就这样一直延续着，一直折磨着他们，直到彼此生命的终结。我不知道，当生命即将结束时，他们会用什么样的目光审视他们身上发生的一切。他们的情绪漩涡，会否在一种特定时刻停止旋转，可以以平静和宽容的心情环视周围，回望自己走过的漫长路程。

我所描述的人告别了我们，也告别了属于他们的那段历史。告别时，他们心中的结可能仍然没有解开，但对于我们，看不清的云烟，或许会由此渐渐散去，历史的漩涡，或许也将归于平静。至少我们希望如此。

作为对他们那一代有兴趣的人，我愿意去理解他们，去认识他们。可是，更多的年轻人，常常会以淡漠的心情看待历史上曾经发生过的这一切。许多当事人有过的痛切与激奋，不再能引起年轻人同样的共鸣。他们阅读历史时，只能把它看作陌生的一页随意翻过。

实际情况就是如此。我的许多同龄人，还有更为年轻的一代，他们常常以疑惑和奇怪的神情，打量我所描述的故事。于是，随着时光流逝，随着环境变迁，过去发生的一切，对于他们会渐渐变得不可思议，那不过是一些已然苍老的故事。

这完全可以理解。没有了历史的重负，没有了那么多的与政治与权力紧密相连的个人恩怨，他们的步履从而显得不同于前人。他们正在走进一个新的时代。这个时代，也许可以说是正在失去权威的时代——或者换个说法，期待权威却无法产生权威。人们往往更看重个人的一切，前辈那种为理想为信仰为某一愿望如此执着如此痴迷乃至疯狂的举止，对于他们已显得陌生。

历史如同一个茶馆，不断地变幻着话题，但也不断重复着话题。毫无疑问，对过去感到陌生的年轻人，会用自己的方式，开始创造下个世纪的话题。但是，他们同样将面临自己的选择，也将因思想因性格而遭遇新的困扰。旧的话题会不会重新被述说，过去困扰过周扬、丁玲那一代人的现状会不会同样呈现于我们面前，谁也无法断定。

那么，我们不妨时而将目光打量一下过去的日子，尽量去认识去理解似乎不可思议的已然苍老的往事，从而我们更能把握现在，把握自己。

那年轻的心拥抱苍老往事，会产生一种新的感觉。

1994年7月

唐瑜："二流堂"堂主不了情

　　唐瑜先生爱聚会。93 岁的老人，有时甚至和老伴搭乘公共汽车，跋涉 20 多公里走进京城来参加聚会。他最年长。耳朵听不见，声音便格外洪亮。每次我们轮流用笔提问，然后，就听他一声声高亢入云的高谈阔论。

　　看他老天真的样子，我总是会想象一番六十几年前他和"二流堂"友人的风采。

　　1943 年抗战期间的陪都重庆，有一批文艺家格外出名。他们嬉笑怒骂，无拘无束，在战争阴云密布的城市里如同一束快乐亮光。这批人被称为"二流堂"，其中有唐瑜、丁聪、吴祖光、冯亦代、黄苗子、郁风、金山、盛家伦、凤子、叶浅予、张光宇、张正宇等。夏衍、潘汉年也是他们的常客。

　　没有唐瑜的热心慷慨，就没有"二流堂"。难怪他被戏称为"二流堂"堂主。

　　这是一个旷达、幽默、豪爽、热心的人，即便到了晚年，历经沧桑之后，他也仍然如故，完全一副性情中人的洒脱。

唐瑜是缅甸华侨，20世纪30年代初到上海后，他结识了潘汉年、夏衍，并在潘汉年直接安排和领导下主编《电影新地》《小小画报》《联华画报》等报刊。因此，每次聚会，谈起30年代上海电影界，他总是眉飞色舞，有一肚子逸事掌故。纪念中国电

唐瑜（右）与李辉

影百年，却不见有电视台和报刊找他，实在是个大遗漏。

唐瑜的胞兄是缅甸富商，对他常常予以慷慨资助。抗战期间滇缅公路通车之后，唐瑜曾到仰光去，返回重庆时，胞兄送给他两辆大卡车和一辆小轿车，一辆卡车上装有当时可以畅销的物资，一辆卡车上装食品，供重庆的朋友们享用。大家需要用钱时，唐瑜就拿出一部分物资去出售，最后把车都卖掉。

听吴祖光讲过一个故事：他和唐瑜一起走到重庆一个路口，远远开来一辆豪华轿车，唐瑜一见，便忽然停步不走。大雨初晴，积水很深，汽车飞驰而过，溅了他们一身污水，唐瑜的脸上也是泥点。他没有反应，只是呆呆地注目轿车失去踪影，然后说："这车是我的。"

唐瑜几乎成了重庆当时一批文人的"摇钱树"。此时从香港、桂林流亡到重庆的文人，大多穷困潦倒，衣食住行是最大困难。唐瑜似乎一夜之间成了"建筑师"，竭其所能，为熟悉的朋友提供住所。夏衍带着妻子儿女一家四口来到重庆，唐瑜卖掉哥哥送给他的半只金梳子，在中一路下坡盖了两间"捆绑房子"（战时重庆穷人住的泥墙、竹架搭的一种特殊建筑）。唐瑜和夏衍各住一间，没有门牌，为了寄信方便，夏衍在屋前竖了一块木板，上面写了"依庐"这样一个很好听的名字。

来到重庆的朋友愈来愈多，唐瑜索性盖起一幢两层楼的大屋子。他在离"依庐"不远的坡下租一块地，自己绘图设计，亲自监工建造，盖起了一间可以住十多人的屋子。用夏衍的话来说，唐瑜"呼朋引类"，让当时没有房子住的朋友都住了进去。

"二流堂"后来20年里风雨飘摇，不少人经历坎坷，但

左起：郁风、李辉、唐瑜。

旧日情谊却一直是唐瑜的精神支柱。"文革"结束之后，他的最大愿望是为挚友潘汉年做事情：收集潘汉年手迹、编书撰文、呼吁建纪念馆、塑铜像……他几乎把这当作了生命的全部内容。每次见到他，或者他给我来信，没有一次不是与潘汉年有关。

可以理解他的情感。刚 20 岁时唐瑜就在潘汉年领导下工作。60 年代初，一次在王府井大街他意外地见到了潘汉年。此时潘汉年尚在劳改农场，他悄悄将潘带到家中。自 1955 年被捕以来，潘第一次有了与老友私下畅谈的机会。

谈了些什么，唐瑜总是语焉不详。曾劝他回忆得详细一些，多一些历史细节。他摇摇头，神秘的样子。

没有说什么？不便回忆？看看我，他还是摇摇头。

每次聚会结束时，年过九旬的老人总爱问："下次什么时候吃饭？"

黄苗子："安晚寄庐"主人

一

春节一过，进入戊子年，黄苗子先生就该九十五岁高龄了。我所熟悉的老人中，年过九十的不算少，但像他这样身体硬朗，神清气爽且笔耕不辍者，实为凤毛麟角。

他和郁风是富有人生传奇的一对夫妇。从 20 世纪 30 年代初投身于艺术创作，一直到 90 年代，哪怕经历战争，哪怕身处历史漩涡，甚至蒙受过多年牢狱之灾，他们却一直未曾泯灭过艺术信念。艺术让他们走过一次次磨难，艺术让他们活得踏实，活得有滋有味。最令人叹服的是，"文革"后期当他们双双走出被关押七年的秦城监狱时，他们的性情居然依旧未改，还是如过去一样爽朗、乐观。人们很少听到他们叹息、哀怨。

十年前，我完成了他们的传记《人在漩涡——黄苗子与郁风》。我请他们两位在扉页上题词。苗子先生写道："如果没有漩涡，一潭死水，那么，生命、诗、文艺，一切都完蛋了。感谢李辉把我们投入漩涡。苗子，1998年11月3日。"郁风先生写道："八十多年的历史，怎么说得清楚？两年多的交往，这本书的写作过程，使我们重新认识在漩涡中的自己。郁风。"

这是苗子先生第一次为我题词。

2003年，苗子先生走进九十。这一年，他又经受了一生中的另一次考验。春夏之交，SARS（非典）肆虐北京，"五一"期间，我从家里的窗户往外看去，到处空空荡荡，整座城市在大白天也如同过去午夜一般冷寂。大家自觉地不再串门，不再聚餐。即便自己并不在乎，但也不方便去打搅别人，谁知对方是否敢接触你？我打电话问候，他大呼一声："你是汉子，你就来！"我这才如同往常一样坦然地走进他们的家门。

就在这一年，我为他编选的《黄苗子自述》出版。他兴致颇高，在扉页上题写打油诗相赠："我不述自述，李辉代我述。果然陈芝麻，苗香有妙术。今是而昨非，两间余一卒。二〇〇三年五月此书问世，纯出于李辉炒作之功，为了押韵，末句偷自鲁迅，不敢大言不惭。李辉以为如何？苗子个人力抗非典，幸乃无恙。时年九十。"

同年深秋，我编写的画传《黄苗子与郁风：微笑着面对》出版，他再写打油诗相赠："往事不堪回首哎，下辈子重头奋威。这本书出乖露丑，微笑着面对李辉。李辉兄编此出书，要写几句话，不好表扬，也不好骂，只好打几句油。二〇〇三年十月廿四。苗子。"

有这些题跋，黄苗子先生在我眼里就多了另外一层亲切与灵动。

二

是艺术让黄苗子乐观，让他年轻。

做父亲的当然不会想到，故乡广东香山（今中山市）县城石岐仁厚里的那座显得有些寒酸的祖宅里，几幅清代著名画家任伯年的作品，居然会早早地在只有五六岁的黄苗子心中种下对艺术的向往。黄苗子稍一懂事，就被它们吸引了。至今，他还记得其中的两幅画。一幅桃花流水，几只鸭子在水上游嬉。另一幅芙蓉山石，上坐一只黑白花猫。他常常对着这几幅画出神。当然说不上是一种欣赏，但画面所呈现的事物，笔墨所表达的那种情趣，幼小的心灵却能感受出来。

这样一种特殊的教育方式，这是最初的艺术启蒙，却最终决定了一个人的一生。

在黄苗子那里，艺术总是以不同形式伴随着他的人生行程。虽自幼师从名家邓尔雅练习书法，但许多年里他只是把书法当作业余爱好，友人也从未将他称为"书法家"。但对于

2005年10月，黄苗子和丁聪站在1935年的老照片前高兴地留影。老照片上的四人为四位漫画家，左起：丁聪、黄尧、华君武、黄苗子。（李辉摄）

他，这却是一个艺术家生命的延续与丰富的必然。他在香港长大，十几岁时开始迷恋漫画创作，30年代初独自一人离开香港，到上海闯荡，立即成为漫画界的活跃人士，颇有成就。后虽转而从政，但文化的兴趣一直未减。50年代后他转而专注美术史研究，四处搜寻与古美术有关的旧书，一度成为此领域中藏书最丰的人之一，与当代美术家有着广泛交往与深厚友谊。

他是一个艺术家。无论处在何种情形下，对艺术的渴望，永远挥之不去。"文革"时间，黄苗子在监狱里度过将近七年。在北京，从半步桥监狱到秦城监狱，他一直是单独囚禁。孤独、痛苦的监狱生活，对于黄苗子来说，无疑是一种对生存信念、对艺术精神的最严峻的考验。在监狱，这种渴望，则是一把锐利的刀刺痛人心。但是，它又是一种无形的力量，让人充实，让人坚韧不拔地生存下去。他回忆说，没有纸，没有笔，但他用意念继续着书法的揣摩。看着墙上滴下的水痕像一个字，他就仔细观察其中的结构，线条。他在想，出去之后，应该用这个方法写字。有时，兴之所至，他会如醉如痴地挥舞着手指，在空中划来划去，寻找一种感觉。他说，在那样的时刻，他的内心充溢着活力。

他从未忘记自己最倾心的苏东坡。苏东坡说过："书必有神、气、骨、血、肉五者，缺一不为成书也。"这句话，黄苗子一直记在心间。现在，在一种特殊处境下，他在体会着中国书法的精粹所在：神与气。过去技艺的训练，学识的积累，被一种与众不同的方式调动起来。没有纸笔，他反倒感觉到无拘无束的自由，进入以意驱之的境界。

乐观者面前，一切经历都会是艺术酿造的过程，对于黄苗子尤其如此。

被人们看作是书法家时，黄苗子已年近古稀。一位美术评论家这样高度评价他的书法艺术：黄苗子的作品是发自性灵之作。他不拘绳墨，由工而不工，达到书法的最高境界。他贵在发自性灵，把自己的感情倾吐，纸笔墨颜色不过是媒介，写的是自己所喜爱的东西，不为框框所束缚。

他没有想到自己的晚年会在这样的起点上启程。人们也没有想到，他的晚年竟会走得这样漂亮。80岁左右时，他又忽发奇想，第一次挥洒笔墨开始了水墨画的创作。朋友们不由得感叹不已：艺术真的能让一个人如此年轻！

三

黄苗子先生的书斋名为"安晚寄庐"。平和，朴实，不张扬，一如其人。

他喜欢八大山人，曾一直想写一本系统论述八大山人的专著。八大山人有一幅《安晚帖》，"安晚寄庐"之名即源于此。

安晚——一个文人难得的人生境界。将近一个世纪的风风雨雨他都经历了，还有什么能让他惊奇、诧异呢？正如《三国演义》卷头词所云：白发渔樵江渚上，惯看秋月春风。一壶浊酒喜相逢，古今多少事，尽付笑谈中。

漫画、美术史研究、书法、收藏……诸多内涵丰富的文化兴趣，使黄苗子的书房俨然就是一个琳琅满目的世界。

他的书房实际上由客厅和书房共同构成。一个多宝格把餐厅与客厅分开，走进客厅，其实就走了他的书房。电视两旁都是书架，自己的著作、朋友的赠书整齐地放置上面。新来的书和杂志，书架放不下，就堆放在地毯上，依偎着书架。想看的书则堆在茶几上。几天不收拾，就是一大摞。

黄先生喜欢收藏，家中珍品到底有多少恐怕自己也说不清。他研究古代美术史，又与同时代诸多书画名家有密切交往与友谊，书画便成了他的藏品中最丰富的一个门类。于是，他的客厅和书房，常常就成了轮流张挂藏品的小画廊。张大千的佛像、齐白石的鱼虾、郁达夫的赠诗……近来悬挂的则是一幅他的黄姓本家大师黄宾虹的作品《漓江山水》。黄宾虹画跋有云："作山水画最重气骨，论宋燕文贵者犹以细碎清润薄之，兹写阳朔一角。宾虹拟古。"这样一些藏品，使"安晚寄庐"漫溢艺术芬芳，来访者为之陶醉，且艳羡之。

黄先生平生最爱搜集画像石拓片，这些藏品和一千册线装书一并捐赠给香港中文大学文物馆。如今，只留下几本潍坊陈氏精拓的六朝石刻，不时拿出欣赏之。

说起友人相赠的藏品，黄先生有说不完的故事。已故大收藏家叶恭绰先生曾送给他《陈老莲手写诗册》，他以影本借给美国出版《陈老莲》画册。他平生喜欢书法家伊秉绶的隶书，画家叶浅予送给他一副伊秉绶的六尺五言联。

其实，作为一个书画家，真正让客厅和书房充满文人情趣的还是他自己的作品。走进这里，四周一看，就可发现妙处无穷。

一副对联是他书写，悬挂在书房入口处的墙上："惟金石可长久，只富贵不妄求。"另一面墙上，挂着一块瓦片，上面是他书写的马致远的元曲名句："小桥流水人家。"他说，这块瓦片，是北京郊区马致远旧宅屋上掉下的瓦片。他写后，由后辈朋友刻在瓦上。马家的瓦片，在六百年后写上马致远的名句，还有什么能比这更有趣味？

书房门口悬挂着对联，是由黄先生书写，再请王世襄的一位朋友、浙江农民竹刻家范瑶青用竹片镌刻："蚯蚓爬成字，秋油打入诗。"黄先生喜欢这副对联，是由老友、文史大家启功的诗句改写而成："蛇来笔底爬成字，油入诗中打作腔。"黄先生在对联题跋中说："予戏改为此联为点金成铁矣。粤以酱油为秋油，故云。"

黄先生与启功先生是多年挚友，他们常常赋诗唱和，也是书法界两位声名显赫的人物。20世纪80年代，启功与黄苗子率领中国书法家代表团出访日本，此行被认为当时中日书法交流的一大盛事。在"安晚寄庐"里，与启功有关的藏品比比皆是：书信、题字、手稿、赠书……应有尽有。

他的书案上，放着一本明清时期的写本《石田词·白阳词》，这是启功送给他的。《石田词》的作者为明代画家沈周（字启南），《白阳词》的作者为明代画家陈淳（字道复）。深蓝色的封面上，启功用朱笔写着："汪柯庭旧藏钞本，启功获于海王邨。"打开书，末页上另有黄苗子的朱笔题跋。写道："乙巳除夕，元白来会芳嘉园，以此见贻，时夜寒欲雪，爆竹远近。"再空一行，又有新补写的题跋："乙酉冬寒重读时，距元白之丧已近一年矣。畅安挽元白联云：'师多于友，恸不能言。'读之欲涕。九二叟苗子安晚寄庐。"

看得出，这本友人相赠的合集，黄苗子读得很细。《白阳词》中《蝶恋花·题真素》一页，黄的批注为"此首缺下阕末数句"。《桃园忆故人·闺情》一页，批注为"此宋人词误录者"。

欣赏藏品，阅读友人赠书，挥毫书写，这就成了安晚寄庐主人的最大快乐。

四

"安晚寄庐"有一个书架，其中一格整齐地摆放着一排档案卷宗，上面分别注明：书信、漫画旧作、北大荒家书、文章剪报……随便打开一个卷宗，都会引发他对往事的追忆。

最能体现他的文化情怀和情趣的，莫过于一册《北大荒家书》卷宗。

1959年春天，年已四十的黄苗子，以一个"右派分子"的身份，从北京发配到北大荒伐木。在极其艰难的处境里，对文化的爱从来没有在黄苗子心中消失过。他仍然没有忘情于文物研究和艺术。他在写给妻子郁风和孩子的信中，不止一次提出希望订阅《文物参考资料》和《考古》杂志，希望能有类似这样一些书和杂志寄到北大荒。

他和同队难友精心设计的一个"花园"，被当作"资产阶级情调"而毁去。从那之后，对大自然的喜爱不敢轻易流露出来，但这并不能阻碍黄苗子在写给郁风的一封信中，毫不掩饰地表现出他在自然界感受到的喜悦：

今天是北大荒最好的天气，我今天在路上看到第一朵开了的马兰花，摘下来寄给你。

（去年寄到家里的花种种上了没有呀？）云山水库旁一片嫩绿，各种野花已经开始开放，……早晚上下班走一小时的路，欣赏朝晖和晚霞，牧场的牛群有各种的颜色，更增加美丽情调，可惜没有时间和技巧用画面表现。（1959年5月20日）

就在同一封信上，黄苗子还在一页信纸的背后，欣喜地告诉郁风，今天他看到了一只美丽的鸟："今天上工时路上捉到的一只美丽水鸟，翅膀受伤后被我发现的，本来想把它养起来，可是没有工夫捉鱼给它吃，我就送给养鱼队了。"写完这句话，他还特地用钢笔，认认真真地画出了这只鸟的样子。这也许是黄苗子在北大荒期间留下的唯一一幅绘画作品。

作为一个艺术家，无法泯灭的是对美的追求，还有那种与生俱来的创造欲望。黄苗子在自然界面前产生的心情，成为他在北大荒生活的最好点缀和安慰。

在"安晚寄庐"里，还堆放着一摞卡片盒，里面是数千张读书卡片。60年代初，因饥饿发病，黄苗子从发配之地回到北京，遂被安排在美术出版社的资料室工作。这反倒为他提供了大量阅读史料的机会。他精于考证而又甘于寂寞，于是，在那些日子里，他记下了近万张写得密密麻麻的读书卡片。从出土文物中的美术实证，到野史中的逸闻传言，从唐诗宋词中对美术的吟诵，到话本、小说中不时出现的画家行迹，历史上与美术有关的一切，应有尽有。中国美术史在他那里便成了丰富多彩的、生动的千年故事。晚年，他在海峡两岸共同出版的《画坛师友录》及《艺林一枝》，正可视为他多年心血的结晶。

说黄苗子厚积薄发，绝非溢美之词。中国古代美术历来不注重系统论述，一些颇为著名的画家、书法家的家世行迹，也常常如神龙见首不见尾。黄苗子多年为之努力的，是尽量充分地掌握史料，把吴道子以来的诸多人物进行梳理，力求勾勒出较为清晰的轮廓，从而对名画的鉴赏与细节分析，也就不再空泛、随意。扎实的基础和自身的书画功底，使他在这方面的学问，令周围一些才高八斗、眼界甚高的朋友也为之佩服。在性情与意趣取向上，黄苗子似乎对八大山人、担当和尚、郑板桥这样一些人更为偏爱，因之，他对他们的理解、描述极为深切而生动。可以说，《艺林一枝》是他的学问、心迹、才情的集中呈现，它与他先期出版的另一本叙述当代美术史的《画坛师友录》一起，构成了这位九旬老人对自唐至今中国美术的系统描述。

如今，"安晚寄庐"的墙上，挂着由半个葫芦制作的工艺品，上面镌刻着伊秉绶的书法：长生长乐之居。经历了90年的风风雨雨，仍然健康地生活着，快乐地创作着——这就是"安晚寄庐主人"的"长生长乐"。

黄宅大门上，悬挂着匾额，上面只有两个字"安晚"——黄先生摹自八大山人的《安晚帖》。指着匾额，他幽默地说："老头们都知道由右至左念成'安晚'，年轻人由左至右念成

'晚安'。这也好，白天念成'安晚'，晚上送朋友到门口告别，就念成'晚安'吧！"

五

"安晚寄庐"的藏品非常丰富，有多少，连黄苗子自己恐怕也难以说清楚。客厅和书房放不下，只好一部分仍存放在过去旧居的书房里，又在新居旁的一座楼房里借来一个大房间，画室兼书房。

如今，年岁已高的黄苗子的苦恼是难以将一些珍藏多年的资料整理出来。

"我收藏了陈老莲的法帖，其中有一篇是老莲亲笔写的《告白》，也就是当时的小字报。我现在无法整理。"黄老指着一个柜子说。

"这个柜子里全是与八大山人有关的资料，遗憾的是无暇也无力整理了。"黄老指着另一个柜子又说。

1966年"文革"爆发之初，那时的黄苗子，哪里能想到晚年会有这种"烦恼"？

那一年，在席卷全国的"破四旧"（旧思想、旧文化、旧风俗、旧习惯）运动中，文人被红卫兵抄家，砸烂文物藏品，几乎谁都难以逃脱。当时，黄苗子与王世襄两家同住在

前排左起：丁聪、黄苗子、杨宪益；后排左起：邵燕祥、李辉。

北京芳嘉园的一个四合院里，他们有共同文化兴趣，都爱好收藏，但也都是"右派分子"，也自然都成了被抄家的对象。黄苗子曾有石涛一幅《桃花源图》，上面还有八大山人写的《桃花源记》，这一珍爱的藏品就是在此时付之浩劫的。他回忆说，当时，人处在恐慌中，偷偷烧掉一批友人书信，其中有叶恭绰的数十封，傅雷的七八封，沈尹默、夏衍、沈从文的不少信。二十几岁时在上海期间收藏的鲁迅、郁达夫的手迹，也瞬间变为灰烬。有的来不及烧或不好烧，就撕成碎片。如今仍记得的有画家张弦的人体速写，明代陈字（陈老莲之子）的八尺人物中堂等。急忙中，用桌子叠着椅子独自爬上屋顶，推开天花板把撕过的书画放进去。"文革"后期出狱后，原来的客厅已被安排住进了别人，且翻造一番，破碎的瑰宝再也无迹可寻了。

在恐慌之中，王世襄害怕藏品被不懂事的年轻红卫兵破坏，便主动上缴给工作单位。他的举动启发了黄苗子。黄家有不少珍贵的藏书藏画，其中有黄苗子为研究古代美术史而购买的一大批明清刻本书籍，有些还是国家图书馆都难以找到的孤本、抄本。

出于无奈，黄苗子自己雇来七辆三轮车，将所有藏书连同书橱一起送到单位，其中包括自己多年来摘录的读书卡片两万多张。当把家里的书画藏品运走之后，他心里好像一块石头落地，如释重负地说："这回解放了。一辈子都做物质的奴隶，这次下决心交出去，真觉得解放了。"但是，内心又怎么可能如此简单，如此轻松？当看到一辆辆三轮车驶出胡同口时，他的心一定在滴血。书画毕竟是多少年与他相依为命的伙伴，毕竟是自己生活的主要内容之一，与它们告别，终归难舍难分。唯一聊以自慰的是，虽然不再可能著书立说，但这些书画如果保留下去，便能够让更多的人去利用。这种深藏的愿望，恰恰表明他无论如何变化，无论如何跟随时代，骨子里却永远保留着对文化的热爱。

书房顿时变得空荡荡的。面对这样的现实，黄苗子的心情极为复杂。1998 年 2 月，他在写给我的一封信中这样说道：

眼看大批的线装书和自己告别，眼看五十年代初，由郭沫若指示我到旧书摊以贱价买得的二十四史，在出版社的屋中被串连来住的红卫兵逐本拉出来焚烧取暖，我的心是酸的。过不久，眼看毛泽东在接见外宾的照片中，背景是满架书香的线装书，我的心是迷惘的！

后来证明，他主动上缴藏品的决定是明智的。1975 年，黄苗子出狱后去领回这些藏书时，书已捆成若干捆，上面都写着"黄苗子逆产，某某机关查封"的字样。他询问单位人士，答复说：这些书是决定分给有关单位的。只是后来上头有话，指示暂时不动，才保存下来的。尽管他送去的藏品没有悉数回到手里，但在"文革"后，毕竟拉回来成千册书，读书卡片也收回近万张。不然，如果放在家中，难以想象它们会有何种下场。

如今，站在"安晚寄庐"，看着这些失而复得的藏品，听主人讲这些往事，仿佛天方夜谭一般。对于他，它是沉重的记忆，是不堪回首的苍凉。想想这些，此刻的烦恼，依我看，不过是晚年快乐的另一表现方式！

前些年，黄苗子先生把劫后退还给他的近千本明清刻本美术类书籍，悉数捐给了香港中文大学。2007年年初，我陪他去香港拍摄《回家》专题片。在香港中文大学的图书馆里，管理人员取出他捐赠的图书。他坐在桌前，低下头，慢慢抚摩自己收藏过的那些插图精美的刻本，抚摩他在上面用朱笔书写的题跋。

他在抚摩一个时代文人的心痛。缓缓抬起头，面对摄像机，久久无语。

有论者曾以水作为沈从文的性格象征。其实，黄苗子先生以及更多的走过沧桑的那一代文化老人，无不是水中一分子。水可圆可方，似软却硬，跌宕起伏，姿态万千。无论遭遇何种阻隔，水总是按照自己的意愿执着地向前流淌，直至渐成大观。此乃个人之幸，更是文化之幸。

郁风：在漩涡中欢笑

一

北京，2003年的春天，一度被恐惧笼罩的季节。

在SARS肆虐的阴霾日子里，郁风老人的微笑，让我又一次看到了她生命的亮色。

郁风依然如平时一样平静，一样微笑，仿佛弥漫全城的恐惧与她毫无关联。已经87岁的她说得更是爽快："怕什么？只要小心，没事儿。这跟买彩票一样，哪儿那么容易中彩？"说完，大笑起来。

永远乐观的人。爽朗的笑声，沉着、乐观、毫不在乎的样子，就像阴霾天空下的一束灿烂的阳光。

乐观的人总是微笑着面对一切。这位老画家、老记者、老作家，有什么会让她感到恐惧呢？漫长一生，经历过多少风风雨雨、坎坷磨难，一次SARS绝不会让他们谈虎色变。翻开她一生的画卷，出现在我们面前的一个个场面，似乎都远比SARS更让他们感到惊心动魄：上海滩白色恐怖下的游行、战火中日本飞机的轰炸、硝烟弥漫中的香港逃亡、日本侵略者大轰炸下的重庆岁月、长达七年的"文革"牢狱之灾……有这样一些经历的人，曾经微笑着面对所有苦难的人，完全有理由当SARS肆虐时再度表现出冷静和乐观。

乐观是郁风生命的底色，漫溢而出的是微笑。微笑的人眼睛是在发现美，哪怕丑恶环绕在身边。这是乐观精神的力量，也是艺术的力量。微笑的人，在大自然、在现实生活中感受美丽，因为她有艺术家的心灵，有艺术家的热情。微笑着面对一切，微笑着用艺术充实生命，这样，艺术也就成为生命的景象。

二

童年郁风很幸运，有一个留日归来担任大法官的、具有优越社会地位的父亲郁华，有一个温暖、生活稳定的家，同时还有一个名震中国文坛的三叔郁达夫。从郁风开始懂事起，父亲与三叔就在她的生活中占据着极为重要的位置。在父亲郁华这位多才多艺的大法官的影响下、在三叔郁达夫的影响下，郁风中学毕业后，选择的是北平艺术专科学校学习油画，随后到南京中央大学在徐悲鸿、潘玉良的教授下深造。她倾向于新文学和西方艺术，很快就以一个爽朗、天真、富有创造精神的新女性形象，出现在20世纪30年代上海文化界，顿时成为颇有影响的才女。

郁风的性情让她着迷艺术。

15岁那年，北平艺术学校招生，有西洋油画系、戏剧系等，属于大学预科。她选择艺术学院，一方面她对艺术产生极大兴趣，另一方面，她

1944年黄苗子与郁风的新婚合影

也看中了艺术学院轻松自由，这与她的性情很相符。到艺专后，她取了一个笔名"郁风"，从此，它渐渐取代本名而为人熟知。

不仅仅绘画，郁风还表现出对音乐和戏剧的浓厚兴趣。于是，除了绘画之外，她到音乐系学习发声，到戏剧系学习表演，他们缺少演员时，便会找到绘画系的她参加。她像一

个快乐的精灵，在艺术的不同领域飞来飞去。

三

1931 年，郁风 15 岁这年沈阳发生了"九一八"事件。郁风和全家为在沈阳出任大法官的父亲的安危而焦虑。郁风毫不迟疑地投入到了北京的抗议活动中。愤怒的青年人，向政府请愿，反对不抵抗政策。

郁风第一次走上街头，参加了群众游行。在她随后的日子里，她一次又一次地以同样的热情，以一个积极而热情的社会活动分子的身份，走在游行队伍的行列。由此，社会革命活动，成为最让她投入的事情。在这样的时候，艺术就不再是主角，而只是自己参与社会革命的一种手段、一种方式。

走向街头，是那个时代的潮流，是每一个艺术家都不得不面对的选择。作为一名刚刚在艺术学院起步的学生，郁风过早地面对这一严峻的现实。

1935 年，她在上海又参加了共产党领导的妇女俱乐部，俱乐部成员中还有蓝萍（后来的江青），她们一时间非常熟稔。在出演话剧《武则天》中的女主角时，郁风还曾得到已经有了名气的蓝萍的辅导。更多的时间，她们一起开会，一起游行。

从纯粹的艺术发展角度看，这也许是郁风的遗憾。她热爱艺术，有出色的艺术感觉和才能，但是，她别无选择。生活在这样一个动荡的年代，成长在郁家这样一个家庭背景中，她走这样一条人生道路已是必然。她的爱国热情已经点

1994年，郁风在自己画的巴金肖像前留影。

燃；她喜欢在轰轰烈烈中体现自己的价值；她总是有消耗不尽的精力和激情；她愿意抛头露面成为人们关注的中心……

四

1933年郁风进入南京中央大学，成为美术系的学生。青年艺术家郁风从此开始展露风采了。和别的女同学不同，甚至和潘玉良也不同，她不喜欢那种仕女风格的优雅，不满于

纯粹的唯美的画风。有的女同学，在画自画像时，着意将自己描绘为淑女一般的娴静而美丽。郁风却不。她喜欢豪放，喜欢热烈，喜欢无拘无束的个性挥洒。这样的性情，不需要刻意打扮，在她看来，生活中是这样，艺术中也应这样。

她画自画像。找来一块大红布，随意往头上身上一裹，恰同于西班牙女郎的奔放和热烈。郁风这幅在南京创作的油画自画像，起名为《风》，1935 年 8 月发表在上海著名的《良友》图画杂志第 108 期上。作者署名：郁风女士。

发表这幅作品时，《良友》的"编者按"写道："郁风女士，为文艺家郁达夫先生之侄女公子，作画潇洒豪放，笔触流动，为现代女画家之杰出人才，上图即为其近作自画像之一。"半个多世纪后出版的《中国现代女画家杰作选》的肖像类作品中，第一幅便选用了郁风的这幅作品，足可见其在现代绘画中的成就和地位。

画面上这位姑娘，既不是大家闺秀似的含蓄、优雅，也不是小家碧玉似的温柔，而是一个火一般热烈、透出逼人锐气的现代社会女性。她的眼睛，大而炯炯有神，仿佛逼视着面前的一切，不需要任何遮掩；两道细长的眉毛，生动地渐渐上斜，然后又略微弯下，被勾画得十分有力大胆；嘴唇显得颇为性感；头巾稍稍将左额的一角遮住，使椭圆形的面庞，多了一些变化。

有一个很大的遗憾。发表在画报上的作品，是黑白的，不是彩色的，因而人们无法领略原作的风采。郁风回忆，当年她是用鲜艳的红色画这身红布的。可以想象，整个画面上一大片火红，将白皙的脸庞和明亮的眼睛，映照得更加英气逼人。

即便在半个多世纪之后，面对这幅郁风早年的自画像，人们仍可以真切地感受到一种豪放风格。从而，也就有可能遥想着当年年轻的郁风，以一种什么样的姿态，出现在上海的社会舞台上。

五

"文革"中，郁风因为与江青有过一段历史渊源，被无辜地关进了秦城监狱。即便如此，长达七年的囚牢生涯也没有磨灭郁风对艺术的热爱。

在秦城监狱的囚室里，透过窄小的窗户，她仰望着天空，云的飘动和光亮的变幻，让她想到一个个熟悉的画面。她是那么渴望回到大自然的景色之中。在放风时，她偷偷抓一把草放在口袋里，然后又抓上一把带土的青苔放进挽起来的裤腿里，将它们带回房间。回来后，她将青苔和小草放在

郁风与唐瑜

肥皂盒里养，浇上水，静静地注视它，看着发蔫的草叶慢慢恢复生机。这该是她最为兴奋的时刻。

小草生长着。她又利用放风的时候，找到一点青苔，上面带着土，把它和小草放在一起。每天发的手纸她节约一些，用小纸做一个小蒙古包，放在肥皂盒里。小草是树，青苔是草原，还有蒙古包，在郁风想象中，这就是她在20世纪50年代去过的内蒙古海拉尔大草原。有时，她用纸再折一个小房子，肥皂盒顿时又成了她的故乡江南。

这便是一个画家在狱中的想象。色彩、情调从来没有因为生活的单调和寂寞而在她的心灵里失去过。她的绘画习惯，从来就是将记忆里的景色予以情感的过滤与补充，然后才予以精心描绘。现在，在狱中，记忆中的各种各样的景色，一一呈现于眼前，成为她重温艺术的唯一方式。唯有如此，对艺术的感觉才不至于迟钝麻木。她，永远拥抱着艺术。

人们欣喜而又钦佩地发现，在经过了多年的痛苦之后，郁风居然性情依旧。还是那么爽朗，还是那么乐观，她总是保持着一种与年轻人一般的朝气，在他们身上，人们看不到精神的衰老。思想是新的、流动着的，情感是活跃的、敏感的。夏衍在1987年这样说过："我已经88岁了，所以在我看来，苗子和郁风还是属于'老少年'一类。他们发不白，齿不龋，依旧是那样乐观，依旧是那样'顽皮'，老当益壮，穷且益坚，当之而无愧矣。"比较而言，郁风的单纯甚至天真，更是没有多少变化，用朋友黄永玉的开玩笑的话来说：还是那么啰嗦，不过是成了一个啰嗦的老太婆。

六

性情没有变，但思想却显然与年轻时、中年时有所不同。岁月沧桑使郁风的内心深处，发生了极为深刻的变化。

人生大起大落，民族大悲大喜，都让她可以用一种过去所不具备的目光审视自己，思考周围发生的一切。重新提起笔，郁风写散文，与过去相比，文字便多了许多凝重、深沉。

刚出狱时，谈到将来想干什么工作，郁风意味深长地说出她的心里话："我会缝补衣服，我将来想当一个缝穷婆，或者，在副食品商店当个店员，也就满足了。"这当然是在特殊时刻的无可奈何。

出狱之后，许多事情在她眼里仿佛具有了另外的含义。她在渐渐认识自己的一生，认识自己性格与行为的矛盾。她是那么喜爱艺术，可是，又那么热衷于社会活动。当不到20岁就在绘画上展现才华并受到人们关注时，可她并没有真正认识到自己在这方面发展的潜力，或者说，她更看重革命的重要性，更强烈地感受到革命的诱惑。当时光流逝，尘埃落定之后，她回首一生，才猛然发现，自己一辈子都是在政治与艺术的矛盾、交叉之中走过。

回首过去，她感到自己兴趣过于广泛，她的性情使她没有潜心于最初获得成功的绘画之中。时而油画，时而漫画，时而速写，更多的时候，这些本来让她倾心的艺术，却往往让位于社会活动、新闻，后来，从50年代到"文革"前，主要精力又都用在为集体或个人筹办展览上。虽然从事绘画艺

郁风（右）、黄苗子（中）、丁聪（左）在一起。

术的时间很早也很长，可是，真正排除外界干扰，真正将绘画作为第一事业的时间并不多。

于是，在长时间的沉寂、磨难之后，在遗憾、反省之后，郁风终于开始把主要精力放在绘画上，如同当年在北平艺术专科学校，在南京中央大学。回到起点，却是更高层次的超越。因为，有漫长人生的体验，有文学、新闻多方面修养的积累，她对中国绘画艺术的发展有着深刻和清醒的认识。更因为，一个与过去大大不同的时代，她可以走自己的路。

从 1978 年开始，郁风开始画水墨中国画，潜心于探索最适合于自己的风格。和那些朋友们一样，在东西方艺术之间，她同样有信心走一条相互交融的路。

评论家注意到了郁风艺术的发展。一位论者在看了郁风的画之后，认为她的作品："是画，不是中国画，也不是西洋画，但又可从她的作品中找到这些东西。她是把中的西的都驱在笔下，创造她自己的风格。"

1987 年 2 月 7 日，《二月九人美展》在中国美术馆举办。九位女画家中，只有郁风是年过古稀的老人，其余都是中青年。可是，与年轻人在一起，却让她显得格外激动。终于，在自己的展览中，她找到了失去已久的感觉。她在这次美展的请柬上，印上她写的一首诗，再恰当不过地表露出她那种重新拥抱青春的信念与兴奋：

她们有——

　　追求

　　　创造

　　　　爱恋

　　　　　恒心

　　　　对于她们

　　多难的世界仍然多姿彩

　　艺术的海洋永远富魅力

　　她们的生命将延续

　　至于我——

　　　　是一个过来人

　　　　在这早春二月

　　却愿从头和她们在一起

　　说得好，她与艺术已融为一体，在生命的深处延续，一直走到今天。88岁的郁风，永远年轻！

冯亦代：陪都迷离处

一

最初冯亦代给我的印象，朴实、淡泊、平静、甘于寂寞。他最为痴情的是书，是翻译的乐趣。

也难怪，我认识他的时候，他正忙碌着为《读书》写书话文章。他把这个"西书拾锦"专栏看作他晚年最为重要的事业。从60多岁一直写到八十几岁，将近20年从未停歇过。两百多期《读书》上，他以质朴而淡雅的文字，将外国文学的现状介绍给读者，成为读书人一扇不可多得的窗户。他像一位巨大书库的导读，不厌其烦地引着人们在书架之间穿行。这样，在初认识他的那些日子里，每次走进他的房间，与他聊天，所见所谈都是这些话题。

在搬到位于京城小西天那座高楼的"七重天"书斋之前，冯亦代一直住在三不老胡同的"听风楼"。那时，在每篇文章后面，他都会注明"写于听风楼"。在那间破旧狭窄的小屋里，他听过不知多少夜的风声雨声。这样的老人，平静地听风，平静地创作、翻译，都是很惬意的事情。

他是个很和善的老头。他的和善在于朴实和平淡。他聊天时，时而会用幽默的插曲来让人感到愉快，但他不会有别的人时常表现出来的那种妙语连珠的本领。这样的平淡，却另有一种魅力，这就是因平淡而产生的亲切。亲切，于是可爱，于是给人以快乐。

我有一次向他请教翻译，是关于一个词组的特殊译法。在解答后，他谈到在翻译过程中的体会。他的语调一如往常，没有抑扬顿挫，但是例外地语气有所强调："有的人觉得翻译很单调，其实翻译挺有意思。有时一个句子怎么也想不出好的译法，但是过了几天，嘿，突然从脑子里冒了出来。"说到这里，他的神情变了，仿佛一种巨大的幸福降临于身。微微仰起脸，眼睛轻轻闭上，一边说还一边稍稍晃晃头："啊，"停下，深深吁一口气，"那真是让人高兴！真有意思！"

他的神态真像一位嗜酒者，品尝一杯好酒，且已进入了微醺状态。

我可以理解他的这种陶醉。他这种性情的文人，总是有一些别人看来十分枯燥乏味的事情，却对自己有特殊的魅力。他迷恋它。自得其乐，自我沉醉。

他以这样的心境写书话。那些书话似乎简略，有时甚

冯亦代与杨宪益、戴乃迭在一起

至带有不少转述的成分。但是，它却需要深厚的文学功底和外文能力作为背景，缺一不可。我常想，其实这是一件费力而又吃苦的工作。读者需要它，但它又不会引起轰动；作者需要学识，但这种文体又不需要把炫耀才华放在首位。实际上，冯亦代在持之以恒地做着寂寞的工作。有时我不免有种担忧，还会有人像他那样做同样的工作吗？

冯亦代乐于寂寞带给自己的满足。每次我看他翻阅寄自英国、美国的书评报刊，听他讲即将写作或者已经完成的《西书拾锦》，都感觉他带有一种如醉如痴的神情。

后来，随着交往的频繁，我才发现，在寂寞中写作其实只是他性格中的一个侧面。不错，他能够耐着性子做寂寞的工作，可是他却又并非是甘于寂寞之人；他可以安安静静在书斋里看他的书，写他的文章，可是他也喜欢热闹，喜欢不时感受一下众星拱月的满足；他平常也很随和，可要是较起真来，一点儿也不含糊，任凭你怎么劝也不管用，在这种时候，你会觉得其实他并不属于那种豁达豪爽的人。

当然，最大的发现是他的浪漫。前些年，他与黄宗英的黄昏之恋让不少朋友大吃一惊。浪漫，执着，着实让我看到了他性情中的另一面。当时，承蒙他信任我，早早将他与黄宗英的通信给我看，甚至还在小范围的几个人中征求意见时，把我这个年轻人也算在内。现在看来，他的黄昏之恋的确是难得的和谐和圆满。难以想象，如果没有黄宗英的细心照料和精神支撑，他能否从一次又一次的重病中挺过来？我想，说这是浪漫也罢，说这是生命力的坚韧也罢，反正到目前为止，他们是我所见到的众多黄昏恋中最为成功的一对。从那时起，这个写《西书拾锦》的老头，在我眼里，顿时生动跳跃起来。

一个浪漫的冯亦代。

二

几个月前，当冯亦代把他的一本写于 40 年代的日记本交给我时，我又一次走进他的浪漫。

这是一本由生活书店印制的极为考究的日记本，封面上标有"中华民国廿九年生活日记"字样。日记本为深咖啡色硬壳封面，扉页是建庵的一张木刻《拥护蒋委员长抗战到底！》，画面上蒋介石骑在马上，手指前方，身后是青天白日旗，身旁是持枪士兵在冲锋。日记本每月前面都有一页反映抗战生活的照片和一页"献辞"。"献辞"分别选用了艾青、艾芜、鲁彦、舒群等人的文章，每页下方则附有中外名人和中国抗战时期要人的名言。

在这样一本有着浓郁战争色彩的日记本上，冯亦代和妻子郑安娜先后分别写了两部分日记。前面由冯亦代记述，题为"期待的日子"，时间为 1941 年 10 月 1 日至 1942 年 4 月 1 日；后面由郑安娜接着记述，题为"山居日记"，时间为 1942 年 4 月 20 日至 1946 年 8 月 25 日。冯亦代是连续记录，而郑安娜则是断断续续，有时一年只记了一则。

冯亦代写这些日记时，独自一人在重庆。他在 1941 年 1 月离开香港，到重庆担任印制钞券事务处业务科主任一职，留下安娜在香港。日记记录的便是他在重庆等待安娜前来与他重逢期间的生活。他在第一天写日记时，在该页上端，用中文写上："期待的日子！"旁边又用英文写道："Always in Waiting（一直在等待）！"在日记本上标明"今天的生

冯亦代、郑安娜新婚照

活计划"这一页，冯亦代还抄录了一首泰戈尔的诗。这首诗集中概括出冯亦代期盼时的心境：

> 坚定地持着你的信心，
>
> 我亲爱的，
>
> 天将要黎明了。

希望的种子

深深的在泥土里

它将要萌芽了。

睡眠，像一个蓓蕾，

将要张开它的心胸向着光明，

而寂静就会获得它的声音。

白昼近了，

那时你的重荷会变成你的礼品，

你的痛苦会照亮你的路程。

读这些日记，自然就想到八年前逝世的安娜老人。

80 年代，每当我去"听风楼"看望冯亦代时，总是安娜来开门。她瘦小精干，穿着十分俭朴，虽已年老，但透出一种典雅气韵。她把我引进门，给我倒上茶，就静静地坐到她的书桌前，听我们聊天，偶尔也参加进来。看书时，她手上总是拿着一个放大镜，原来 70 年代在"干校"时她患了青光眼未得到及时治疗，结果右眼从此失明。看她年轻时照片上美丽的大眼睛，再看眼前的她，确有一种悲凉与遗憾在心头。后来我才知道，眼前这位从不张扬的老太太，其实也在时代大风大雨中闯荡过，风光过。现在我有时不免后悔和她聊得太少，不然，仅仅是抗战时期她在香港担任宋庆龄的秘书的记忆，就该有不少重要的故事和细节，这对于我了解那一时代的风云变幻和复杂性格，一定会有帮助。可惜，她在1991年去世，一切都随之远去。

晚年住在"听风楼"，他们的生活显得平淡安稳，当然也就无从让人感觉到他们情感中曾经有过的浪漫。直到安娜去世后，读冯亦代的怀念文章，听他的交谈，我才得知，他们的爱情婚姻，虽然有过波折起伏，但却有着少有的浪漫情调。而这样的一些故事，也就加深着对他们性格的了解，对那个时代中的人与事的了解。

他们认识是在1934年的沪江大学。冯亦代还记得，那天晚上，在大学的露天剧院里，学生演出莎士比亚的《仲夏夜之梦》，安娜在剧中扮演小精灵帕克。"她娇小的身材，加上她诗一样的语言，柔和的声调，似乎是天生要我去爱的人。但是我还不知道她的姓名；我又用什么办法和她接近呢？我一面欣赏她的演技，一面痴痴地向往着能够早日结识她。"谁知，第二天，他才发现原来安娜和他选修同一门课，一同走进教室。到了晚年，冯亦代仍然用这种留恋、回味的语调说到当年的"一见钟情"。

经过几年的交往，他们1939年6月3日在香港大酒店平台举办婚礼，出任傧相的是戴望舒夫妇和徐迟夫妇。他们的喜事，给身处战乱中的朋友们带来巨大快乐。就在婚礼这天，他们两人又上演了一次他们的浪漫。

那天下午，吃完安娜切开的大蛋糕，朋友们便翩然起舞，而他们两人却偷偷离开了酒店，跑到一家戏院去看电影。是什么电影，冯亦代如今已记不清楚。他记得的只是，他呆望着身旁的安娜，那样安详，感觉就好像他们依然端坐在当年的教室里一样。她不时瞥他一眼，看见她笑，他也跟着笑笑。看完电影，他俩又去吃宵夜，早把客人抛之一旁了。回到新居，房东太太说客人刚刚散去。这便是他们的婚礼。用冯亦代自己的话说，坐在影院里相互对视，相互笑笑，"这就是我们看的影片！"

说得多妙。

知道了他们的这些故事，再看"期待的日子"中的日记，就不难理解冯亦代笔下所记录的种种情绪：等待中的思念、浪漫中的想象、焦急中的埋怨、重逢时的欣喜若狂……说实话，过去主要是读冯亦代的书话，我从未想到，他居然能写出"等待的日子"中的这种色调强烈的抒情文字。那简直是浓得化不开的甜蜜，是少男少女一般的情怀。在我看来，这些日记整理发表出来，大大充实了他的散文收获，呈现出他的写作风格的多样性。

看着人们拿着中秋礼品，看着人们忙着整理东西预备回家过节，那么欢欣的孩子似的腔调呀，心里有着说不出的怅然之感。一年容易，又是中秋，这团圆的季节，但我们却分散着，虽然我心里不断地拿"现在有着多少的离散的人"的那句话来安慰自己，但我的家应该是可以团圆的。真是太感伤了，但又有什么使我不感伤呢？

黄昏看月亮升上山头，那样明亮地像面镜子，月光照在雾上像片海，雾里的灯光是水里的倒影。而今晚没有灯火，月亮便显得格外明朗了。我抵不住它的诱惑，便硬将自己囚在烛火的书桌上，我不敢看月。

娜是不欢喜月亮的，但我记得去年有一晚香港灯火管制之夜，我们站在阳台上，夜凉如水，我却感到她身上的温暖。安适的家，和平的家，又是一年了。（10月4日）

这里，场景变换伴随心绪流动。惆怅、思念、感伤，与月光、烛火竟如此密不可分。诸如此类的篇章，在长达半年、数万字的日记中几乎比比皆是。

"期待的日子"绝非一般意义上的日记。尽管写它们时冯亦代丝毫没有将之发表的想法，但他显然是在精心地把它当作艺术品来雕琢。从散文创作的发展来看，这样的文字今天看来也许显得有些稚嫩，但从记录个人心境角度来看，从主人毫无顾忌地袒露心迹，从他刻意追求文学效果来看，仍堪称日记创作中不可多得的果实。

三

假如仅仅是一种个人间浪漫情感的记录，这些日记也许还不至于引起我如此浓厚的兴趣。

在回望 20 世纪的行程时，我常常感到历史研究或者历史描述中，总是留有不少空白。这一方面因为史料匮乏所致，另一方面也因为某些人为因素所致，各种原因各种因素，人们好像很难客观冷静地认识历史，更谈不上全面地描述历史的所有阶段所有场面。在这种情形下，我觉得史料的收集与整理极为重要。特别是个人的、档案性质的记录，如日记、书信、检讨、交代、"黑材料"等等，在历史研究和描述中都有不可替代的作用，将是填补历史空白的必不可少的材料。这也就是我一直想编辑一套档案性质丛书的原因。

关于抗战期间重庆的研究和描述，我一直觉得是现代史研究的一个薄弱环节。当年它曾经作为战时中国的临时首都——陪都，在日本侵略战火中支撑八年，一时间成为世界关注的热点地区之一。在这里，那些年里上演过许许多多政治、军事、文化的故事，或悲壮，或凄惨，或恐怖，或沉闷。其实都有必要一一梳理，进行详尽的记录和分析。在这个意义上，冯亦代的日记（包括郑安娜的在内），从个人的角度，生动记录了大时代背景下个人生活与情感的波动。作为知识分子，他在陪都的苦闷、寂寞，颇能帮助人们了解当

晚年冯亦代

时，特别是 1941 年以后重庆的现状。

随着抗战初期的亢奋过后，重庆已变得日趋乏味。战火激烈时掩盖的种种弊病和矛盾，也渐渐露出水面，改变着人们的心情和态度。这一点，来自西方的记者们感觉更为突出。我最近正在翻译美国作家 Peter Rand 写的《美国记者在中国》一书，其中不少篇幅都涉及外国记者在陪都重庆的生活。在他们眼里，1940 年之后的重庆无疑是一个乏味沉闷难以忍耐的城市。该书在描写著名战时记者白修德的章节中，这样描写到当时的重庆：

在阴冷的冬天和酷热的夏天，以及1940年随之而来的大轰炸中，白修德继续担任《时代》记者，他的精神决不能被这个地方打败。要做记者，这就需要为之努力。首先，重庆在冬天变得封闭，没有新闻发生。日本人不再频繁地轰炸重庆，阴冷、厚重的浓雾，从深秋开始就久久笼罩着城市，一直到来年五月，天气都是灰蒙蒙的，阴冷难耐。这种气候既冻又潮湿，令人沮丧得很，到处都是陡峭、拥挤的小巷，里面堆积着臭鱼烂肉，垃圾发出的气味实在难闻。这个样子就像一个很多年前与世隔绝的霍皮族人的巨大村庄。没有一点儿绿色让人感到赏心悦目。整座城市一片灰暗，为避免空中轰炸，所有建筑都刷成黑色。危险的还有重庆的街道，都那么陡峭，泥浆根本积到脚脖子那么深。

　　然而对于记者来说，重庆最糟糕的是中宣部对新闻的封锁。在蒋努力作战的时候，重庆的外国记者尚能一时容忍新闻检查。在1939年，记者们便开始不管中国政府，自己来观察因政府的无能而暴露出的更多的突出问题。位于中国内陆省份的这座封闭城市，如同中世纪的一个巨大城堡，在这里住上一年之后，外界便没有多少新闻吸引记者们。他们发现，他们已经陷入在政治泥泞之中却又无能为力。譬如白修德写信告诉费正清："人越在这里待下去，就变得越狼狈。"他写道，"这里有三个阶段。第一，所看到的到处都是肮脏和污秽；第二，你得接受这些肮脏和污秽，因为你看到善良勇敢的人们，在克服一切困难为这个国家而奋斗；第三，在这些善良和勇敢背后，你看到的是腐败、贪污、阴谋、管理荒唐、怯懦、官员的贪婪。于是，人便不得不开始怀疑。"怀疑过后便是挫折。"我认为我比这座城市的任何人，包括《泰晤士报》的德丁，更为了解这个国家的现状。"白修德说，"但是，尽管了解却派不上用场。它还在燃烧……它还挺立着……我们不能说出我们今天所了解的真相，因为这会伤害我们正在努力帮助的一个民族；而等到了明天，人们却又不会再对我们必须说出的一切有任何兴趣；不管如何，希望这不会是真的。"

外国记者的这种感受，正是不少中国知识分子当时的感受。这也是冯亦代记录他的日记时的背景写照。"寂寞，寂寞，这该是个寂寞的时代。为什么有这许多人在喊着寂寞呢？难道人的心都冷了吗？"读冯亦代这样的感叹，很容易想到巴金描写战时重庆生活的长篇小说《寒夜》。男女主人公早年的所有热情和理想，一日日被陪都的苦闷蚕食殆尽，进而生命也就萎缩凝结了。

现实生活的沉闷和灰色，冯亦代无疑是难以接受的。他颇为自负和清高，看不惯重庆一般人那种卑微。

《愁城记》在演的第一天，有许多看客不到终场便跑了。人们不能在一个纯真的生活里获得一种人性的温暖，这是我最感失望的。他们在过着怎样的生活呀！他们不敢看到自己，想到自己，于是当描写自己的故事搬到台上时，他们不敢看，也不愿看。是呀，他们的生活本来是深埋在污浊的笑料中的，他们作假，他们骗自己，于是一天天过去，赵婉和林孟平不过是小圈子的生活，但他们却生活在泥沼里，闭着眼，什么也不管，用卑微的笑料为自己的滋养，他们生了又死了，可怜的人！但是我们不但要打破小圈子，而且应当打破泥沼，否则我们没有纯真的生活，我们只是一批开着眼的瞎子。

戏散了，又是在雨里冲回去，我脑里有着太多的思绪，我不想睡。但是床头的灯却突然熄灭了，我躲在黑暗里，我永远躺在黑暗里，天呀！（1941年11月1日）

对现实灰色人生采取蔑视态度的人，心里一定有着亮光在闪烁。这便是爱情的浪漫。他需要用它充实自己，安慰自己。我想，冯亦代之所以在等待与妻子重逢的那半年里，几乎每天都能够用浪漫的笔调如此执着地记录他的思念与期盼，甚至相互之间的误会，就是想借此来摆脱日常生活的沉闷、压抑。在想象中的与妻子相对的场景里，在诸般感受的挥洒中他的情绪得以发泄，不然，用他后来的话来说，他会在那里发疯的。安娜的日记同样如此，彼此之间尽管有时总是难免产生一些误会乃至矛盾，但相互的情感却一直是真诚不变的。日记中的种种情绪与思虑，也就是现实中作者的生活。同时，也是当时时代背景中私人心迹与情感的真实呈现。

这样，个人的记录也就成了一段历史的丰富注脚。

1999年4月26～28日

黄宗英：活在纯爱中

在许多同辈人眼里，黄宗英是一个聪颖过人的才女。在我眼里，她则更是一个对知识永远充满好奇的人。初秋九月的上海，当我到医院里探望她时，她正在阅读。年过八十，自跌跤骨折后，她先是卧床半年，不能动弹；如今仍腿脚不便，镇日只能坐着。尽管如此，她每日仍在读书，在写日记。她告诉我，每天早上，她要听半个小时的英语教学广播。"我知道学不会了。我把它作为生活的一部分。"伤感中透出她的执着与坚毅。

黄宗英总是不断地把惊奇放在人们面前。她是影星，但把耀眼的明星吸引力看得很淡，反而更看重文学创作。从 1950 年代初她就以写作为主业了，从剧本、报告文学到散文……

如果细读作家出版社出版的她与冯亦代的情书结集《纯爱》，就不难发现，正是她的聪颖、好学，孕育了两个老人美丽的黄昏恋。鸿雁传书，演绎出的是一场动人的、纯真而炽烈的爱情。记得 1993 年年初，热恋中的冯亦代拿出黄宗英的来信给我看，说："我要和她结婚了！"兴奋与得意，像是用蜂蜜浸泡了一生。

老人们的再婚曾有失败的先例，如徐迟。但黄宗英与冯亦代建立于纯爱基础上的黄昏恋，却以《纯爱》一书，留下了永远的佳话。他们在 1993 年秋天结婚，让我帮忙张罗了婚礼，那是北京文化界一次难得的聚会。我也是在那次婚礼上才认识了她。

冯亦代 1996 年脑血栓中风，一度失语，记忆也严重衰减。那天在病房，医生来检查，黄宗英问他哪年出生，他把"1915"错成"1951"，大家笑着说：你这么年轻。再问你哪年打成"右派"，他却脱口而出"1957"。让人惊讶，黄宗英感叹不已。从那时起，帮助冯亦代恢复说话和写字，是黄宗英的主要任务。"我演员出身，还不会教二哥发声？"七十几岁了，她执意搬到病房，用毛笔把拼音字母抄在大纸上，让冯亦代每天从最基本的发音开始练。她让我买来写字板和粗笔，让冯亦代练习写字，从笔画开始。"难我不倒"——她用毛笔写得大大的四个字，挂在他面前。冯亦代坐在轮椅上，呆滞地看着大字，黄宗英扶着他的手，一笔一笔上下左右写着。写累了，又小孩一样开始咿呀学语。她"啊"一声，他

晚年冯亦代与黄宗英

也"啊"一声；她"呀"一声，他也"呀"一声。这一幕，让人感动也心酸。可惜我没带摄影机，不然该是多么珍贵的影像记录！

两个月后，冯亦代挺过了那一次大病，恢复了说话和写字能力。再过几个月，居然还写出了新的情书，写出了书评和散文。朋友们都说这是奇迹。但很少有人知道，这奇迹的身后，站着的是黄宗英。

2004年6月，黄宗英前往上海治病，我陪她到医院探望冯亦代。又一次发病的冯亦代，已经住院一年多，多次报病危，又多次挺过，但生命显然已慢慢走向终点。冯亦代躺在病床上，眼睛睁得很大，但已认不出来者何人。她似乎预感到这将是最后的见面。她紧紧握着他的手，默默地握着，好久，好久。

半年多之后，冯亦代于2005年2月元宵节那天告别人世。11天后，黄宗英在上海的病房里，给远去的冯亦代又写了一封信，向二哥报告他们的情书即将结集出版的消息，写得凄婉而动人：

亦代二哥亲爱的：

你自2月22日永别了纷扰的尘世已经11天，想来你已经完全清醒过来了。你是否依然眷顾着我是怎么生活着吗？今天是惊蛰，毫无意外地惊了我。我重新要求自己回到正常生活……

亲爱的，我们将在印刷机、装订机、封包机里，在爱我们的读者群中、亲友们面前紧紧地拥抱在一起了。你高兴吗？

吻你。愈加爱你的小妹。

我把这封信起了个标题：写给天上的二哥。

她说，这是最后一次给他写信。

纯爱却没有成为过去，永远留在她的生活中。

丁聪：小丁，挥动大笔

一

丁聪有一个很别致的笔名：小丁。从不到 20 岁，一直到 88 岁的今天，一直是"小丁"。

建议他用这个笔名的是画家张光宇。丁聪回忆说：

记得我开始画漫画时，签名曾用过真名"丁聪"。但繁写的"聪"字笔画很多，写小了，版面做出来看不清，写大了，在一幅小画上占了很大一块地位，看上去很不相称，于是张光宇就建议我署名"小丁"。我以为有理，就采纳并沿用至今。第二个原因是：我不在乎"老""小"之间的表面差别。第三个原因是，中文的"丁"有"人"的意思，"小丁"即"小人物"，这倒符合我这一辈子的基本经历——尽管成名较早，但始终是个"小人物"，连个头儿也是矮的。

丁聪是 20 世纪 30 年代上海文化的产儿。

30年代初的上海，呈现在十几岁丁聪眼前的无疑是最具多元化的社会与文化的景象。在这座光怪陆离的大都市里，伟大与渺小、艰难与安适、激烈与平和，都以各自的方式存在着。战争、革命、商业、时尚等，不同的主题在不同程度上影响着人们的生活。而对那些热爱艺术、从事艺术的人来说，这里无疑是最适合于他们成长、发展的天地。

这是一个仿佛特地为年轻人提供的时代。无论革命，无论文学，无论艺术，年轻人如鱼得水地开始自己的创业。在那个时代，所谓年龄根本不是社会是否承认、事业是否成功的重要因素。激情、才华、闯劲，才是每一个试图开创人生的年轻人必不可少的因素。对于活跃在上海艺术界的人来说，这一点尤为重要。

说到自己艺术修养和风格的形成，丁聪总是会一再提到在上海旧书店阅读那些欧美时尚杂志、电影画报的经历。正是这样一些杂志，还有不断上演的好莱坞影片，使年轻的丁聪的思路活跃起来，眼界开阔起来。

父亲丁悚虽是现代中国漫画的先驱者之一，但他并不愿意儿子今后也走画画的路。但丁聪却自己喜欢上了这门艺术。当他只有十六七岁时，有一天，他忽然把自己画的京剧速写拿出来给前辈们看，他们不由得感到吃惊，他的笔触竟

创作力旺盛的丁聪

然如此生动而准确，能够把舞台上戏剧人物的造型、神态和动态感表现出来。他们没有想到，经常跟着父亲观看京剧的丁聪，不仅学会了拉京胡和吹笛子，还拿起了画笔。

丁聪保存下来的画于上海美术专科学校大教室里自学期间的生活速写，以及发表于1936年前后的生活漫画，让我们看到了他在艺术上最初起步的姿态。

丁聪在上海美专虽只抽时间自学了不到一年，却为他的绘画兴趣打下了更为坚实的基础。他的笔从未停过，一双眼睛机敏地观察着周围人与事。理发店、电车、教室、麻将桌、公园、动物园，所到之处，都成了他捕捉速写对象的场所。教室里围观的学生们，头戴礼帽横坐在电车条凳上的乘客，麻将桌上专注的妇女和好奇凝望的孩子……在他年轻的笔下，一一留下了生动身影，永远也不会消失了。

丁聪走上了自己选择的路。从20世纪的30年代，到21世纪的现在，这一走，就是将近70年！

二

丁聪对社会现实观察细致入微，对身边每日发生的种种现象极为敏感。他保持着一个艺术家的灵敏的嗅觉，他愿意自己讽刺和批判的目光，不会因种种原因而变得模糊和呆滞。

从最初走上画坛初显身手的时候起，年轻的丁聪便学会了用批判的目光观察社会。身处光怪陆离的上海滩，丁聪与他的前辈和同辈漫画家一样，专注于描绘贫富之间的强烈对比，勾画那些社会暗角的丑陋。

面对瘦弱的工人，大腹便便的老板，身后正将大把大把的钞票偷偷往抽屉里放，嘴上则叼着烟吐出一句话："厂里实在一个钱也没有了。"这是他在18岁时画的一幅漫画。

大街上满脸
刁蛮和专横的小流
氓，与若无其事的
妓女站在一起，这
是《白相人与野
鸡》的画面。

一个舞女搂着
外国老头跳舞，亲
热地说："我顶喜
欢你老先生了！大
林。"这是年轻的丁
聪在舞厅现场观察
所得。

丁聪画鲁迅笔下的阿Q

丁聪最初显露出的这种社会讽刺的特点，在后来的创作
中蔚为大观，它与政治讽刺往往密不可分，融为一体，成为
他的创作中最有分量的作品。

就现实战斗性和社会震撼力而言，丁聪在抗战时期和内
战时期的政治讽刺画，无疑最为突出，也最能反映出他的锐
气。一幅《现象图》长卷，形象勾画出抗战后期的政府腐败
和社会惨状。贪官、伤兵、淑女、官商、穷教授、沽名钓誉

的画家……形形色色的人物，构成了现实生活真实的画面。三年后创作的另一长卷《现实图》成为《现象图》的延续。内战风云中大发战争财的中外商人、饥饿中的穷人、被迫上阵的炮灰……在丁聪的笔下，不同性质的人物排列一起，便成了那个时代的缩影。

和同时代的许多知识分子一样，当年的丁聪呼唤着民主和自由，对法西斯式的独裁统治有着天然的批判精神。一幅《无所不在的"警管制"》，把现实生活中的阴影形象地描绘出来；一幅《"良民"塑像》，以嘴巴被锁住、思想被当局检查限制、耳朵被收买的形象，辛辣地讽刺没有言论自由的中国现状；一幅《"公仆"》，讽刺社会的不平等，骨瘦如柴的民众驮着自称"公仆"的达官贵人们匍匐前行……

一般说来，漫画被视为属于小品文性质的美术样式。它不事张扬，也非黄钟大吕，于是人们也往往容易将之当作茶余饭后的消遣之作，以其幽默、巧妙或者机智，带来会心一笑。如此而已。的确，这种因幽默而带来的阅读快感，是漫画必不可少的功能。这也是当今那些轻松、消闲类的漫画作品不断走红的原因之一。然而，丁聪却注定不属于这类漫画家。他的重点在讽刺，无论社会讽刺，还是政治讽刺，他的笔是凝重的而非飘逸的，他的心境是严肃的而非轻松的。

如今文艺理论上早已不时兴谈诸如现实主义、浪漫主义之类的命题，但当把丁聪一生中的所有作品放在一起欣赏时，当把他的早年与晚年放在一起考察时，我油然想到这个传统的

丁聪、沈峻新婚时

理论术语：现实主义。我愿意用这个概念来界定他的艺术生涯：他是 20 世纪中国一个真正意义上的现实主义的画家。无论是在三四十年代，还是在八九十年代，青年与晚年，一脉相承，冷静而尖锐的目光背后，是对现实的丑恶现象的批判态度，是强烈的现实参与性。

三

1958 年，丁聪以"右派分子"身份被流放北大荒，在丁聪的一生中这段时间虽然不长，只有三年，但却占据着极为重要的位置。那是刻骨铭心的体验。

在一个新的环境中，他的画笔居然派上了新的用场。

来到北大荒后，丁聪被分配到密山县正在筹建中的850农场。同在850农场的还有聂绀弩、刘尊棋、荒芜等。吴祖光分配到宝清县853农场。刚刚住下，他们就投入到修建水库的施工之中。

在修建水库的时候，丁聪还担负办墙报的任务。丁聪画起了报头和插图。丁聪记得，他还画过一幅漫画《力争上游》，讽刺连队的一个人，每天早上起来，总是抢着到溪流的最上方刷牙、洗脸，因为那里的水最干净。不过，没过多久，他们办墙报的事情被反映到上面，说他们是反党小集团，仍然在一起活动。结果，墙报很快就停办了。

没有什么比放下手中的画笔更让丁聪难受的。从小时候爱上画画之后，他从未忘情过画笔。走到哪里，画到哪里，抗战期间的流亡途中，他也未曾放下手中的笔。在同行中，他被视为最为勤奋、最为刻苦的一位，即便到了八十几岁，他仍如年轻时一样几乎每天都在画。

在北大荒，偷着画画，让丁聪感到生命的充实，感到精神有所寄托。用他自己的话来说："正是这些画，帮我度过了最艰难的时刻，使我恢复了自信和乐观。"

他速写他们住的草房，当地把它叫作"拉哈辫子"，过去是做马厩的。"'拉哈辫子'就是用当地产的长草拧成粗绳子和上水和泥一层层垒起来的墙。我们把马厩打扫干净，在地上放上碎树枝，上边铺上稻草，再放上被褥，一个挨一个地睡在地铺上，一点儿空隙都没有，像个沙丁鱼罐头似的挤在一起。如果谁要起夜，回去后再要挤进原来的铺位，没有一点技巧和力量是很难办到的。"后来丁聪这样描述自己的住所。

他速写修水库的劳动场面。"这种生活虽然很累，但又感到新鲜，认为自己是在参加一项'伟大的工程'，理应把它记录下来。正好别人送我一卷锦纸，我每天画一点，偷空儿画下了修水库的长卷。当完成大半的时候，有人发现并告了密，于是只好停画。所以这个画卷至今仍是一个草图并且是未完成的。"丁聪这样讲述难忘的经历。

等到了《北大荒文艺》当美编之后，丁聪画画的时间更多了。每个月他要将刊物的稿件从虎林送到密山，在那里的农垦局的印刷厂里负责设计版式、排版和校对，一待就是半个月，等刊物印出来后，用牛车运到火车站，装上货车，然后由他押运到虎林。这样，在密山的半个月时间里，他便有时间画画。

他画开发北大荒的勘探和劳动场面；他画印象中的当地农户与猎户；他画劳动者的生活风情，他画自己经历的故

现象图 （1944年，成都） 美国堪萨斯大学斯宾塞艺术博物馆收藏

现实图 （1947年，香港）

丁聪的代表作

事……材料有限，他往往在牛皮纸上用白粉和毛笔画出木刻效果的作品，当年阅读美国版画家肯特的印象，重又活跃在脑海里，细腻的线条，勾画出人物的力度。他也用颜料画一些彩墨画，画面洋溢着浓郁的生活气息。

今天再看丁聪画于特殊年代特殊环境下的这些作品，心里是无法平静的。按照如今某些慷慨激昂的批评家的观点，丁聪的笔可能缺少分量，因为他没有对知识分子劳改的现状进行全面的、深刻的、批判性的描绘。如果那样，当然很好。然而，在我看来，这却是不现实的，不符合当时他们生存的现状的，是后来人一厢情愿地故作惊人语。当我们审视他们那代人走过的道路时，需要的倒应该是设身处地地了解他们、解读他们，然后从中总结历史经验教训。重要的是今天的人们应该怎样做得更好。

我愿意以这样的态度解读丁聪画于北大荒的作品背后所反映出的历史悲凉。

得知聂绀弩也在北大荒后，丁聪设法将这位已经 60 岁的长者借调到编辑部，两人朝夕相处。后来他曾特意画出一幅聂绀弩上工的漫画。在他的笔下，聂绀弩这位大文人，一身补丁衣服，脚穿胶鞋，肩扛铁锹，手持香烟，满脸无奈。这样一幅肖像画，其实包含着非常丰富的内容，远非几句话就能道尽。

丁聪当年从积极意义角度描绘的生活画面，其实也真实记录了他们这批被改造的知识分子当年的窘状。《听北京的声音》和《写家信》，画出了他和难友们对家人的思念和他们对回到北京的期盼；《我住的宿舍外景》和《宿舍内景》，如实记录了他们的生活条件，为今天的人们了解当年的情形，提供了形象而具体的材料。而当我们稍稍静下来思索，想到那些中国文化精英们，当年就是在这样的环境中改造自己，消磨生命，那种历史的沉重感，其实更胜过一句两句的呼喊。

这便是我眼中北大荒时期丁聪的真正价值。

因此，如果将丁聪一生创作的数千件作品作为一个整体来看，它们无疑如同一幅历史长卷，记录着不同时代中国的社会现状。30年代的上海滩、抗战。内战、抗美援朝、政治批判、北大荒劳改、改革开放……除了"文革"外，他所经历的不同历史时期，或多或少都在他的作品中有所反映，留下不可磨灭的痕迹。

在这一意义上，我认为丁聪是一位具有历史感的画家。

四

"文革"结束后，在谈到自己的漫画创作道路时，丁聪说过这样一句话："革命之后，我发现有一些事可以讽刺，但有人告诉我，如果我要画漫画，不要去讽刺，只能赞颂。"这便是一个早已习惯了用自己的眼睛观察社会、用自己的自由精神反映世界的丁聪，走进新时代的困惑。当然不只是歌颂，漫画一时间更是政治批判中必不可少的工具。漫画似乎还存在，但漫画家个人的独立思考却没有了踪影。演绎政策，空喊口号甚至不惜对被批判者进行人身攻击，这便是历次政治运动中漫画这一形式所表现出来的尴尬模样。丁聪没有摆脱这样的命运。只是他自己没有想到，虽然他曾想适应新时代，做到不被新时代抛弃，但一转眼还是同样成了被批判者，遭遇与胡风同样的命运。这样，他本人就和"二流堂"

的其他人一样，也成了报刊上用漫画来丑化的对象。

多少历史的内疚、悔悟与反省，留给了晚年的丁聪。

在成为"右派"被迫停笔多年之后，晚年丁聪又挥动起他的笔。

今天的读者，大多通过《读书》每期必有的丁聪漫画而熟悉了他的名字。人从磨难中走来，岁月沧桑与环境不可避免地消磨掉一些他曾拥有过的锐气和勇气，但他仍具有活力，尽其所能地发出一个艺术家个人的声音。他的画所体现出来的强烈的社会责任感和批判精神，仍让人赞叹不已。二十余年来，他的数以千计的漫画涉猎广泛，政治风雨、世态万象，尽在笔下。心酸的，兴奋的，苦涩的，无奈的，现实生活带来的百般心绪，也在画面中。他的笔端，有时也有幽默，但更多的时候，是辛辣的讽刺，是入木三分的解剖，情感也是沉甸甸的。

晚年的丁聪，仿佛重新找回了早年的自我。他依然年轻而富有朝气。

永远年轻的是小丁——丁聪，这是80年代后几乎所有见过他的人的感叹。

每逢聚会，只要丁聪在场，关于他的黑发，关于他的永远年轻，总是成为少不了的一个话题。当大家这两年感叹他的年轻时，只有他自己颇有今不如昔的感觉。他会这样说上一句："不行了！前两年坐公共汽车没有人让座，现在倒是有人让座了，可见还是老了！"话是这么说，还是有人建议，别看如今市场上挖掘出那么多所谓永葆青春的宫廷秘方，还不如丁聪现身说法令人信服。可是，问他有什么秘方，回答是：不锻炼！吃肉！

其实，真正让丁聪永远年轻的还是他的达观精神。一生的风风雨雨，着实让他经历了不少磨难，可是，他从来没有改变过他对生活和艺术的热情。我常常听他说起那些不堪回首的往事，他激愤，他惋惜，但同时也显得尤为平静。他以一种积极的人生态度看待面对过的一切。他庆幸自己走过了"文革"，在晚年获得了难得的平稳。因为这样一种精神状态，他在这些年里，始终保持着对生活的敏感，思想从来没有衰老，他的漫画，将历史反思和现实感触巧妙地融合起来，显得更为老到和精粹。

丁聪出版过两册《文化人肖像》。他画的大多数都是他的朋友，在文化气质和人生体验上，他与他们有着许多相通之处，因而，他能够很传神地将他们勾画出来。与他的画相得益彰的是那些文字。自说与他说，言语不多，或深沉，或幽默，或调侃，颇能概括每个主人公的性格特征。时而翻阅这样一本书，我常常很开心，开心一笑，便领略了许多熟悉的文人的风采。

这些年，丁聪画得最多的还是他的社会讽刺画和政治讽刺画。他的近千幅作品，犹如20年中国社会之现状的形象画卷。

一幅《余悸病患者的噩梦》，把心有余悸的文人心态表现得淋漓尽致；一幅《危险的职业》，是对多年来文人的命运的高度概括；一幅《噪音》，把留恋"文革"、反对改革开放的某些人的形象，刻画得活灵活现，至今仍让人警醒不已；一幅《不倒的轿夫》，则把中国官场难以消除的溜须拍马盛行的形象揭示得入木三分……这样一些主题鲜明的政治讽刺画，表现了一个知识分子的历史忧思，与巴金、冰心、萧乾等人的文字作品一起，构成了80年代思想解放时期至为重要的文化景观。后来，他与陈四益联袂推出的"世象写真"，图文并茂，尽现近十几年中国社会的世态万象，更是成了这段历史不可或缺的记录。从未衰老的丁聪，就这样用他的目光，一直关注着每日变化着的中国，用他的画笔，表达着一个画家的良心与思考。

这样的人，不会衰老。

自称"小丁"，丁聪挥动的却是一支如椽大笔。

吴祖光：且看那电闪雷鸣时
——《吴祖光日记》后记

一

北京今夏天气很怪。忽而冰雹，一场接一场，豌豆大小直至鸡蛋大小，砸得人们目瞪口呆，只听取惊呼一片；忽而狂风乍起，午夜里来去匆匆，天明一见，但见树倒瓦飞，遍地狼藉；雷电也远比往年频繁而迅疾，稍不留神，一道光闪即携带霹雳穿透云层呼啸而至。也好，变化不定和出人意料，恰恰冲淡了烈日暴晒的炙热，让这一个酷暑多了一些变化，多了内容，多了夜间的清凉。

正是在清凉的夜间，这几日我在看《吴祖光日记》的校样。偶尔听到雷声滚过，仰头闭目，忽然有一种读日记听雷声相得益彰的感觉。这些日记写于1954年1月1日到1957年6月底，恰是吴祖光亲历的当代中国一段极为重要的历史时期。短短三年多时间里，中国社会政治气候变化异常迅疾，知识分子个人命运起伏跌宕悲喜转换极为突然，一连串雷电交加般的事件令人目不暇接，颇令人喘不过气：高岗、饶漱石"反党集团"案——潘汉年被捕——《红楼梦》研究批判——胡适思想批判——"胡风反革命集团案"——肃反——整风——反右……是巧合却非偶然，吴祖光个人命运正是在这样的历史背景下发生着前后悬殊的变化。他的特殊地位和身份，他的交际广泛应酬繁多的特点，他的率真性格与落笔大胆的风格，使得这本只有三年半时间的日记，不再仅仅是文人雅趣、个人家庭日常生活的呈现——虽然这是必不可少的、十分精彩的内容，而且是记录下了更为广泛社会背景和极为丰富复杂的政治变迁，从而使一本个人化的日记，具备了重要的历史价值。

二

不少历史过来人对 20 世纪 50 年代中苏关系蜜月之时的往事记忆犹新，感慨良多。当时，言必称"苏联"，不少地方一味抬高来华工作的苏联专家的地位，容不得提出半点不同意见。轻者受到批评，重者被批判之，被惩罚之。早在 1947 年，萧军在大连就为此而倒霉。他在为报纸所撰写的评论中，对苏军在东北的不妥行为多有不满，并予以隐晦的批评。这显然不合时宜，立即受到严厉批判，萧军也从此被打入另册。萧军的遭际，对 50 年代的知识分子来说，是一个教训，更是警示。

作为一名富有才华、成就卓著的艺术家，50 年代初的吴祖光备受器重，干劲十足。1954 年，他在北京电影制片厂工作，出任纪录片《梅兰芳舞台艺术》的导演。此时，各行各业正盛行聘请苏联专家出任顾问，《梅兰芳舞台艺术》也为此从莫斯科请来苏联专家，指导吴祖光的工作。艺术家的才华与个性，使吴祖光难以无原则地听命于对中国戏曲艺术根本缺乏了解的苏联专家，与之常常出现龃龉，甚至冲突。但既有前车之鉴，加之环境所迫，他不得不违心地做出让步。种种委屈、不满、困惑乃至气愤，只能在日记中以片言只语发泄出来：

1954 年 10 月 4 日

晨去厂为专家讲分镜头剧本，与苏专家之合作，有斗争，有团结，极不简单也。

1955 年 2 月 20 日

晨至厂召开摄制组会，苏专家参加，专家对中国古典艺术不理解，工作有困难。

1955年2月21日

午后至《人民日报》听苏联《文学报》编辑某某夫讲苏联戏剧发展前途，则多泛泛之谈，无甚道理，盖苏联亦多公式概念之流也。

1955年2月25日

晨在家做准备工作，午后到局，形势严重，局的三个专家，我组两个专家，王、陈两局长等皆一同看片，开座谈会，意见愈提愈严重，谈到六时，决定今日停拍，重新试片。与外国人谈中国艺术，真乃"秀才遇见兵"，苦恼之极。

1955年3月3日

晨到厂继续拍照至午后七时结束，倦甚。苏专家以病闻，李秉忠等去探病，据说昨日专家夫人在电话中骂街云。艺术而请苏联顾问参加工作其一难事。十时就寝。偕尚义在西安食堂晚餐。

1955年5月13日

晨到厂讲今日欲拍之镜头，专家满口教条啰嗦不清，可恼之极。此老之固执琐碎令人极难忍耐，但无法只得容忍也。午后开拍极不顺利，八时返家情绪恶劣之极。

1955年9月6日

晨到厂拍戏，因摄制小组工作无条理，计划朝令夕改，至无时间讲分镜头剧本，以至专家临时意见百出，指东杀西乱成一片。岑范老病复发，针锋相对，几无法下台。我极力维持，辛苦。整日拍得镜头二个耳。

1955年9月7日

晨到厂拍戏，专家又提莫名其妙之意见，王德成应声而出，语无伦次，岑范又与之冲突，经我制止，行使导演职权，方得进行拍摄，极不愉快。专家热情，而王则头脑简单，积极过火，水平太低，真乃秀才遇见兵矣。

半个世纪过去，今天再读它们，不由得同情和理解吴祖光，为他内心的苦闷和面临的尴尬而感慨。同时，难得的是，在盲目崇拜苏联专家的潮流中，他仍在独立思考。虽片言只语，却真实呈现出一个艺术家的精神自尊，他在晚年所表现出来的正直、坦率、大胆的独立人格，也可从中看出其渊源关系。

三

潘汉年的忽然被捕，是50年代对吴祖光第一次最直接的沉重打击。

抗战期间在重庆，潘汉年与吴祖光、黄苗子、郁风、丁聪等"二流堂"一批文化界朋友交往甚密。从日记看，50年代在担任上海市副市长期间，潘汉年每次来京，常会与这些老友相聚，甚至外地写给潘汉年的信，也寄至吴祖光处代为转交，关系可见非同一般。

1955年3月，潘汉年再到北京，朋友们喜相逢。但谁都不曾想到，潘很快将有牢狱之灾。这一期间，在吴祖光日记里有多处记录与潘有关，文字虽简略，却勾勒出风暴突如其来的轨迹，更留下了他的纷乱心绪：震惊、不解、迷惘……

1955年3月20日

……晚夏公、潘公来，在四川馆晚餐。

1955年4月3日

……四时余艾青来，同去北京饭店，偕夏、潘两公及孩子们到康乐晚饭。

1955年4月4日

……潘昨晚失踪，甚奇。

从日记看，潘汉年的"失踪"应是在4月3日，而潘"失踪"前的最后一顿晚餐，是与吴祖光、艾青、夏衍及吴祖光的孩子们在一起。两天里，"甚奇"的事接踵而至，4月5日的日记中又出现了关于高岗、饶漱石事件的记录："……今日报纸发表党代表大会决议，宣布高岗饶漱石叛党事件，但不详细，甚多使人难解处。"

吴祖光日记手迹之一。日记中谈到与潘汉年等人的聚餐。

事情还没有结束。随后的几个月里，潘汉年的名字又一再出现：

1955年5月7日

五时半有中共中央组织部汽车来取上海寄来转潘公之航空信，甚为紧急。潘公前此之失踪，证以今日之事，颇觉蹊跷。与夏公通电话，已来京，住华北招待所。

1955年7月20日

连日报载潘汉年反革命事，内情不明但罪状已定，此人党龄在三十年以上，何以不知自爱如此，百思不得其解，谈警惕亦太难。

所敬重的革命名人、老朋友，一转眼却成了"反革命"，这是吴祖光无论如何也无法理解和接受的事。作为一个文艺家，他不可能知晓党内政治斗争的复杂与尖锐，他也就只好以"百思不得其解，谈警惕亦太难"来表达一种困惑。但就是这种敢于在日记中流露的困惑，半个多世纪后，证明了置疑的价值。

四

吴祖光自己遭受的打击是在 1957 年 6 月。这本日记的最后几页，真实记录了他在"反右"开始后面临批判的经历。

客观地说，在此之前 50 年代展开的历次文化批判和政治运动中，作为文化界名人，吴祖光也曾以批判者的身份出现，或在座谈会和批判会上发言，或撰文发表，批判他人以表明立场。如在批判胡风期间，他的态度也是明确的。1954 年 12 月 8 日这天，他参加了开始批判胡风的大会，日记中便这样写道："晨九时半到青年宫三楼开文联主席团及作家协会主席团扩大会议，今日发言周扬极精彩，公正、诚挚、尖锐、有力。郭老、茅盾亦好。"

吴祖光的命运被彻底改变是在 1957 年。

1957 年，开始整风时，吴祖光响应号召，积极参加"鸣放"。5 月 30 日的日记写道："连日整风，到处情况严重。党近年来已呈衰老现象，若不整风，崩溃堪虞。"第二天，5 月 31 日写道，"午后二时半到文联为整风开会，翰老主席，我第二个发言，剀切陈词令人震动。谈至八时半，发言者六七人而已。"一时间，他成了戏剧界敢于直言、态度激烈的人物之一。仅仅几天，各方的"鸣放"邀请已令他难以招架：

6月3日

……连日因党整风来约开会的太多，且内容雷同，不能全去也。

6月4日

……午后《剧本》月刊开会整党，数电来约，我均未去。话已说完，锐气渐消。不若仍作缄口之金人为佳也。去艾青家谈甚久。

转眼间"大鸣大放"转为"反右"。起初，吴祖光并没有意识到这将是一场涉及面广泛的运动，相反，只以为是针对罗隆基、章乃器等民主党派的政界人士，他甚至还准备材料参战。日记中写道：

6月14日

……连日各报反攻反社会主义右派之言论甚为激烈。罗隆基章乃器辈之投机分子遭此打击乃天理昭彰也。……

6月21日

……白天拾出52年罗隆基破坏齐白石影片文件，送《人民日报》。今日第一天着手写《吹皱一池春水》。

然而，仅仅两天过去，全国剧协针对吴祖光的批判就在剧协主席田汉的主持下展开了。关于吴祖光被打成"右派分子"一事与田汉个人的关系，近年来曾有不同说法和争议，这里，吴祖光的日记又提供了当事人的亲历记录，可作为佐证：

6月23日

……午后到剧协开会，田汉主席，是整我在《戏剧报》上发表的文章的。田声色俱厉，此为我平生第一次挨此等大会的批评。深觉出言过火，悔之不及。但自问是从善良愿望出发，决心今后不再提任何批评意见了。对戏改干部尤觉歉然也。田提到的文章三篇：①叶圣陶：领导这个名词，作家自己的哲学。②白尘：话剧需要领导。③我的发言。四时《人民日报》记者来接，去天桥。决定好生写剧本，今后亦不打算再接近戏曲了。

夜十一时半《戏剧报》张郁来，十二时《文艺报》张保华来，均谈及我走后田汉对到会之人点名发言，一时谩骂，扣帽子，锣鼓齐鸣。我幸而走掉，否则真会气死，此种会不知对我有什么帮助？不知何人挟嫌诬陷（因并无一人谈理论也）开此斗争大会。当夜致电夏公、周扬同志，韦明则未找到。周表示愿指示新华社发消息要慎重，并殷殷劝以不要紧张。

6月24日

晨致函田汉老，新华社未发消息，一宵未眠至此心下稍安。

中午田来电话，约晚上谈话。

王肇烟、张郁来，谈颇久。姚芳藻、梅朵先后亦来。致函韦明及总理，亦立此存照之意也。有负良师益友，多有恙灾矣。

晚与田谈话，田命我检查思想，谈了一个半多小时。事态可更趋和缓。《文汇报》发布了消息，只得由它了。

6月25日

晨起，起来又睡，精神已渐松弛下来了。午后到编辑处开会，厂内布置整风学习也。谈了罗隆基破坏"齐白石电影"事，与汪洋谈杨三姐事及此次剧协整我事。晚汪明来。午后田来电话，同意将《后台》一文撤去。

6月28日

晨写剧本，午后到厂学习。今日专谈我的文章，大家踊跃发言，颇多收获，思考问题须从思想上挖掘也。归后得田老电话，告以下周一再开会，嘱写文章准备，并约日期再谈一次话。

6月29日

今日整日写检查文章，至夜得五千字，仅完成第一部分耳。挖思想谈何容易，但此关如走不通则以后工作困难，下决心把检查做好。

6月30日

晨六时起来，续写文章，思想改造真难，心绪始终不佳。政治水平太低，事到临头始知不学无术之苦，奈何奈何。后悔何补，只有迎头赶上。不能怪别人也。

一本历时三年半的日记，至此戛然而止。随后，各报刊对吴祖光的批判铺天盖地蔓延开去，周扬曾许诺的"慎重"也不复存在。吴祖光从此跌进逆境，再过半年多，1958年春天，他就踏上了前往北大荒改造的荆棘之路，与他同行的有在日记中出现过的老朋友：黄苗子、丁聪、戴浩、高汾等。

还有另外一些在他的日记中出现过的朋友：艾青、张仃、陈铭德、杜高等，也与他一样成了"右派"。目前，尚未发现吴祖光之后的日记。如果有，该会有哪些内容？他会如何记录？无法得知。

五

与吴祖光先生相识是在 20 年前。1984 年，我在《北京晚报》"五色土"副刊当编辑时，负责"居京琐记"专栏，特约请在京的作家、学者撰稿，他们多为 70 岁左右的老人，吴先生自然也在邀请之列，我们就这样建立了联系。当时，我刚刚开始传记写作，第一个人物是写萧乾先生。萧乾建议我接下来应该写吴祖光和新凤霞的传记。他在信中说："你写吴祖光、新凤霞伉俪：1. 故事生动；2. 资料丰富；3. 他们即住在……；4. 符合你的侠义标准。"他还特地写了一封信，让我持信去拜访吴祖光夫妇。

我第一次走进了位于北京东大桥的吴家。当时，已有人为他们写过一篇报告文学，我本人的主要精力又放在《胡风集团冤案始末》的写作上，为他们写一部传记的设想未能实现，至今颇感遗憾。不过，自那之后，吴家成了我不时前往的地方。20 世纪 90 年代，在吴祖光的帮助下，我完成一篇叙

吴祖光与新凤霞在一起

述"二流堂"变迁的长文，并编选了一本相关图书：《依稀碧庐——风风雨雨"二流堂"》。

我喜欢听吴祖光畅谈往事，听他开怀大笑，听他鞭挞时弊。他特别留恋50年代自己买的那个四合院，不止一次向我提到它。此次整理日记，才从中看到，原来为了购买这个四合院，他花费了多少精力和时间！难怪他对自己被打成"右派分子"后无端失去它而难以释怀，至死也耿耿于怀。

吴祖光说话一般从容不迫，显得儒雅。但说到激动处，他便会嗓门升高，拍打桌子，骂上几句。虽骂人，却极少用脏字，"王八蛋"——是他骂人时用得最多的词而已。20世纪90年代，年过八旬的吴祖光，仗义执言，为在某超市被非法、无理搜身的一位弱女子打抱不平，撰文予以抨击，结果招惹经年不休的官司纠纷。那两年，每次见面，都会感受到他的侠义和刚烈。官司牵涉他许多精力，但他犹如困兽一般，虽遍体伤痕，精疲力竭，但仍要发出自己的声音。最终，他的这一举动，赢得舆论的普遍支持，赢得公众的敬重，从而他也为自己的一生画上了完美的句号。

吴祖光先生去世于2003年的春天，SARS即将肆虐京城之时。半年后，受吴公子吴欢先生委托，我开始整理这本日记。我把从事这一工作，作为对吴先生的最好怀念。

吴先生的日记笔迹相当潦草，难以辨认。且时代久远，有不少人名、地名、剧名等，难以确定。幸好得到一些前辈和友人的帮助，才有可能少一些纰漏和遗憾。对于他们我应该特别表示感谢——

我得到了在日记中出现频率颇高的"二流堂"友人黄苗子、郁风、丁聪等先生的指点与帮助。特别是黄苗子先生，虽年过九旬，仍认真地阅读日记，细细核对地名与人名，欣然接受我的访谈，回忆他与吴祖光的交往。他的回忆，为帮助读者更好地阅读日记、理解吴祖光，提供了重要的历史背景。

　　杜高先生也是在日记中多次出现的人物。他早在1955年就被打成吴祖光"小家族"的主要成员，1957年再以此罪名被打成"右派分子"而锒铛入狱。他不仅帮忙核对地名、人名，还感情充沛地撰写了一篇长文，为读者阅读日记提供了难得的情感氛围。

　　章诒和大姐是戏剧史专家，且熟知50年代日记所记录的历史。她和友人一起帮助校订人名、剧名，避免了一些错误的出现。

吴祖光与钱锺书、杨绛夫妇

还要感谢吴祖光先生的儿女对我的信任和帮助，吴刚、吴欢、吴霜三位分别阅读日记整理件，提出不少重要参考意见。吴霜女士还特地撰写了一篇《读父亲的日记》，从儿女的角度回忆父亲，谈论日记，同样有助于读者阅读。吴彬女士是吴祖光先生的侄女，熟悉日记中所涉及的吴家事宜，她细心校阅日记，核实相关人名，以求尽可能准确。

两年多整理日记的过程，加深着我对吴祖光的理解。同时，从关心这本日记的整理和出版的一个个前辈和友人身上，我感受到人们对一个逝者的怀念与敬重，更有他们对历史细节的重视。

最后需要加以说明的是：由于日记笔迹过于纤细和潦草，仍有个别字难以辨认，只好以"□"代替；个别地方涉及家事，应家属要求，略作删减；个别人名应家属要求，不宜公开，故以"×××"代替；尽管经多人校订，恐人名、地名等仍有误，有待出版后再作修订。以上种种，诚望读者谅解之。

谨以上面的文字，作为这本《吴祖光日记》的后记。

完稿于2005年7月20日，北京正值酷暑"桑拿天"。

吕恩：我和吴祖光

最初的相识，愉快的旅行

李（辉）：认识您快十年了，一直想听您讲讲您和吴祖光先生的故事。现在大家一般只知道吴祖光和新凤霞是夫妇，但对吴先生在此之前的婚姻生活并不清楚，他本人和您基本上都是避而不提。我想，你们毕竟在一起生活了六七年，后来又是友好地分手，其实完全不必回避。对于研究吴祖光创作和传记的专家来说，这段历史的回忆也是挺重要的。所以，考虑再三，我觉得还是有必要和您聊聊你们的这段爱情婚姻生活。

吕（恩）：吴祖光和新凤霞结婚后，生活美满。我就淡出了。

我跟他有一段时间在一起。我想了半天我们的结合。他对我不错，我对他也不错的。我想我和吴祖光的感情是朋友的感情。我怎么就没有转换成夫妻的感情呢？跟他，人多的时候我们两个很好，如果只有我们两个人了呢就不怎么样了，就又没有那么如胶似漆。我们分开了很好，写信很好，在一起就不是那么完美的。后来我就想，为什么这样呢？我们感情上、生活方式上不一样。我们就走开了。走开以后呢，他对我还是不错的。

李：你们是什么时候认识的？

吕：我是在1938年就认识了他，是在重庆。1938年夏季，我从沦陷了的老家江苏常熟逃亡到重庆，考取了从南京迁到重庆的国立戏剧学校，一年后改为国立戏剧专科学校。校长是余上沅，曹禺是教务主任，吴祖光在那里当余上沅校长的秘书。他也给我们上课，教我们国语，后来又教中国古代文学史。我是南方人，跟他学国语。所以，我开始一直叫他"吴先生"，后来关系转变之后，也从来没有叫过"祖光"，有时就连名带姓叫"吴祖光"。到现在为止，提到他还是叫吴祖光。

李：在学校有个人接触吗？

吕：我一到学校不久，就受到邀请参加了他的一次请客。他就是爱请客，有这个特点。你们不是说他爱请客吗？不是现在爱请客，从小就爱请。1939年，我17岁，他大概21岁，他的话剧《凤凰城》刚刚演出，他还很年轻，就大请其客，在曾家岩的生生花园。他请了一拨很有名望的人。我当时刚进戏剧学校，住在学校，还没有开课，他也把我请去了。我就奇怪，那时我还不认识他。后来，我认识了他，问他："我刚刚进学校，你怎么把我也请去？"他说："我喜欢你呀！"

李：我最近在整理他的日记，是1954年到1957年的，几乎整天就是记着请人吃饭，从夏衍、潘汉年，到黄苗子、郁风、丁聪，还有梅兰芳、齐白石。好像整天就是聚会。

吕：在重庆时他就是这样，有了钱就一天到晚请客吃饭，他感到开心。

李：真正开始来往，或者说你们成了朋友是在学校还是毕业以后？

吕：那是到离开学校以后了。1943年，我从学校出来到了中央青年剧社，当职业演员。他后来也从学校出来了，好像是当编导委员，反正位置比我高。这时，我们就不是师生关系，是同事关系了。从那时开始，他对我不错。他开始写《牛郎织女》。在重庆写的，完了之后，他和我们一块到成都演出，是张骏祥当导演。有两个女的，我和张瑞芳。在成都，我们住在中华剧艺社里面。小丁，就是丁聪，也去了，他是舞台设计，还吹笛子。他们两个人住在一个小亭子里，三边都是水。

　　在这之前，我们在重庆演话剧《安魂曲》赔了钱。《安魂曲》是写莫扎特，导演是张骏祥，同一个余克稷拥有的"怒吼剧社"演出。曹禺主演莫扎特，音乐是马思聪，舞蹈是戴爱莲。那个戏的阵容是空前的。但由于成本太大，加上演出场次受限制，演出赔了。第二部戏《牛郎织女》赚了钱，填补了前面的戏。我们都参加平均分配。我分到了6000块，小丁也分了6000块，张瑞芳也是。那个时候6000块钱不得了。吴祖光多少钱不知道，他可能还要多一些，因为他是编剧，要拿百分之几的上演税。我从来没有拿过这么多的钱，小丁也没有拿过。我们也不知道该怎么花。怎么办？就胡花，我买了一件皮大衣，每天去逛街吃馆子。后来，小丁、我、吴祖光三人就说到青城山去玩。青城天下幽嘛。我们三人就去了。

　　李：从这次旅行开始了你们的亲密关系？

　　吕：也可以这么说吧。但也还没有谈朋友。第二天早上，我们从东城出西城，要赶公共汽车到灌县，再从那里上山。我们磨磨蹭蹭，等赶到西城汽车站，公共汽车已经开了。一天就一班车。我们三人坐在茶馆里发愣。我那个时候很任性的，我们说既然来了就不能回去，回去多没意思呀！怎么办呢？这时，拉黄包车的人来兜生意，说：你们不是要去青城山吗？我们拉你们去。九十里地哩！我说你们怎么拉得动。"行，行，行。我们一定把你们拉去。"结果我们讲了价钱，多极了，反正比汽车贵得多。保证下午四点钟到。就这样，我们三个人，一人坐一辆黄包车动身了。后来吴祖光说，也不错呀，还可以一边走一边看风景。我是着急，他慢慢说："不要紧，看风景嘛！想看了，还可以下来喝碗茶。"

黄包车车夫原来是揽下生意后再往下转手卖的，走一段就转卖给下一段，卖了我们三次。到了灌县是下午四点了。上不了山，就住在中国旅行社里头，当时是最好的旅馆。人家看我们都是知识分子，老板出来，知道我们要上山，就说：不能去呀！昨天就有人被抢了。上山路上有土匪。我们说也没有什么东西。第二天，他帮我们雇了一个挑夫，挑我的两个箱子。要我们三个人不要一起走，要分开，拉开距离，互相不要说话。有30里地，我们三个人就走了。碰到一个道士，他说：到我们那儿去住。道士就带着我们一口气爬了30里，一上上到了上清宫。

他们那里实际上也是旅馆，进去之后，给我们开了一间大房子，三张床。请我们吃地板腊肉。吃完饭，一算账，小丁说："糟糕！我们剩下的钱只够回去了。"住在这里一晚上要70块钱，一个人吃饭还得几十块。他要马上就回去。我说：我们好不容易上来了，马上就回去，多扫兴。那不行。

但怎么办呢？

李：吴祖光什么意见？这种一起玩的时候他一般是什么样的？

吕：吴祖光这个人有个好处，遇事他不着急，一点儿也不着急。他慢腾腾地说："既来之，则安之。我们就在这里待着，写信回去，要中华剧艺社社长应云卫汇钱来。吕恩在这里，还要她演戏。拿钱来我们把吕恩送回去，不拿钱我们就在这里待着。"

李：我读过郁风一篇文章，提到她和徐悲鸿一行在青城山遇到过你们。

吕：是啊。巧得很，这时有一个知客，就是道士负责和外面打交道的人，走出来告诉我们，他发现徐悲鸿在天师洞，带着一批学生在写生。天师洞在我们上清宫底下。那个人还说，郁风也在里面，那时她刚从桂林来成都。丁聪好像抓到了一根稻草，说那个地方我们能去吗？那个知客说，你们不要下去，我们这里有电话，可以通下面天师洞。丁聪就打电话，找到了郁风，说我们没有钱了。道士就在旁边，他们俩就用广东话说。郁风叫我们下去，但道士不愿意要我们走，他知道徐悲鸿是大画家，要我们去把徐悲鸿他们拉上来住。他说："明天你们下去，东西先留在这里，把他们带来，我们可以优惠。"我们没有办法了，第二天就把东西留下，去天师洞找他们。见到他们有十几个人。我认识郁风，她把我们介绍给徐悲鸿。还有廖静文。徐悲鸿这个人好客，听说我们没钱了，就说：在我们这里吃，没问题。我说："不行呀，我们的东西还在上面呢！"他说："没关系。你们先在这里住几天，然后我们再一起上去。"

我们高兴极了，就住在天师洞。以后，吃呀，用呀，花呀，都是徐悲鸿负责。每天吃两桌，什么地板腊肉，天天都是山珍海味。道士是吃荤的。天天各种新鲜菜肴，还有酒。

这个时候，徐悲鸿刚好和廖静文在谈恋爱。徐悲鸿送了我一幅画，现在在我儿子那里。我们临走的时候，送给我们三个人一人一张画。丁聪和吴祖光一人一张马，送我的是一张猫。我还傻里呱唧，说："徐先生，你是画马有名的，怎么送我一张猫呀？"他说："女孩子就该送猫，男的才送马。"他当时送廖静文的也是猫。徐悲鸿纪念馆里挂的一张猫，就跟他送我的那张同时画的。有60多年了！

应云卫真的寄钱来了，要我回去排《家》。我们三个人，还有徐悲鸿、廖静文，一共五个人先下山。我们三个人走下去的，他们两个人是坐轿子下去的。回到成都后，徐悲鸿就开了一个展览会。大概又经过了一两年的周折，徐悲鸿终于和蒋碧薇离婚，和廖静文结婚了。

李：这次青城山之行，您对吴祖光有什么印象？

吕：这一段，我们大约玩了16天。吴祖光开始和我们在一起的时候，不是像郁风那样，一堆人总是能看到郁风，吴祖光不太出头的。后来我在成都就留下来了。在那里演《家》。吴祖光在成都写了一个剧本，《少年游》，里面四个女性都有原型，有郁风、赵慧深，还有我。我的那个角色的名字叫洪蕾。那个戏本来预备我演的，由贺孟斧导演，但我没演成。后来是在重庆、上海演了，我那角色在上海是沙莉演的。以后，我跟了中华剧艺社，巡回演出，就和他分开了。他在《华西晚报》工作，我们就开始通信。

走进"二流堂"，共同的生活

李：从青城山下来，你们就成为朋友了？

吕：在青城山不算，回来后这时开始通信就算做了朋友吧。1944年初我在外地演出，半年多，到1944年夏天，太累了，得了胸膜炎，留在了自贡。他坐长途汽车从成都来看我。我躺在地板上，发烧。剧团很穷的，没有拿一分钱工资，只管吃饭。他说："这怎么行呢？有病得治。我们离开吧！"我说去哪儿？他说："我现在有钱了。"原来《牛郎织女》在重庆又演了,《少年游》也在重庆演了。我说:"我不能花你的钱。"这个时候,张瑞芳在的那个剧团中国艺术剧社也出来巡回演出,到了内江,离我们60里地。金山到自贡来打前站,碰到了我。那个时候,张瑞芳离开了原来的爱人,和金山在一起,舆论对张瑞芳很不利,她在剧团很孤独。我和张瑞芳很好,金山见到我,就说你到剧团去看看瑞芳。吴祖光也说你就去吧。金山这个剧团是党领导的,应云卫的剧团也是的,但金山是海派,福利比较好。就这样他们把我弄到了金山的中国艺术剧社。金山说,你就在这里住着养病,不用演出。应云卫的剧团回成都,我就没有走,继续留在内江。吴祖光也留下来了。

不过,在自贡金山的剧团里,我居然和吴祖光有一次还同台演过戏。我本来是养病,但在他们上演《戏剧春秋》时,让我临时扮演里面的一个角色,是一名电影明星,她托病要挟老板不愿意上台演出,于是老板派两名医生来给她看病。一位是中医,一位是西医,等我在台上演出时,两个医生上来我才发现他们是由宋之的和吴祖光客串扮演的。宋之的扮演中医,戴一顶呢帽,粗布长袍,他本来就胖,粗眉大眼的,操一口河北腔问我的病情。吴祖光扮演西医,西服革履,油头粉面,头发擦得贼亮,还给他画了一个八字胡子,很滑稽的样子。他躲在宋之的后面，不吭声，由宋之的一个人讲话。我没有想到他也上台了，想笑，又不敢笑，就趴在桌子上笑，根本没法起来谈话。宋之的问：什么病？我一听他的河北口音更想笑。后来，吴祖光对我说："一上台我都糊涂了。"他一辈子也没有演过戏，这大概是他唯一的一次演话剧吧！

李：听说你们从自贡又去了峨眉山，有过很有意思的故事。

吕：是呀，过了没多久，金山的剧团上峨眉山，我们也一起跟着去了。全剧社的都上峨眉山。我们分两拨儿走。年纪大一点的坐滑竿，年轻的爬山。我因为有病，也坐滑竿。在山上护国寺住了一夜，第二天分道扬镳。我们坐滑竿，上山走七天，下山走五天。我给你讲我们的笑话。

我们这一拨儿有蓝马、金山、张瑞芳、宋之的、王苹、赵清阁、吴祖光、我等十几个人。我们都坐滑竿。头两天住路上的庙店，和尚看我们都爱答不理的，安排住上下铺那种床，一般性的接待。第三天，碰到爬山的那批年轻人，他们问我们怎么住的，我们告诉了他们。他们说："我们住得可好哩！"有一个叫白颂天的年轻人说，他们唬了和尚。他们告诉和尚："快开山门，黄二小姐来了！"就是黄婉苏。"罗三公子来了！"是指罗健，他父亲是刘晓，后来驻苏联的大使。和尚们一听，就赶紧把好的房间开给他们了，还给他们弄好吃的。他们就是这样一路走上来的。

我们听了，心想我们怎么住这么差？也想办法。第三天，蓝马看看宋之的、金山，对我们说："我先去打前站，到时你们都别做声，看我的眼色。"他就先上山，自称副官。我们十几个滑竿到了洪椿坪，那里也有一个庙。我们一到那里，山门已经打开了，大殿外面的长廊，排好了长桌，铺好了白布，还摆好了椅子。碗茶也放好了。我们一看就傻了。只见蓝马对着我们喊："宋司令，请！"宋之的大腹便便的，挺神气的，像那么回事。就把他请到正中间的椅子上坐下来。蓝马又喊："宋太太，请！"把宋之的的夫人王苹请上去。又喊："姑太太，请！"他喊的是赵清阁，她成了姑太太了。再喊："姨太太，请！"喊的是张瑞芳。还把我说成是宋之的的小姨子。一塌糊涂，大家都成了一家人。我们都想笑又不敢笑。

我们坐下来，喝上茶。这时里面的人出来了，说："我们这里是小地方，照顾不周。"原来他们听说有司令员从前方回来了，又见我们都是坐的滑竿，年龄也像，就相信了。他们把一个大跨院安排给我们。真漂亮，原来是林森的别墅，他是国民政府的主席。满院子全是桂花树，香气扑鼻。家具都是硬木的，没有电灯，但点的都是进口的僧帽牌洋蜡。我们住了进去。蓝马又大喊："吃什么？我们要吃鸡。"和尚说："我们庙里不能烧鸡。"蓝马说："你

20世纪40年代的吕恩

不能到外面去烧去？"他们真的到外面去做了，那天晚上，又是打麻将，又是打扑克的，大家玩得真开心。

李：吴祖光爱玩吗？

吕：吴祖光和我们在一起，没什么特别活泼，只是和大家一起玩而已，不像蓝马那么活跃。第二天，我们走的时候，和尚拿出了缘簿，大家傻了眼。有人悄悄说："写个五百元的条子，让他到重庆去拿去，写个找不到的地方。"结果，我们就让吴祖光写了条子。然后，我们继续上山。

就是这一段事，"文化大革命"时整我整得够呛，说成我的一个罪状。说我是跟了一个国民党的战区司令员上山玩。我说是假的，是蓝马编的。这件事是在揭发宋之的当过国民党的大官时捅出来的。搞得我当时惨极了。

大家下山了，我要养病，就把我和吴祖光、宋之的，还有一个沈剡，现在在八一电影制片厂，我们四个人留在山上。在青溪阁，不是庙，是图书馆。我养病，宋之的写剧本《春寒》，吴祖光写的是《芙蓉城》。成都就叫芙蓉城。不过这个剧本没写出来，没演出。

在山上我们待了20多天。我每天无所事事，就养病。这段时间我和吴祖光关系就比较好了。

李：看来你们的爱情与四川的名山大川关系密切。

吕：也是机缘吧。1944年8、9月间我回到重庆，吴祖光没有回去，还留在峨眉山写剧本。是宋之的把我送到"二流堂"去。那个时候，马彦祥当中青的社长，他让我去他的剧团，宋之的就说："别住在那个剧社，有一个好地方，我送你去住。"就把我送到了唐瑜那儿。那时，高汾还没有去，我和郁风的妹妹一起住。唐瑜的房子叫碧庐，那里的故事可多了。

李：我写过关于"二流堂"的文章，还编过一本关于"二流堂"的书，书名就叫《依稀碧庐》。我觉得"二流堂"里的你们这批人很有文人特点，值得研究。要是能拍一部"二流堂"的记录片其实也很有意思。吴祖光什么时候来和您在"二流堂"会合？

吕：吴祖光到冬天才回来。回来他也住了进来。吴祖光和我通信，也和别的女孩子通信，奇怪，我一点儿也不嫉妒。我很奇怪我的感情，很有意思。他对别人说："要是吕恩嫉妒，她就有爱我的意思了。"我就是不嫉妒。一堆人一起玩玩挺不错就是。走开了也想。他比我大四五岁，给我很多帮助。他中文底子深，语言也好。我是江苏常熟人，学表演，他就纠正我的语音，像卷舌音我就发不好，教我念儿字化的绕口令，如"小口子儿，坐门凳儿……"。他还教我写字，大字小字都写。我很听他的话。还鼓励我记日记。挺好的。但就是玩不到一块儿去，两人后来就不干了。就这么一种关系，很多人也知道了。我们没有孩子。他没有提出来正式结婚，我也没提，也不想结婚。但那时两个人开始住在一起了。

李：就是说在1944年冬天，你们在"二流堂"开始一起生活。

吕：是的。半年多之后，1945年8月，日本人投降，我和秦怡坐汽车回上海。我们先动身，但后到。吴祖光是坐飞机到上海，结果他比我还早一个月到上海。

在上海举行了婚礼

李：听丁聪说过，你们是在上海举办的婚礼。

吕：开始还没有准备结婚，但又为什么正式结婚呢？到上海后，我回常熟家乡去，这时发生了一个重要插曲，促成了我们的正式结婚。而且是三天之内决定的。

我有一个同乡表兄，山东大学毕业的，是学气象的，抗战八年期间当空军，他到印度一个基地工作。他一个人在那里，很荒凉的地方。他是个孝子，有兄弟两个，都出来了。抗战期间母亲在家乡病了，找了一个女孩子照顾她，母亲病好了后和这个女孩子相依为命。这个女孩子不错，他妈很喜欢，就写信给儿子说是替他定亲了。表兄非常孝顺，虽然两个人没有见过面，回信还是同意了。过了几个月，他母亲要把女孩子送到重庆，但走到半路没走成，又回到了常熟。表兄给我写信说到这件事，说战争无望，他让他母亲还是把那个姑娘当自己的女儿嫁出去，这样我就了一桩心事。这个表兄告诉我这个事，他其实对我也有意思，那个女孩子的事情过去后，他一直和我通信。吴祖光也知道这件事。

我回到常熟，上午到家，下午表兄的母亲就到我家里来看我，还带了那个女孩子。我不知道这些事。她问我她的儿子的情况，我说他没有别的女朋友，要通信只是和我在通信，他待的那个地方是不毛之地。她们走了之后，我母亲就说我："你这个傻瓜，她就是来探你的。"因为外面有传言说我和那个表兄已经生了孩子，我说："去他妈的！"我说我见都没有见过他人，只是想到他一个人在那里，很寂寞的，与我通信，我就回信而已。母亲说："你见到的那个女孩子，她没有嫁出去。当时不愿嫁出去，还自杀过一次。"母亲警告我："你可不能跟他好，不然要出人命！"

正在这时，吴祖光到我家来了。

李：你知道他要来常熟吗？事先约定的？

吕：事先他没有和我商量，临时来的。当天晚上他和我母亲说了一晚上话，两人很投机。母亲对他很满意，第二天他走了，母亲对我说："这个人不错。跟我谈得不错，挺有学问的。你回去跟他结婚去。"我说，怎么一下子就说要结婚呢？母亲说："他已经说好了，三天后你回去就结婚，婚礼都准备好了。你一定要结婚，不然，你表兄要回来又追你，事情就闹大了。"我想怎么办呢？后来想通了，结吧，反正我们已经好几年了，感情虽然不是那么深的，但还是有感情的。我是个女孩子，不结婚挺麻烦的，老是被人追来追去的，也不好。结了婚以后，我可以专心搞事业。就这样我决定结婚，回到了上海。就这么结的婚，当时很理智的。

李：对你们结婚，上海的朋友们好像都很高兴，前几年冯亦代也曾同我讲过当时的情况。婚礼准确时间是哪天？在哪儿举行的？

吕：1946年3月，在上海梅龙镇饭店举办的婚礼。证婚人是叶圣陶、夏衍，是冯亦代、丁聪他们几个人张罗筹办的。重庆的那批朋友都来了，还有话剧界、文学界的朋友。1946年我25岁，在重庆时我和吴祖光是同居，现在是正式结婚了。那个时代这是非常普遍的事情。

李：在上海你们住在哪里？

吕：我们结婚后住在我表姐家，她不在，回家乡了，房子全空着，就给我们住。是在江苏路、大西路口（现在的延安西路），很漂亮的房子，是三层楼，我们住在二楼。1994年我到上海，还去看过，房子还在，但不知这几年拆没拆。

李：前年我陪丁聪夫妇到上海，拍摄他回家的专题片，我们一起到大世界旁边的共舞台，去找过他和吴祖光当年编辑《清明》杂志的地方。你去过那里吗？对那段时间他的情况了解多少？

吕：《清明》编辑部在共舞台用的是大商人张善琨原来的房子，抗战胜利后他跑了，就被他们拿来用。记得我和秦怡在《清明》第一期上还发表过纪念贺孟斧的文章。那段时间，吴祖光上午在《清明》编辑部，下午到《新民报》编辑副刊，一天到晚不在家。我刚到上海，在于伶他们的上海剧艺社演戏，白天经常排戏，有时晚上演出，我们一天到晚见不到面。因为晚上我们也各有各的应酬。我们常常写条子贴在门上，告诉各自的行踪。挺有意思的。我到了晚上演出的时候，白天不排练了，有时没事也到共舞台那里去，看他们两个人在不在。见到我，丁聪就开玩笑说：糟糕，吕恩来监视我们了！

我年轻，爱玩，他们不能陪我。吴祖光就偷偷告诉也在上海的我的剧校男同学，像刘厚生，要他们抽时间带我去霞飞路喝咖啡。原来我还好奇，怎么我一在家没事，就有同学来约我出去。后来我才知道原来是吴祖光的主意。我对他说："你真坏！"

那时他的确很忙。一边编刊物，一边还和夏衍有地下活动。他们的编辑部就变成了上海共产党地下组织的一个点，夏衍经常把人召集到那里。那里人多，来来往往，来开会的人就分开走，不容易被察觉。

李：我读过你的一篇《穷开心》的文章，提到你在共舞台遇到郭沫若、洪深、田汉的事。

吕：有一次，我到那里去，走到一楼大厅，看到了郭沫若、洪深、田汉三个人在门口那儿说话，我就过去叫他们。洪深一见我，就连忙喊："来，来，你身上有钱没有？"我说只有两万，当时两万是很少的钱。洪深说："不要紧，够了。给我，我请你们吃饭。"我把钱给了他。他叫了两辆三轮车，我和郭老坐一辆，他和田汉坐一辆，花了两千元坐到西藏路的一品香西餐店。这里菜很贵的，我说这点钱怎么够？洪深说，不要紧，看我的。我们四人在包厢坐下，洪深就问招待："你们的那摩温在不在嘛？"那摩温（Number One），也就是领班的意思。领班来了，一见洪深，很热情地招呼："洪先生，您回来了！"原来抗战前洪深常来这里，和他们很熟。洪深问："有什么好吃的？"领班说："洪先生，好吃的还不是您吃过的那几样。"洪深说就要那几样。记得有烟熏鲳鱼几个菜，价钱是很贵的，我那点钱怎么够？悄悄问："洪先生，这么多菜，我的钱怎么够四个人这么吃呀？"我心里打嘀咕。他说：你别管，放心吃。结果我们吃了很丰盛的一餐西餐。

吃饭时，田汉没怎么说话，基本上是洪深一个人在说笑。一品香的后窗正对着四马路的惠乐里，是妓女窝。我不知道，只看见许多年轻姑娘，就问："洪先生，那里是什么地方，怎么那么多年轻女的？"田汉就笑着说："洪先生知道那个地方，他老去。"洪深说："现在不能去，是过八月节的时候，会要很多很多钱。过了八月节，我请你去吃饭。"八月节后，他果然在那里请客，我没去，到无锡拍戏去了，是凤子和赵清阁去的。见到我，洪先生还说："你没福气去，不怪我！"很有意思。

结账时，领班问怎么结，洪深说还是老样子。于是，领班拿来一张纸条，洪深大笔一挥，写了一个"洪"字，又圈了一个圈，就算记账了。那一万多元是洪深用来付领班小费的。我们出来，又没有钱了，就叫一辆出租车，强生公司，四个人一起到北四川路郭沫若家，于立群出来付车费。这就是在共舞台时期出的洋相。

李：听丁聪说过《清明》因为发表一些批评国民党当局的文章和漫画，遇到压力。你们感受到什么，遇到过什么事呢？

吕：我们也遇到一些很严肃的事情。在1947年下半年开始，局势很紧张。开始，我们有个便利条件，与所住的长宁区警方关系不错。这还是在重庆结识的关系。在重庆时，有一次警官学校排演吴祖光的《林冲夜奔》，我去扮演娘子，吴祖光当导演，其他演员都是教官和学员。光复后，不少认识的警官和学生都到了上海，其中一个演员担任长宁区警察局局长，记得他姓赵。我们到上海后，他请我们吃过饭，到夜总会去，不用花钱，他也很高兴可以请明星。

有一天，赵先生来到我家，吴祖光不在，他对我说："吴先生上了黑名单，告诉吴先生，晚上以后尽量少出去，特别不要到别的区去。在我这儿出了事我还可以保他，在别的地方出了事我就很难帮忙了。"吴祖光回来后，我告诉了他，他嘻嘻哈哈，根本没有当回事。

过了一天，突然来人抄我们楼下，后来知道是一位地下党员的家，幸好他的一台油印机藏在我们家，放在三楼阁楼上的保姆床下，没有搜到什么东西。那个姓赵的又来我们家，说那是给你们颜色瞧的，要我警告吴先生。这次吴祖光重视了，没有再出去，不久，就跑到香港去了。人家都说他是福将。

平静地分手，我仍然很感激他

李：你和吴祖光在一起一共生活了多久？

吕：如果从 1944 年在"二流堂"住在一起算起，到 1950 年分手，应该是六年。在这之前只是朋友交往。我回想一下，1943 年开始和他来往密切，到 1946 年这四年，我们在一起的时间是他的创作最旺盛的时候。他写了《少年游》《牛郎织女》《捉鬼传》《嫦娥奔月》，好像还改编了《红楼梦》。这四个戏都演出了的。

李：你演出过他的多少戏？

吕：我总共演过他的三个话剧：《嫦娥奔月》《牛郎织女》《风雪夜归人》，三部电影《山河泪》《春风秋雨》《红旗歌》。最后一个就是1950年的电影《红旗歌》。

李：你们1947年是一起去香港的吗？

吕：他和张正宇、丁聪几个人先去香港，他到香港去，是应大中华电影公司的邀请，要他去导演电影《风雪夜归人》。他好像是和丁聪一起去，也住在一起。请他去的是大中华电影公司，老板蒋伯英。吴祖光请秦怡主演《风雪夜归人》，准备带她去香港，后来秦怡没有去成，这个片子后来给孙景路、吕玉堃演了。先导演的是《阿秀》，是周璇主演的。

李：你什么时候去的香港？

吕：我到北京拍片子，半年后才去。1947年我到北京，半年拍了两部电影。然后回上海，再到香港。在香港我们住在九龙太子道。多少号忘记了。一直过去就是启德机场。

我们在香港租的房子，后来走的时候顶掉。顶了不少钱，一万多港币。那时港币很值钱，两千多可以买一辆奥斯汀汽车。

　　我没去之前，他写了第一部电影《山河泪》。《山河泪》是他改编、导演，文艺片。我去了后就参加了这个电影的拍摄。他在香港写的第一个电影是《正气歌》，是根据话剧改编的，话剧叫《国魂》。文天祥是刘琼扮演。第二部电影是《清宫外史》，第三部是根据黄谷柳小说《虾球传》改编的《春风秋雨》。那时，吴祖光在香港很红很红。

　　我在这个公司演了三部片子，第二部是张骏祥导演的《火葬》。拍完之后就是1949年了。

　　李：在香港和潘汉年、夏衍他们来往多吗？

1948年在香港，左二吕恩、左三吴祖光。

吕：我和潘汉年认识，但不像吴祖光和他那样熟。我和夏衍很熟，叫他"干爸爸"。他对我也很信任，有些秘密的事情还要我做。1948年中秋前后，拍张骏祥导演的《火葬》，要到北京拍外景。那时淮海战役已经打响了。我要走的头一天晚上，夏衍来找我。过去他每次来都是找吴祖光，谈他们的事，他一来，我就走到一边去。所以，这次我一看他来了就又要走开。夏衍马上说："吕恩，今天你别走，这次我找你有事。"那时从香港到北京，要先坐霸王号飞机船到上海，停一晚上，然后再去北京。他说：你在上海住一晚上，替我办四件事。1．先去找于伶，把他约出来，要他转告阳翰笙，赶紧离开上海，到香港来；2．告诉陈白尘，要他隐蔽起来，这个你可以去通知；3．叫刘厚生等四个人，赶紧到苏北解放区，找什么人联系；4．带一封信给王苹，这封信是已经到了解放区的宋之的写给妻子王苹的，先带到了夏衍手里。

我们剧组到北京拍外景只有四个人，我、白杨、陶金，还有美工秦威。一个多月后，我回到香港，夏衍拍拍我，说："吕恩，干得不错！"我说："干爸，奇怪，你怎么要我干？怎么不要白杨干？她比我细心。"夏衍说："你糊涂，胆大。"他真教我怎么做。去上海前，他说带那些东西，不要让海关的人查，宁愿多送钱。不要患得患失。一封信我藏在内衣里面。他说以后还让我干。

李：你和吴祖光分开是什么原因？什么时候？

吕：我们分手主要是生活习惯不同。我这个人脾气挺怪的，他后来越来越红，名声越来越大。和现在的演员不同，我那个时候不想靠着导演上去。我要上去，要靠我自己的演技、靠自己本事上去，不能靠丈夫的关系上去。他越是红，我就越不习惯叫我"吴太太"，我不知道是叫我，香港那个地方喜欢这样称呼，而我喜欢人家叫我"吕恩"。

吴祖光这个人有一个好处，人缘很好，随和。他不像张骏祥，张骏祥脾气大。吴祖光是什么人都能交，各种人物都能交。吴祖光的朋友真多！

他女朋友也不少，当然和凤霞结婚之后不一样了。在我之前，他有一个女朋友，和新凤霞样子不一样。她大大个子，是打篮球的，是他在北京孔德中学的同学。在重庆他们也是挺好的，我们也经常来往。

我们是在拍《虾球传》时决定分手的。后来，我还参加拍摄他的《红旗歌》。我们是很友好地分手。我们没有孩子，也没有什么财产纠纷，没有吵。我们两人分开，夏衍和那些朋友他们都理解。夏衍说：他们性格不一样。

李：你怎么看待他后来和新凤霞的婚姻？

吕：我觉得他最后找到新凤霞，是找对了路子。为什么呢？吴祖光他喜欢北京的生活气氛，那种调子。我比较海派一点儿，他和丁聪都喜欢京剧。在上海时，他们带我去听京剧，有一次我们三个人看麒麟童的戏，看着看着我就睡着

20世纪50年代吕恩扮演《雷雨》中的繁漪

了。他就说："对牛弹琴！"我就说："下次别带我去看了，带我跳舞去。"这样，我们时间长了就不行。

李：你们分手后就离开香港了？

吕：我跟他分开是在1950年演完《红旗歌》之后，他是1949年7、8月份回到内地的，我是1950年初回来的。

我先从香港到长春，后来到北京就分开了。

在香港我们其实就分开了。开始他不愿意分，说内地的

事情还是回到内地去解决。回内地后，我又参加了他导演的电影《红旗歌》。拍完之后，我就到了北京，进华北人民革命大学政治研究院，上了一年学。后来，他从东北回到了北京。回来之后，他比我先结的婚，1950 年。他结婚时我们也是礼尚往来，我送了礼，但我没有去。

李：离婚后还有来往吗？

吕：他还来看过我，我在西苑革大学习的时候。那时我抽烟，他送我一条烟。他问我："你知道今天是什么日子？"我说不知道。他说："今天是你的生日。"我都忘了。我们一起到颐和园去，当时我就提出来，我们的关系已经结束了，以后你不要单独来看我。他说："为什么呀？朋友还是可以的。"我说："我不要。你现在的婚姻很美满，我知道。新凤霞很爱你，爱情是眼睛里容不进沙子的。我就不要做那粒沙子。我们以后在大众的场合见面是可以的，就不要单独见了。"我拒绝了他，以后我们就没有再单独见过。

除了吴祖光以外，我和他的父母，还有兄弟姐妹都很好，到现在都来往。除了吴祖光，像吴祖康、吴祖强、吴祖昌我们都来往，叫我"吕姐"。他的姐妹在昆明的、福建的，到北京来总是要找我。我们成了好朋友，整个吴家，family，都是我的朋友。很有意思。

李：有一次你说过你们之间有过一个疙瘩。

吕：是这么回事。1949年我们分手，他从香港回来时，经济上非常不行。那时导演接戏按整部戏的标准领取费用，演员则是按月拿薪水。一部戏拍的时间长了，导演的钱反倒没有我们当演员的多。比如说一个戏导演拿一万元，一个月是这么多，半年也是这么多。当时张骏祥和白杨在一起，他就说："我穷得要死，白杨富得要命。"吴祖光和我是这种情况，虽然我没有白杨拿得多，但旱涝保收。他已经用光了，要回去。我们把房子抵掉了，有几千块吧，我都给他了。还是不够，我就买了一个莱卡相机送给他，很贵的。我说："吴祖光你走了，我送你一个照相机。为什么要送呢？你是当导演的，回去后拿来拍戏采景用。"除了相机，还有一套辅助设备。他也挺感动的。后来，他和新凤霞结婚，人家告诉我，要在欧美同学会那里举办婚礼，两个人没有多少钱，把我送他的相机卖了用来请客。我心里不老忍的。心想我是为你工作送你的，结婚干吗卖了，多可惜呀！我不痛快，后来我告诉郁风，她批评我心眼太小。她说："送给他的东西就是他的了，他爱怎么的就怎么的？"我想想也是，我送给他了怎么能限制他呢？所以现在也觉得没什么。

李：和他分手后你自己的生活怎么样？

　　吕：我后来结婚的先生不是文艺界的，他是胡蝶的堂弟，叫胡业祥，是国民党空军飞行员，打过"二战"，打过日本人。后来参加起义，改行了，不用第一技术，让他用第二技术——英语，到体育总局当英文翻译。前两年去世了。我们有一个儿子。

　　李：我见过你先生。大概1996年，那次在夏衍家"二流堂"老人们聚会，我也参加了，你和先生一起来的，吴祖光也来了。那是我第一次见到你。他和田汉在"反右"中的矛盾你了解吗？你有没有因为他的事情遇到麻烦？

左起郁风、高汾、吕恩，当年"二流堂"的三位女性20世纪90年代相聚于夏衍家中。

吕：分手后我们就没有什么关系了。除了老朋友，他的新朋友我后来就淡出了。他在电影界，我在话剧界，隔行如隔山。北影属于中央部门，人艺属于北京市，一些活动也不在一起。偶尔有文艺界联欢活动，会碰到吴祖光和新凤霞，但都是寒暄。我这个人是淡出的人。他和田汉的矛盾我不知道。"反右"时我正坐月子，过后才知道吴祖光在文联礼堂挨斗了。"鸣放"时一次活动也没参加，一次会也没有参加。我的许多朋友都成了"右派"，我要是参加了活动，恐怕也跑不掉。人艺的领导来问过我，批判吴祖光你有什么事情要揭发的？我说，我没有什么。

李：许多年过去了，你能再说说你对他的印象吗？

吕：吴祖光是个天才，才思敏捷。我跟他说，你怎么不用功，他说用不着用功。他说："我奶奶是有学问的人，我小时候，她坐在炕上，盘着腿，拿一大堆铜钱，要我背古诗，背一首拿走一个，把这一堆拿完就可以出去玩。"他就是这样练出来的，童子功好。

这个人有意思。说他神童不假，我看他写东西不痛苦的，玩着玩着就写出一个剧本。人家写东西都得构思呀，他不，脑子确实好用。后来变成一个痴呆真是可惜可怜。

吴祖光还有一个特点，打抱不平，见义勇为，同情弱者。我记得在剧校时，有一个工友，叫老黄，大大的个子，农村来的，我们女孩子们调皮，都叫他"奥赛罗"。学校在江安，我们后来到了"二流堂"。那时重庆经常抓壮丁，他来找吴祖光，说家里回不去了，回去要抓他的壮丁。吴祖光就把他留在"二流堂"当男佣，替我们挑水，做饭。还有一件事，他们家在江安时，他家里的一个佣人，是个男孩子，被抓壮丁，他去抢回来，把保长他们痛骂一顿。打抱不平。

李：他的这一特点一直延续到晚年。他和超市打官司的事情你知道吗？

吕：我知道这件事，花费了他不少精力。他就是这个特点。

李：你保留有和他一起的照片吗？有结婚照吗？

吕：我们没有结婚合影照，可见不重视。真是没有。我翻出这一张，在水里的相片。1948 年，拍《山河泪》时，热得要命，拍完我就跳到水里，他给我拍的。他很喜欢这张，以后放在了他的床头。真是没有合影。他那里有没有我不知道。

我再给你看一张照片，有很多人。这是拍《虾球传》时候拍的，在他离开香港之前，我们到澳门去玩。这是吴祖光，这是我，这是扮演虾球的叶小珠。这是黎喧，岑范。这是黎铿，曾是有名的小童星，"反右"时被打成"吴祖光小家族"的成员，自杀了。

这是我演他的《嫦娥奔月》中的主角，1946年，在上海兰心剧院，服装还是小丁设计的。这张是在1944年在峨眉山他替我照的。你看，后面的字还是他写的：记住这最欢乐的日子。在峨眉山双飞桥下。

李：他给你的信还保留着吗？

吕：一封也没了。他写给我不少信，当时也给秦怡写了不少，给我一封，给她一封。我问秦怡，吴祖光的信还有没有，她说也没有了。他的信写得真漂亮，很美，很有感情，看他的信，是一种享受。

李：你的日记还有吗？

吕："文化大革命"时抄光了。那些都是吴祖光鼓励我写的，我还养成了写的习惯。

我想吴祖光把我带到一个正确的道路。如果我没有认识他，那不知该走到什么地方去了。也许走另外一条道路。是不是？我想想还是很感激他的。

我想了半天，吴祖光对我还是有感情的。新凤霞去世之后，他已不再能说话了，唐瑜米寿，高汾的女儿召集的聚会，在"夜上海"。吃饭之后，唐瑜的夫人叫我，说："吴祖光要和你照张相。"我当时愣了一下。几十年的老朋友了！他当时不怎么说话，只吃饭。就这样他拉着我的手和他照了一张相。

　　李：那天我在场，是2000年。这可能是吴先生病逝前最后一次参加"二流堂"的聚会。很有历史意义。你后来又见过他吗？

　　吕：在他去世前一年，2002 年吧。我和吴老二吴祖康很好的，我常去他家看他。一次，我在他家，正好吴祖光的儿子吴欢来电话，他听说我在，就说："要吕阿姨别走了，我请她吃饭。"他就来了，我们一起在旁边的饭馆吃饭。我问他，他爸爸最近怎么样，他说有两个保姆在照顾。他说，过两天我们要一起聚聚。他说要请我和他爸爸到他的新居王府花园去玩。过了几天，他来车先接我，然后到东大桥接吴祖光。那时吴祖光已经完全痴呆了，是被背下楼、背上车的。虽然痴呆，他还认得我。他看见我就这样呆着。他弟弟祖康指着我问他："你认识他吗？"他点点头。他还认识，他不说话了。人已经瘦得不成样子了，轮廓变形了。我很难过。这是我最后一次见他。

高汾：高老太，这么漂亮！

高汾老人走了。

我们住在一个大院里。一见面，总是喊她"高老太"，喊了许多年。

最后一次喊"高老太"，大约是在一年多之前。我去大院里的理发厅，见到这位年过九旬的老人，正坐在椅子上烫发，五颜六色的发卷在她头上很是热闹。

"高老太，这么漂亮！你真讲究！"我握她的手，大声笑着说。

她的手很凉，很弱，远没有过去那么温暖而有力。她已不大说话了，只是抬起头，打量我一下，笑笑，还是平常那副认真样子。

她的确很讲究，爱美。从六十几岁结识她，一直到最后这次见面，发型，衣着，她从来都收拾得利利索索。老了，行走不便，但即使坐在轮椅上由保姆推着遛弯，她也一点儿不显得邋遢，坐在上面，精神得很。

没想到，93岁的她，前天永远走了。

生活常有巧合。高老太的去世时间，与"二流堂"这一文化群体1943年在重庆形成，相隔正好整整70年。岁岁年年秋风落叶，在她之前，所有"二流堂"的相关人员都已先后去世：夏衍、盛家伦、丁聪、吴祖光、吕恩、冯亦代、郑安娜、黄苗子、郁风、金山、张瑞芳、唐瑜、凤子、高集……2013年年末，高汾——"二流堂"的最后一位成员，也走了。文化界曾经赫赫有名的"二流堂"，翻完最后一页，一本精彩、丰富、耐人寻味的历史大书，由此合上。

高老太18岁开始当记者，从《救亡日报》到《新民报》《大公报》，风风火火，腿勤眼快，在新闻界可谓赫赫有名。1949年7月，周恩来邀请11位新闻界人士到中南海颐年堂聚谈，他们分别是：朱启平、高汾、邓季惺、浦熙修、徐盈、彭子冈、储安平、萨空了、胡愈之、刘尊棋、宦乡。研究现代新闻史，这些名字恐怕都不能错过。11人中间，我只认识两位，一位是刘尊棋先生，20世纪80年代中期，经萧乾先生介绍，我结识刘尊棋并为他撰写传记《监狱阴影下的人生》。另一位当然是高老太。熟悉高老太是在80年代后期。1987年，我从《北京晚报》调至《人民日报》，恰好与高集先生，以及他们的女儿、女婿共事。这也是一种缘分。

高老太不健谈，"二流堂"老人们聚会时，她总是不显眼地坐在一旁，听那些兄长大姐们大摆龙门阵。很少听她讲自己当年的采访壮举。当"右派分子"后，她这个矮小、消瘦的弱女子，与丁聪、吴祖光、黄苗子等"二流堂"男子一同发配"北大荒"劳改，依然风风火火地关照他们，她的这些侠义故事，我也是从他们那里才听到。

高老太一点儿也不幽默。自己从不讲笑话，别人讲笑话逗得大家哈哈大笑，她好像也无动于衷，只是好奇地看着周围，附和地笑笑。从表情看，她恐怕并不明白大家为何笑得前俯后仰。

不健谈、不幽默的高老太，敬业的劲头儿却让人感动，甚至感动得让人"吃不消"。认识高老太时，她已退休，但返聘担任《新民晚报》驻京特约记者，主要任务就是为副刊"夜光杯"约稿。只要她要约一篇稿，谁都别想推辞。七十几岁的她，电话里口气恳切，理由充分，纵然很难完成，却无论如何也无法回绝她。现在回想，有的文章能够写出，还真得感谢她的执着和热诚。每当我有文章在"夜光杯"上发表，或者别的报纸上有文章提到我，高老太总是会留下来，带在身上，遇到时送给我。一个赫赫有名的新闻界前辈，在晚年如同年轻时一样，事无巨细地、认真谦恭地当一名特约

左起：高集、吕恩、唐瑜、丁聪、高汾。

编辑和记者，在中国恐怕别无他人。

印象中，高老太称呼人总是叫"同志"，连老朋友吴祖光、丁聪、黄苗子、郁风等，她也这么称呼，规矩得让人好奇。走在大院里，如果身后有人喊一声"李辉同志"，不用转身，就知道是高老太。

如今，再也听不到这种熟悉的称呼了。

聂绀弩：鹤
——关于聂绀弩的随想

一

去年年初，一个月内，我先后两次到位于京郊的现代文学馆。每次去都是为了追念远逝的生命。

一个是胡风，一个是聂绀弩。

两个座谈会分别纪念他们的九十周年诞辰。人们裹着厚衣，在寒冷中走来，把回忆把怀念把感慨一并倾诉。特别是那些曾经与逝者患难与共的友人，讲述一件件动人往事，勾画着他们心中的影子。想到人世间还有如此真挚情感，想到逝者人格还有如此大的吸引力，我在冬日里感到生命的暖意。

纪念聂绀弩的座谈会举行那天，会刚刚开始，外面雪花便轻盈地飘落下来。中午时分走出来，地上已经铺上厚厚一层雪。这是那个冬天最大的一场雪。我没有急于坐车回家，而是沿着人行道漫步雪中。雪花飘落在我的脸上，湿润而清新。

雪中，我想到1986年同样的季节，胡风的追悼会在八宝山举行。那天是否下着雪，我已记不确切了，但当时心中冷寂的痛切，则久久不会忘却。那天灵堂里外悬挂着许多挽联，给我印象最深的是聂绀弩的诗《悼胡风》：

> 精神界人非骄子，沦落坎坷以忧死。
>
> 千万字文万首诗，得问世者能有几！
>
> 死无青蝇为吊客，尸藏太平冰箱里。
>
> 心胸肝胆齐坚冰，从此天风呼不起。
>
> 昨梦君立海边山，苍苍者天茫茫水。

这首诗已先期在不同报纸上发表过，病中的聂绀弩曾多次做过修改。他所有诗作中，这首诗（还有悼念冯雪峰的诗）最能让我感到他深沉的悲切。

这些场景一一成为过去，但是，与这些场景相连的胡风与聂绀弩，这些年来，却从来没有从我的视野里消失。他们的悲剧性命运，他们反映出的各自精神状态和行为方式，总是不断地加深着我对历史人与事的理解。我想，自从把他们纳入我的思索范畴之后，我再也无法让手中的笔变得轻飘。

关于胡风，在《胡风集团冤案始末》写作时，我曾试图描述那些纷乱的人与事，描述一个痛苦的灵魂，描述他在精神世界、在现实世界的行程。关于聂绀弩，我却一个字也没有写过。我曾询问过自己，在他生前为什么会忽略他，没有去深入了解他，进而为他写一部传记。记得诗人牛汉先生，当年就曾经向我提过这个建议。我为自己的忽略而后悔。

差不多在20世纪80年代初开始搜索"胡风集团"事件资料时，我便认识了聂绀弩先生。胡风与聂绀弩，他们的人生旅途与命运多么相似：同是湖北人，同在大革命时期投身于社会运动，同在日本被警察押上同一艘船驱逐回国，同在左联从事文化创造，同在50年代遭受磨难，同样被捕入狱被判处过无期徒刑，同在铁窗内口吟诗章、在旧体诗有限格式内寻求精神的自由，同在80年代获得暮年的平稳与安适……漫长一生中，彼此之间有这样多的相似之处和关联，现代文人中，的确很难再找到类似的例子。

可是，聂绀弩与胡风又有着那么多的不同。他们的性格，他们的处世方式，他们对生命的体验，可以说有着巨大的差异。后来当我渐渐深入了解聂绀弩之后，才明白自己当年为什么会忽略他的内在原因。我的迟疑在于，历史烟云中的聂绀弩，是一个完全不同于任何人的特殊存在，是一个更难把握的对象。在20世纪的中国，他绝对算得上一位别具一格的人物。别的人可能会有与他类似的命运，却不会有与他类似的生命体现。
他真正可看作一个
特殊的现象。我甚
至相信，即使把他
放在历代文化人物
的历史画廊中，他
也能以自己的独特
性而引人注目。对
于这样一个丰富而
别致的性格，需要
一颗丰富而别致的
心灵来体味，需要
一支丰富而别致的

郁风为聂绀弩画的速写

笔来描绘。而我，都没有。

　　然而，不去认识这样一个特别的存在，对现代文人甚至现代社会的认识，显然会是残缺的。当我们花费那么多时间与精力去追求共性、认识同一性之后，对于那些最具个人色彩的人物，应该投去更多的目光。我想，也许在注视不同生命存在方式的差异时，对人、对历史的理解才能真正丰富起来。

　　不仅仅如此，聂绀弩并非孤立于现代社会。他是独特一个，但他身上许多特点在文人中间却又不同程度地存在着。即使在风起云涌的时代，叱咤风云的英雄也毕竟凤毛麟角，更多的人是在不求显赫但求安稳平实之中走完人生。聂绀弩正是他们中的一员。他怀才不遇却不恃才傲物，他有些玩世不恭却又非游戏人生，他不愿意平平淡淡却又不曾轰轰烈烈，他有政治理想却从不想放弃个人行为，他习惯我行我素崇尚散淡自由却又非隐人逸士的潇洒，他承受苦难却能跳出苦难的束缚……

因拥有传奇与坎坷，聂绀弩的生命才增添更多意味。因拥有聂绀弩这样的生命，历史才显得丰富多彩。进而，也因为拥有诸多相反相成的因素，社会才在不断的失调、倾斜、平衡中存在着，发展着。

也许能够这么说，也许不能够这么说。我不知道。

迟疑中我仍然写了下去。

二

出现在我面前的是非常具有意味的画面。画面上，理想与现实、悲剧与喜剧、灵与实、凝重与洒脱、深沉与诙谐……在不断变换的场景中变换着各自的色彩，唯一持久不变的是底色。底色，天性的涂抹。

有人把聂绀弩称作"奇才"，也有人把他称作"怪才"。在我看来，他的"奇"，他的"怪"，均闪动着魏晋风度的影子，闪现着传统名士的遗风，甚至有人认为他的生命重彩中，还有老庄哲学的光亮。一位对明清文化素有研究的先生，就对我说过他认为聂绀弩的性情、才华颇与金圣叹相似。晚年时，聂绀弩写过《我爱金圣叹》，自己谈过一生敬重金圣叹。我想这里便有性情相投的原因。不管如何概括或分析，从各种角度，都可以说出现在我们面前的是一个有着浓厚传统气息的现代人。

这样，在现实社会巨大影子映衬下，他便显得多么不合时宜，多么渺小。他所处的时代，政治越来越渗透生活每一领域，精神、道德、行为，无不受到它的界定和约束。他不习惯秩序、纪律、规则等等，它们却成为现代社会必不可少的存在条件。于是，一方面，他投身于政治，随现实风云起伏而浮沉，另一方面却执意摆脱现代社会种种束缚，欲在不失去自我选择自我挥洒的前提下融入历史行程。这显然是无法消解的矛盾。生命的悲剧意味乃至讽刺意味，便在时间流动中渐渐显露出来。

聂绀弩便这样走着自己的人生。代价：漫长的波折与磨难。收获：证实一种独特生命存在的可能。

熟悉聂绀弩的人，可以钦佩地描述出他早年政治生涯的显赫：大革命时期，黄埔军校二期学员，海丰农民运动讲习所的教官，演讲时曾由著名农民运动领袖彭湃做方言翻译；莫斯科中山大学学习两年，与现代史上许多著名人物有同窗之谊，如王明、王稼祥、左权、蒋经国、康泽、谷正纲……然而，他从没有成为真正的政治家。他以极大热情投身于社会运动，最后却在最适宜发挥个性的文学天地里确立了自己的位置。

聂绀弩执意不想让个人消融在集体或者规范之中，对于他在这方面的选择，《聂绀弩传》（周健强著）有过详细描述。

黄埔军校毕业时，同学大多都投身北伐军，一些人后来均成为国共两党赫赫有名的将军。可他迟疑了。在他看来，当军官无疑是一桩苦差。不仅自己要遵守军纪，还要强迫别人遵守，既要受辖制于人，还要辖制别人，这是他天性无法忍受的。于是，当一个个同学走进战火硝烟之时，他考上莫斯科中山大学，离开了祖国。

莫斯科中山大学其实是一个政治培训中心，学员基本上属于国民党和共产党两派。然而，即使在这样的环境中，聂绀弩也表现出他的特殊。两年时间里，他既不属于共产党一派，也不属于国民党一派，更没有加入任何政党团体的愿望，而是在无政府主义这样一个乌托邦理想之中寄寓自己。回国后，他不是国民党员，却在国民党中央党务学校担任临时训育员。与此同时，他参与编辑国民党留苏学生创办的杂志，却在上面发表讽刺蒋介石的文章。当蒋介石要两名黄埔留苏学生去侍从室做秘书时，聂绀弩和另外一人最有资格入选，可是他谢绝了好友康泽的推荐。他要走自己的路。

在文化事业中他找到最合适自己的位置。在日本，由胡风介绍他加入"左联"，1934 年他加入了共产党。不过，他并没有丝毫改变生活方式。我想，很大程度上他看重的是思想与精神的联系，而非其他。

《聂绀弩传》详尽描述了聂绀弩在战争年代参加过的唯一一次党内组织生活，这是在他来到新四军军部之后：

开会了，军政治部主任第一个讲了话，他讲得很多很长。紧接着是绀弩起来发言，他很直率地讲出了自己的意见和看法，很多观点、提法都与主任的相左。讲完之后，他以为一定会有一场热烈的讨论或争辩，同学们一定都会像主任和他一样各抒己见，畅所欲言，因为这完全是同志式的党小组会呀！然而屋内却异常的清静，大家你看着我，我看着你，一言不发，整个气氛显得有点紧张，而主任脸上也像是有点不太自然。绀弩完全茫然了。就这样沉默了好久，主任的秘书终于打破了沉闷，缓缓地含笑说话了。他说：刚才袁主任这么这么讲了，而聂绀弩同志又那么那么讲，听起来好像是两样的，其实他们的意见是一致的，只不过说法不同，讲得不一样罢了……这位秘书同志的话音刚落，小组会马上就热烈起来，大家争相发言，以证实主任和秘书的讲话是多么中肯，多么正确，绀弩同志的话又是与主任多么的一致，等等。于是，主任的脸上有了笑意，小组活动在愉快的气氛中结束了。

入党之后参加的第一次组织活动，在聂绀弩心中便留下这样一幅难以接受的情景。可以想象，率真的他对那些客套的厌恶。他不愿意看到，个性以如此这般的方式，淹没在无畏的时间消耗之中。从那以后，聂绀弩再也没有参加任何组织活动。在人们心目中，他只是成了一个散漫、吊儿郎当的文人，对他的这一特点，甚至周恩来和陈毅都十分了解，从不安排他担当带有纪律约束的工作，而是主张他去做一个文化人可以随意发挥自己的事情。

就这样，投身政治运动的漫长岁月里，一个个对于别人来说十分难得的机遇，却在聂绀弩身边——闪过。他俯拾皆是，然而，他只是目光淡淡一扫，随意地甩甩手，便径自踏上自己的小道潇洒走去，且不管这条小道坦荡或崎岖。

究竟是他理性地执意维护自己的天性，还是天性让他无意之中必然做出如此选择，这是无法知晓的事。不管怎么说，在他生活的时代，他走着一条别人无法挤上的路。

三

聂绀弩的老友楼适夷，在前往八宝山向他的遗体告别之前，突然产生一个美丽的联想。他把聂绀弩想象为一只鹤。在他看来，聂绀弩长得又高又瘦，两条腿特别长，真像一只鹤。"他如鹤一样的清丽，鹤一样的高昂，鹤一样屈着一只腿独立凝思，鹤一样展开双翅，高翔云天。即使在生命的长途，遭逢了多少煮鹤焚琴的迫害，他还是飘然云端，俯瞰大地的一切，发出震动长空的鹤唳。"（《说绀弩》）

在所有描述聂绀弩的文字中，我最欣赏楼适夷富有诗意的联想。

这是一只飞翔于历史烟云中的鹤。

然而，它飞得很高，却"高处不胜寒"。一种不被认同不被理解的落寞，云一般环绕它。它欲潇洒地飞潇洒地吟唱，翅膀却被风摧伤，一滴滴血洒在它的小道上。

也许聂绀弩并不赞同这样的比喻，甚至会以满不在乎或者轻视的目光盯着你，奇怪人们怎么会这样美化他（按照他的性格他完全可能这么做）。他从不刻意追求什么独特什么清高，他不会因为别人喜欢什么而去做什么，也不会因为在乎别人怎么说而不去做什么。他在乎自己的选择。

聂绀弩是共产党员，可他没有因为政治上的对垒而中止与康泽的个人友谊，这的确显得十分特殊。一个是共产党员领导下的左翼文人，一个是国民党特务要人，双方心照不宣，并没有影响相互往来。各自都没有放弃各自的原则，但又没有让原则伤害个人。这也许正是聂绀弩与众不同之处。参与集团政治，却不让个人消融于原则之中，他更愿意在心中保留一点属于自己的领地。

他与胡风有着半个多世纪的友谊，正是胡风在日本将他介绍进"左联"，第一次参加一个松散的组织。但是始终我行我素，做人的原则、交友的原则，在他那里以特殊的方式体现。1955年，当批判胡风文艺思想时，他撰文参战，还四处应邀作报告。与此同时，他们夫妇却在胡风夫妇最困难的时刻，给他们送去关怀的温暖。在胡风被捕三天前的日记中，就有关于聂夫人周颖前来家中"闲谈、打扑克"的记载。而当时的情景是，《人民日报》刚刚以"反党集团第一批材料"为名发表舒芜提供的胡风信件，对于胡风，人人唯恐避之不及。在以后彼此先后受难的日子里，他们两个家庭依然互相安慰，保持着真诚的友谊。

可是，与此同时，聂绀弩与胡风对之深恶痛绝的舒芜也保持着良好往来。在他担任人民文学出版社负责人期间，他一直欣赏舒芜的才华，把他视为难得的才子与得力的编辑。在舒芜成为"右派"之后，他们仍然往来如初，在创作旧体诗的那些日子里，舒芜更成为他难得的知音。

这便是独立不羁的聂绀弩。他重视的是个人生存方式的选择，虽然在他生活的时代，必然会招致苦难和误解，他也淡然一笑。

在 1955 年随"反胡风运动"而开展的"肃反"运动中，经历如此丰富人际关系如此复杂的聂绀弩自然难逃厄运。《聂绀弩传》中说，他回顾往事，自己也感到恐怖："他写了长长的交代材料，他的历史也真长，真复杂，他这个人也真莫名其妙，处处都觉得交代不了，无法取信于人，越写越觉得自己像个国民党，或简直是由特务机关派来当潜伏的敌人，因之也就越写越觉得恐怖。"我不知道，这是传主当年的真实感受，还是他晚年时的回想，或者作者理性的分析。不管如何，在那些反省的日子里，聂绀弩很难再有往常的轻松。后来，"反革命分子"没有落实，但两年之后，"右派分子"的厄运仍然降临。

"文革"中聂绀弩被捕并被判处无期徒刑的原因，至今没有明确。一说是他仍然给四川狱中的胡风写信吟诗，一说他随意"攻击江青、林彪"。不管是哪一种，使他招致磨难的个人原因，是他与众不同的处世方式。他不可能见容于那个时代。

此时，铁窗内窄小的空间，再也不能任他潇洒漫游。一生不愿受纪律、原则、规范约束的他，却不能不在这样一个场所消磨生命。我曾经设想，当时他是否会感受到一种堂·吉诃德面对现实巨大风车时无奈的嘲讽？

后来一想，其实这说明我根本没有理解他。他的别致之处，不仅仅在于自己确定的生命方式不见容于现实政治而遭遇磨难，更在于他在苦难来临之后仍以自己的方式化解。他不会让自己被苦难吞没。如以往一样，他仍然落拓不羁。在北大荒劳动时期那些旧体诗，已经表现出他的飘逸风度，在狱中亦同样如此。

在狱中他写过一首《沁园春·赠木工李四》，记述他学习的情景："马恩列斯，毛主席书，左拥右摊。觉唯心主义，抱头鼠窜；形而上学，哑口无言。滴水成冰，纸窗如铁，风雪迎春如沁园。披吾被，背《加皮塔尔》，鱼跃于渊。坐穿几个蒲团，遇人物风流李四官。蓤鸡鸣狗盗，孟尝宾客；蛇神牛鬼，小贺章篇。久想携书，寻师海角，借证平生世界观。今老矣，却穷途罪室，邂逅君焉。"

自我看来，他并非欲在狱中系统地研究政治理论，而是在经典著作中找到精神自由飞翔的天地。即使在这种别人看来非常庄重非常艰苦的举止之中，他也能找到他的乐趣与诙谐。当有人对他词中所说背诵《资本论》表示怀疑时，他这样说："'背《加尔皮塔》'，也是真的。一部书几百万字，怎么背呢？您真迂，背一百字或五十个字，只要是《资本论》上的，不也叫背《资本论》么？"（《脚印》序）他说得多么轻松而巧妙，甚至带有几分顽童心理，而这，我认为恰恰是他在逆境中健全心态的生动勾画。

四

初初知道聂绀弩说自己身上有阿 Q 精神，我诧异，心里咯噔一下，似乎触摸到不可思议的东西。按照我以往的理解，鲁迅笔下的阿 Q 精神胜利法，是作为一种惰性的国民性来描写来解剖的。后来，当稍稍了解一些聂绀弩的经历和逸事，我才多少明白一点他所说的"阿Q气"，其实是一种以自我安慰来乐观地面对磨难的人生态度。和他一样许多从苦难中走过来的人，都不避讳自己在逆境中曾以阿Q精神来支撑生活的信念。为《散宜生诗》做注的朱正先生，他便说过，在知道聂绀弩自嘲带有阿Q气之前，他就同丁玲、陈明一起感慨过他们都是"阿Q"。

聂绀弩或许具有阿Q那样的精神胜利般的自我陶醉，但形态的相似，并不意味处在同一层面的生命意义上。更多的时候他则是以悟透人生超越现实的达观，寻求自我心灵的平衡。"阿Q气是奴性的变种，当然是不好的东西，但人能以它为精神依靠，从某种情况下活过来，它又是好东西。"晚年时聂绀弩这样说。我的理解，他即使以具有"阿Q气"而摆脱苦难，但却绝对不带丝毫的奴性。表面上看，他逆来顺受，自得其乐。实际上他是以极大的智慧和冷静，藐视降临于自己身上的一切，藐视周围那么多的荣耀、辉煌，乃至巨大的压力，在他眼中也不过是一丝淡淡清风。精神世界里，主人始终是他自己。

与友人谈到十年囚室生涯，聂绀弩从来是轻松一笑，反倒从相反的角度来看作自己的庆幸。他对冯亦代说过："我在监狱中比你们的日子好过得多，至少用不着早请示晚汇报跳忠字舞。"他对楼适夷也说过:"比你们在外边好一些,没有高帽子,没有喷气式,没有大批判和红卫兵!能安安静静地读书!"在得知爱女海燕就在他出狱前不久自杀身亡的噩耗后,他痛苦过,但又以这样的理由来安慰老伴:"陈帅、贺帅们的死不比海燕重要千万倍么?"

他在1976年的出狱,也许最具历史嘲讽意味。一个黄埔军校二期学员,一个20世纪30年代入党的共产党员,却是在妻子的四处奔走后,才适逢大批特赦国民党县团级官员,而侥幸以同样的身份予以释放。后来有人为此替他打抱不平,他则是自得其乐:管他什么待遇,什么级别,只要能出狱回家就行。

在他来说生存是第一位的。他便是这样坦然地接受降临在自己身上的一切苦难。他把深刻沉郁的情感,融化在乐观、诙谐、世俗之中,以此来生存于世。当然,他并不把自己这种生存方式的选择,视为多么伟大多么高尚的境界,他从不。在这方面,他仍然不在意别人如何看待如何评说。他取"无用(散)终天年(适宜于生存)"之意来命名自己写于磨难时期的诗歌《散宜生诗》,用自嘲的口吻回望一生。但是,恰恰是他这样的一生,构造出一个丰富的人格。从北大荒到山西狱中,可以说,只有他这种胸中能容纳一切快乐和苦难的人，才能让满腹才华在特殊情境中意外地找到最佳表现。

聂绀弩写于北大荒的诗中，我特别偏爱这首《削土豆种伤手》："豆上无坑不有芽，手忙刀快眼昏花。两三点血红谁见？六十岁人白自夸。欲把相思栽北国，难凭赤手建中华。狂言

丁聪画北大荒劳动时的聂绀弩

在口终羞说：以此微红献国家。"简单明了的诗句，闪烁着幽默、诙谐的光彩，同时，又让人体味出讽刺意味。而这些，都包容在他的苦难生命之中，从而平易、达观中又透出深邃、沉郁。

一个大俗大雅之人，才能写出大俗大雅之诗，才能创千古之新声。

对于这样一种以"阿Q气"微笑着走过苦难的生命,"文革"之后经历不同性格不同的人,都以相似的钦佩而予以赞美。自嘲带有"阿Q气"的聂绀弩,想必从不曾想到,他随天性而挥洒的精神,会赢得许多庄重的语言。

他是在生命接近于终点时,被人们发现了这样一种生存方式的价值。对于他这样一个人,历史的步履显得多么迟缓与呆滞。只是在他的暮年,只是当他告别人间之后,更多的理解与推崇才给予了他。不过,这足以安慰他的灵魂。不,他本不需要这些。他如此从漫长小道走来,也就那样走去。所有这些理解与赞许,与其说是对他的补偿,不如说是在原宥他生存的时代本身,这是在安慰和启示现在或者将来的人们。

五

说来也巧,聂绀弩的家乡湖北京山就与我的家乡随县(今随州)相邻,只有一山之隔。"文革"中我插队到大洪山,山那边便是他的故里。关于他的家乡关于这座山,我们有一些闲散话题。一次谈到何应钦的家乡究竟在哪里,我们曾争辩不休。我似乎听人说过何应钦是随县人,他以肯定的语气否定,争到生气时,他甚至把手中的书用力甩到一旁。后来证明确实是我的错。我不由暗暗好笑,我这样的年轻人，居然会和一个黄埔军校二期学员争辩何应钦的家乡在哪里，真是唐突得很。现在想来，大概是他表现出来的达观、诙谐，才让我在他面前没有丝毫拘谨。

我去看他的时候，疾病已使他卧床多年，被子总是盖着骨瘦如柴的身躯，印象中几乎如一段没有生命的木头。初见面时我便涌起一种悲哀，未曾想到一个在人们传言中曾经那样潇洒自如充满传奇色彩的人，如今只能依靠在床背上消磨时光。可是，他和周婆（亲友们都这样叫周颖）谈笑风生，好像降临在他身上的一切，是那么自然，那么无关紧要。从

本文作者拍摄的病中的聂绀弩

他敏锐的目光和轻松的笑谈中，我感受到他生命的坚韧。

离床不远放着一张桌子，印象中上面用玻璃板永远压着围棋棋盘。前两年他还能偶尔下床与友人对弈，后来，对于他这只是愉快的记忆。

聂绀弩痴棋却不精到。友人从未见过他研究棋谱，却只见他为下棋而忘掉一切，哪怕夜晚时分必须穿过大半个北京城步行回家，他也要与友人在最后一盘棋上争个输赢。在关押期间，也有他依然迷恋棋道的逸闻。他先以给囚友说棋解闷，后来索性把一件格子衬衫撕成棋盘，把米饭省下来搓成棋子，用墨水染成蓝白两色。于是，一副"米棋"成为囚室内的珍宝。下棋时为防看守发现，便有人用学习讨论的方式进行掩护，其他人则轮番向聂绀弩攻擂。我想，不管在何种情形下，他下棋都是寻找一种陶醉，进入一种忘我的境界。在那一刻，尘世间所有烦恼或者忧虑，都不复存在。

认识他不久，我便认识了他在北大荒的棋友刘尊棋先生。他们作为文化部系统的"右派"，在北大荒的冰天雪地间，既是伐木的搭档，又是棋盘上的对手。直到平反之后的20世纪70年代，他们在北京依然不时相聚，为了几盘温暖的厮杀。我后来撰写了刘尊棋的传记《监狱阴影下的人生》，从这个一生与监狱相连的著名新闻家那里，我了解到聂绀弩在北大荒磨难时期的许多事情。聂绀弩的《伐木赠尊棋》，记录了他们当年一同伐木的友情："千年古树啥人栽，万叠蓬山我辈开。斧锯何关天下计？乾坤须有出群材。山中鸟语如人语，路上新苔掩旧苔。四手一心同一锯，你拉我扯去还来。"大概就是从这首诗开始，聂绀弩的《散宜生诗》渐渐成为我不时翻阅的书。

在迟迟才举行的胡风追悼会两个多月后，聂绀弩也告别了人间。当人们前往八宝山同聂绀弩的遗体告别时，周婆把这样一句话题写在素笺上，分赠给大家：

　　绀弩是从容地走的，

　　朋友，谢谢您来向他

　　告别。

纸片薄薄，雪白，在肃穆中传递着平静与安适。同时，一句话如此简单而质朴，却因"从容"二字，顿时使素笺产生生命的分量。

从容，是一种人生态度。从容，是纷乱风云中睿智者的冷静。从容，是坎坷人生路上潇洒的微笑。从容，是把握人格走向的执着与坚实。从容，是才华与精神的随意挥洒。

　　对于周婆，她说"绀弩是从容地走的"，也许是想用自己平静的心态，来安慰凭吊者的悲哀。然而，我却觉得，"从容"甚至具有生命的总结意味。它不仅仅描述聂绀弩告别生命的那一瞬间，也概括出逝者以如此的风度走完漫长的一生。在生活悲剧与喜剧交替上演之时，在陷入种种意想不到的苦难折磨之后，他得以表现出与众不同的从容。临危不乱，荣辱不惊，他总是牢牢把握着自己。在几十年纷乱风云中，他从未脱离过现实，不时被风卷起。但他又以自己特殊的处世风格，在风中始终没有失去自己的精神，当从风中落下时，他依然站在属于自己的那块基石上。

　　丰子恺也被认为是从容走过"文革"苦难的一位。作为一个曾经剃度过的佛门子弟，在苦难降临于身的时刻，他让佛的性情再度占据心中。"切莫诉苦闷，寂寞便是福。"他愿意以淡漠心看待一切，以与世无争知足之情来自得其乐。于是，在受到批斗时，他会与众不同地显出一派平静与诙谐。前去挨斗时，他甚至这样对人说："还有许多名气很大的演员。过去，他们的戏票连排队也买不到，今天是免费表演戴高帽子、坐喷气式。你们若有空，等会儿去见识见识……"当有朋友担心他经受不了折磨会自杀时，他却以这样豁达的口吻说："我为什么要自杀，我的老酒还没喝够呢！"（参见

陈星《丰子恺传》)

当然，两个人的生命存在方式有很大差别。一个以出世的平静接受一切，一个以入世的旷达面对一切。在那样的历史环境中，面对磨难的文人当然不会都成为斗士，更不会都像老舍、傅雷、邓拓那样，选择那种令人痛切的告别生命的方式。更多的人，以他们各自不同的方式生存着。或冷静，或从容，或惶惑，或苟且……不同的个体，便是这样构成生命恢宏的交响。

晚年聂绀弩与夫人周颖

去世前不久，聂绀弩在人们看望他并祝福他健康长寿时，却反唇相讥："长寿，长寿干什么？大家要我长寿，我就得活吗？"走近生命的终点，面对死亡，还是那样独立不羁。他还是他。

大家要我怎样我就得怎样吗？

我甚至觉得，伴随这孤傲声音的，是翱翔于云空的鹤。

在我听来，这是聂绀弩生命中从未停息过的回响。斯人已去，现在或者将来，还能听到同样的声音吗？

我倾听着。

初稿于1994年2月18日，定稿于2月28日

王世襄：找一片自己的天地

一

上海博物馆的明清家具展馆，一直展出着由著名文史专家、收藏家王世襄收藏过的家具。他的藏品，能够从北京芳嘉园胡同的那个院落，堂堂正正端坐在典雅庄重的崭新展馆，在最能体现文化永恒价值和魅力的场所占据一席之地，实在是不错的结局。

不过，我还是颇感遗憾。我曾设想，如果将他家的四合院辟为博物馆，把他的所有藏品：明清家具、字画、葫芦、鸽哨、竹刻等集中起来展示，供人参观，供后人研究，一定会是京城颇有特点的家庭博物馆。可惜，胡同已被拆除，院落的一切都已成为过去，成为永远的遗憾了。

遗憾归遗憾，这却是无法补救、更是难以重现的事。我想，对于王世襄本人来说，重要的或许在于收藏过程本身。几十年来，他陶醉其间，细细咀嚼，把兴趣与研究联系起来。谁会料到，那些并不起眼的东西，如金鱼、蟋蟀、鸽哨、葫芦、竹刻，等等，也能如同明清家具一样，走进他的视野，成为饶有趣味的文化话题，最终有一天写出一本本令人喜爱的著作。

如果没有他在默默地挖掘与整理，人们该有多少遗憾？

于是，他本身也就成了一个耐人咀嚼的文化话题。

二

王家在王世襄祖父那一代来到北京，从此定居于此，到王世襄1914年出生时，已是第三代。这样，王世襄算得上是地地道道的"老北京"。

对王世襄的艺术兴趣产生直接影响的恐怕要算他的母亲和舅舅。大舅金北楼是20世纪初北方画坛的领袖人物，其发起组织的湖社在美术界影响甚大。受其影响，王世襄的母亲金章也成为著名鱼藻画家，二舅金东溪、四舅金西崖还是著名竹刻家。王世襄难忘母亲的作品带给他的快乐。抗战后期，在川西小镇李庄的艰苦环境中，他在梁思成带领下从事古建筑研究，同时，他抽时间一笔一笔在油灯下用小楷认真抄录母亲撰辑的画鱼专著《濠梁知乐集》四卷，用母亲的雅兴来充实自己。人到晚年，他仍不忘精心编辑出版母亲的作品集。他重新品赏一幅幅精美画图，看那些美丽的金鱼呼之欲出，儿时在母亲指点下欣赏金鱼的情景仿佛就在眼前。20世纪70年代，王世襄曾受舅舅金西崖的委托整理他的专著《刻竹小言》予以出版。王世襄在此基础上扩展而成的《竹刻鉴赏》，也就成了明清以来竹刻艺术精华的荟萃。

正是家族中前辈的艺术爱好，孕育出王世襄的艺术兴趣，从而也就把一个文人的文化使命有意无意之间担负起来。

上小学前后，王世襄玩兴十足。他先养鸽子、捉蛐蛐；稍大，用葫芦养冬日鸣虫，并学会在葫芦上烫花。进燕京大学后，王家在校园附近拥有的一大片菜园子，居然成了他种葫芦、养鹰、养狗、养鸽子、邀请玩家们来此相聚的世外桃源。

少年王世襄的玩兴、悟性、勇气等等，当年一定让那些比他年长的行家们感到吃惊。那些行家，大多是专注一项，而他则兴趣广泛，好像凡是能带来快乐的事物，都能引起这位少年的兴趣。对于王世襄来说，能够在玩耍中结识众多京城前辈玩家，的确使他快乐和充实。特殊的知识、生活阅历，乃至潜移默化的性情影响，是课堂和书本里无论如何也没有的。从这一角度来说，早年的玩，真正成了他文化修养的深厚基础。

其实，从中学时代开始沉溺于养狗养鹰之时起，年轻的王世襄就表现出不同于其他玩家的特点。毕竟是在现代教育环境中长大，毕竟是位有心人，当童趣得到满足时，一种爱琢磨的习惯使他无意之间步入了积累学识的大门。不然的话，仅仅是玩，即便是大玩家，也未必最终会将民俗与工艺、与美术互相融会贯通，旁征博引，使之变为不可多得的学问。

早年的生活，最内在的影响恐怕还是在精神方面。

读王世襄忆往文章，听他讲述一个个生动的故事和一个个活灵活现的前辈玩家，我感觉到，他后来表现出来的文物收藏、文物研究的痴情，实际上是承继了前辈的传统，早年一些不经意之间见到的人与事，深藏于记忆之中，影响着他的文化性情的形成与发展。

显然，王世襄钦佩他们。而他本人后来也表现出了同样的痴情和执着。一生的兴趣未因生活坎坷而抛弃。他专注于被人忽略的领域。他遍访民间艺人，整理古籍史料，收藏各类实物。从幼时的这些"玩意儿"，又延伸到古代雕像、明清家具等。他的家成了一个收藏家的乐园，许多被人遗忘的、被人为破坏的东西，在他那里成了宝贝，有了栖身之地。

50年代时，朋友到他家里时会惊讶地发现，许多精美的明代家具，居然堆满了他的房间。高条案下面是八仙桌，八仙桌下面是矮儿。有的明代家具，就成了家中的用具。光滑而纹路美丽的花梨长方桌上，放着瓶瓶罐罐，紫檀雕花、编

2006年，王世襄在一家老北京菜馆。（李辉摄）

藤面的榻上，堆放几床被褥，就是主人的床。大书案边上的座椅，是元代式样带脚凳的大交椅，结构精美的明代脸盆架上，搭放着待洗的衣服。除了家具，还有整盒的鸽哨，由大到小排列成套。这些鸽哨有的用葫芦制成，有的上面还有火绘花纹，是他自己烙的，堪称精美的艺术品。

王世襄的这种兴趣延续了一生，尽管其间经历了"文革"的文化浩劫。年过古稀之后，他才有可能出版一本又一本专著。当一种文化不断被破坏、不少传统工艺面临消亡危险的时候，人们欣喜地发现，还有一个王世襄在。

一种难得的痴情和执着。

<h2 style="text-align:center">三</h2>

促使青年王世襄生活道路转变的重要原因是母亲 1939 年的逝世。母亲的去世对他打击很大，他觉得如果光是贪玩就愧对父母，于是，在这一年开始潜心写作专著《中国画论》。

一旦"改邪归正"，潜心于中国画论的研究，王世襄爱玩的天性有所抑制，但他却在古代绘画和画论中找到了挥洒精力的新天地。生活中业已熟悉的诸多事物，在古代艺术作品中可以找到它们往昔的踪影。

他喜爱盆景，曾探索盆景的起源。他以南北朝名画家宗炳的山水画理论，来说明盆景与绘画之间的关系。"这种对大自然的酷爱和小中可以见大的体会，使艺术家产生了创作的热情，既能促使他把山水树石缩在绢素上成为山水画，也可以启发他缩入盆盎中成为盆景。盆景不是和绘画一样，可以足不出户，高枕卧游吗？"从唐代李贤墓的壁画，西安唐墓中出土的三彩砚，到宋、明、清历代绘画，他款款道来。由于有广博的古代艺术知识作背景，他对盆景源流的论述，虽仅仅两千字，却言简意赅，举重若轻，颇有见地，充分体现出他熟谙不同艺术门类的深厚功力。

他喜欢养鹰的刺激。由生活而艺术，中国画中鹰的形象，便成了他关注的对象。宋人赵子厚的《花卉禽兽图》细细描绘的兔起鹘落的画面，再现出他曾目睹过的瞬间；一幅元代古桧苍鹰图，让他感叹古人将鹰的神俊尽然传绘出来。

他习练过摔跤，对清代绘画《塞宴四事图》中相扑画面的解读，也就多了几分亲切。

他研究明清家具，从实物到古代绘画，相互印证，融会贯通。宋人苏汉臣《秋庭婴戏图》中的漆木制坐墩，宋人《西园雅集图》中的扶手椅，宋人《宫沼纳凉图》中的桌，辽墓壁画中的坐墩……从这些古代绘画中，他勾勒出明代家具的源流。

不仅仅绘画，熟读古代文人的诗文也是王世襄研究古代工艺必不可少的文化背景。一部《中国葫芦》，不限于所收集的实物和图片，也包括他从浩如烟海的古诗文中寻觅而来的篇章。如唐代韦肇的《瓢赋》、宋代陆游的诗句等。"葫芦虽小藏天地，伴我云山万里身。收起鬼神窥不见，用时能与物为春。"不难想象，吟诵着陆游诗句的王世襄，心中充溢着多少快乐。

也许可以说，撰写《画论》的过程，也就是王世襄真正完成未来道路选择的过程。处在沦陷区的北平，未来局势并不明朗，民族与个人的生存仍在危机之中，但学术性格既然形成，学术方向既然确定，像王世襄这样的文人就会义无反顾地往前走去。

1944年，国民政府教育部在重庆成立了一个"清理战时文物损失委员会"，由教育部次长杭立武担任主任委员，马衡、梁思成、李济等担任副主任委员。王世襄负责校对的《战区文物目录》，即是以该委员会名义编印的。该委员会还计划随着进军步伐，配备相应的文物工作人员，随行保护文物。1945年9月，在抗战胜利之后，王世襄来到重庆，经马衡、梁思成引见，杭立武同意委派王世襄到该委员会平津区办公处工作，任平津区助理代表，这一年，他31岁。

据王世襄回忆，从1945年11月起到1946年9月止，约一年时间里，他在京、津两地经手清理的文物主要有以下六项：没收德人杨宁史青铜器240件；收购郭觯斋藏瓷；追还美军德士加定少尉非法接受的日人瓷器；抢救面临战火威胁的长春存素堂丝绣；接受溥仪存在天津张园保险柜中的千余件文物；接收海关移交的德孚洋行的一批物品。

这些追寻回来的文物，不少堪称国宝。杨宁史的青铜器中，有被定名为"宴乐渔猎攻战纹壶"的战国铜壶等，艺术价值极高；郭藏瓷器中清官窑古铜彩牺耳尊，为故宫所缺；存素堂丝绣是朱启钤民国前期的藏品，张学良收购后存于长春银行内，曾被伪满洲国定为"国宝"；溥仪张园藏品中，有商代鹰攫人头玉佩无上精品、宋元人手卷四件等。

王世襄还曾受命奔赴日本，负责领取并运回日本侵占香港后劫往日本的一百多箱善本书。

四

从开始追寻国宝的那天起，王世襄就把自己的事业与故宫博物院联系在一起。然而，后来在故宫的一段人格被玷污的屈辱经历，却让他刻骨铭心，即便到了晚年，提起此事，他仍是满腹怨气。

王世襄在1946年7月被任命为故宫博物院古物馆科长，此时，他名义上仍是清理战时文物损失委员会平津区助理代表，并不在故宫领取工资，但他把自己所做的一切，都看作是为故宫而努力，为祖国的文化遗产而努力。

尴尬与屈辱在1952年突然降临。这一年，国家各机关开展大规模的反贪污、反盗窃、反浪费运动。王世襄回忆说，由于他有追还大量国宝的特殊经历，运动中便成了故宫的重点审查对象。有关人员说什么：国民党还有不贪污的？你是接收大员，难道没有贪污？

　　像王世襄这种家庭背景和经历的老北京文人，竟受到无端怀疑和牢狱之灾，实在是他难以忍受的人格屈辱。1957年，已经调到民族音乐研究所工作的王世襄，在"鸣放"中提意见，对自己在"三反"中的冤屈发

斯是陋室，乐在其中。"文革"中王世襄在家中。

表看法：不该没有确凿证据就长期拘押他；不应违反党的禁令，采用"逼供信"；不该查明没有问题，而且是曾追还大量国宝的人，实为有功无罪，却反将他开除公职。这些堂堂正正的意见转而成了王世襄新的"罪状"，他成了"右派"。1962年，王世襄被摘掉"右派分子"的帽子，调他归队，回文物单位工作。当时征求他的意见是否回故宫。他执意不去，而

是去了文物研究所。几十年后，他在一首诗中写道：

> 人事不可知，无端系牢狱。
>
> 只因缴获多，当道生疑窦。
>
> 十月证无辜，无辜仍弃逐。
>
> 苍天胡不仁？问天堪一哭！
>
> 欲哭泪已无，化泪为苦学。

写此诗时，王世襄整整80岁。

说心灰意懒，当然只是一种忿激之辞，诗中所写"化泪为苦学"，才是王世襄后来生活的真实写照。像王世襄这样有着诸多文化兴趣的人，是不会一蹶不振、万念俱灰的。当一切都成为过去，当时光走到今天，不少人，包括王世襄本人在内，都觉得他当年无奈之中离开故宫，对于他却是因祸得福。因为，他可以摆脱无休止的日常琐碎的工作，可以摆脱无聊的人际纠纷，静下心来，做自己要做的事情：收藏与研究。用王世襄自己的话来说，他本来就喜欢小文物，释放回来后，他反而买得更多了。虽然受经济能力的限制，只能买小的、破烂家具等，但他却更加投入了。

他有了一个属于自己的天地。

五

芳嘉园的自家院落是王世襄感到最为踏实、自在的小天地。从出生到后来搬离，80年时间里他主要在这里居住，儿时的快乐，成人后的发奋与磨难，都与这座院落息息相关。

王家的庭院在1957年后变得热闹起来。

先是艺术家黄苗子、郁风夫妇搬了进来。住进东厢房的五个房间。随后，艺术家张光宇一家也搬到芳嘉园，住进西厢房。于是，王世襄夫妇的小天地，一时间成了京城文人物以类聚的"世外桃源"。

黄苗子、郁风常常看见，王世襄把家具扛出扛进。除了去修复之外，他还将家具扛出大门，雇一辆三轮车运到照相馆去拍照。这些古代家具，都是王世襄数十年间跑遍了旧家具市场和大街小巷收集起来的。

政治动荡的年代，文人相聚的场所不可能有长期的平静与自在。最大冲击在"文革"初期的"破四旧"中来临。

铺天盖地的风暴中，王世襄被迫率先起来"自我革命"。他环顾四周，家里都是多年精心收藏起来的珍贵文物。明式家具、佛像、铜器、鸽哨等等，在这场风暴中，它们无疑都属于应该破除之列的"四旧"。或者是封建社会的产物，或者反映出主人没落的生活情调。显然，在这样的情形下，王世襄非常害怕这些他所珍爱的东西，会在随时可能冲进家中的中学生"红卫兵"们手中化为灰烬。他主动跑到文物局，请文物局的"红卫兵"前来抄家，希望就此可以保住那些珍贵文物。

写出最后一篇《观赏鸽》长文之后的王世襄

王世襄是这样的人——表面上看来，他无法抗拒疯狂年代，显得懦弱、安分、逆来顺受。但是，他的内心从来就是坚韧的。既然上帝已经安排他从事这样一种事业，他就永远不会抛弃它。无论处境多么恶劣，他对文化的热爱依然深藏于心，一旦有可能，他又会重新将之拥抱，在文化创造中得到快乐，得到满足。

　　怀着这样的信念，王世襄默默地在风雨飘摇之中走着。难以放弃的是自小感兴趣的一切，无法割舍的是对传统、对艺术的钟爱。"文革"期间他在干校三年半，在那里放牛、种菜、种水稻，什么活都干过。让他欣慰的是，所患的肺病居然因在田野劳动而痊愈。在他看来，这是自己命大。尽管前途尚无法预料，但他下决心要养好身体。早已形成的文化情趣，任何情形下都无法抛弃。他留恋着自己的梦，他惦记着许多积累的材料还未写出书来。他发誓一定要把想写的东西写出来。在菜地忙碌时，满目金黄的菜花让他有感而发，写下题为《菜花精神》的一首诗。诗曰：

> 风雨摧园蔬，
>
> 根出茎半死。
>
> 昂首犹作花，
>
> 誓结丰硕子！

　　他说这是他的座右铭。

　　有这样的信念与坚韧，他才没有自暴自弃，没有在最容易无所作为的年代无谓地浪费生命。正因为如此，当劫乱过去，一本本独特的著作相继问世，博得海内外阵阵喝彩。一生的播种，终于到了收获季节。这个季节虽然姗姗来迟，但却美不胜收。他在文化上的意义才充分显露出来，他的藏品拍出天价，也从另外一个角度体现了他的人生价值。

无疑，这位享誉海内外的收藏家、文史专家，在晚年走进了传统文化的美丽风景之中，并成了风景中的一个焦点。

杨宪益：了不起的杨宪益

一

此刻，2009 年 11 月 29 日，上午 10 时 30 分，杨先生的遗体告别仪式正在八宝山举行。我没有去现场，而是开始了这篇怀念文章的写作。

我知道，杨先生一定不习惯告别仪式，更会为身后的哀荣而吃惊。这些年，他不止一次说过，他去世后一切从简，与十年前去世的妻子戴乃迭一样，悄悄地走，连骨灰也不保留。经历一生大起大落大喜大悲大怒大哀之后，他真的把许多事情看得很淡，活得洒脱。这一时刻，对于我，除了尊重他的意愿，还有更好的悼念吗？

杨先生最后一次住进医院，是在今年的"十一"期间，家人说这段时间病人少，病房方便，为他选择了煤炭总医院。过去他住院，都是几个人一间的大屋，这一次，他终于有了自己单独的病房。房间不大，但有单独的卫生间，有两张床，另一张床正好可以让日夜照顾他的小年师傅使用。未曾想，这里，成了老人95年生涯的最后一站。

9月下旬，我将去南京，行前特地去小金丝胡同家中探望他，以便将他的近况转告他在南京的妹妹杨苡老师。外表看，他与前不久没有太大差别，脸色红润，神态慈祥。一开口说话，却让我有些吃惊。声音低而嘶哑，几乎没有清晰的字句。不过，交谈几句后，开始恢复正常，与以前一样可以连贯地与人交谈，声音也不再细弱无力。他指指脖子，说，喉咙里长了东西。我一看，脖子上可以看到一个鼓起的包，是瘤子在挤压声带。

他还是习惯地拿起一支烟。如以往一样，我为他点燃烟——虽然清楚这是严重违反医嘱。

我们闲谈。我告诉他，杨苡老师说冬天她还要来北京住几个月，等着为你祝寿。他说，他们家里人都长寿。"我母亲活到了96，我今年也快95了。够了。"很骄傲的样子，说完，淡淡一笑，又吸上一口烟。

我心里咯噔一下。95岁当然已经是了不起的高寿，但眼前这位极其可爱的老头，随意说出这句话，还是让我联想到一些现实中的预兆，不免有些伤感。一个老人，如果心里有个未实现的愿望，它时常会支撑他活下去。前年，杨先生曾大病过一次，大家担心他能否过关。当时，他惦记着与两个妹妹的约定，等杨苡腿部骨折伤好，从南京来北京过冬，三人一起庆祝他的 94 岁生日。他一直念叨着这件事，他真的挺了过来，高高兴兴地等到了三兄妹的欢聚。

这一次，在快到 95 岁生日的时候，他又住进了医院。手术当天下午，去看他，他还能正常交谈，但气力与声音已不如半个月前。几天后，他忽然需要鼻饲，再去看他，与我的交谈，就只能用闪亮的目光和温暖柔软的手了。

与杨先生的最后一次见面，是在他去世的前三天。杨苡老师上午来电话说，哥哥呼吸忽然困难，医生与家人商量，如果严重，是否可以切开气管抢救。杨先生和家属的意见比较一致，届时放弃这一抢救手段。我想，对于杨先生，这也是不错的选择，不再让老人受折磨的痛苦，让他平静地远行。下午，我赶去医院，走进病房，却惊喜地看到他居然又挺过来了。气力虽衰，但神志清楚，眼睛还能睁开，看见我走近，他晃晃右手，伸过来。手依然温暖，柔软。

无法交谈了。告诉他，我第二天要到外地去，回来后再来看他。临走告别，他用手指指沙发。沙发上放着一包书，这是他的一本合集《去日苦多》，由青岛出版社出版，书赶着印出来，清醒中他看到了自己题签的新书。我取起一本，放进书包。看他虚弱、渐趋衰竭的样子，对他的康复我真的不抱太多乐观。

11月22日下午，我在外地接到杨苡老师电话，说：哥哥可能快不行了，低压只到了30~50之间。她很镇静——这些日子她一直表现得很镇静。她说，她已经做好了最坏结局的精神准备。第二天，早上，8点钟，电话又响了。她说："我哥哥走了，早上6点多钟走的。"

翻译家、学者、诗人杨宪益先生，永远走了。他不再为去日之多而苦了。

二

结识杨先生是在20世纪80年代中期，记得还是作家张辛欣带我第一次走进他家。

杨先生住在百万庄外文局大院里。当时，他是英文刊物《中国文学》和"熊猫丛书"的主编，负责把中国现当代作家的作品翻译出版，这是当年新时期文学走向世界的唯一途径。于是，他和戴乃迭成了不少作家的朋友，一时间，众星拱月，热闹非凡，杨家就是一个文学沙龙，成了中国作家与外国客人交往的场合。喝不完的酒，抽不完的烟，聊不完的天……在经历过"文革"牢狱之灾，承受了爱子自焚的痛苦之后，历史转折时期的全新环境，"往来无白丁"的热闹非凡，尚能让这对夫妇，以酒浇愁，以酒忘忧，全身心投入到另一天地。

1988年年底，我所供职的"大地"副刊，请居住北京的七位前辈在新的一年里联袂开设一个随笔专栏，名曰"七味书谭"，他们分别是：金克木、杨绛、黄苗子、杨宪益、冯亦代、董乐山、宗

杨宪益与戴乃迭抗战期间在英国

璞。（其中最年轻的宗璞老师，如今也已年过八旬了。）为开设这个栏目，曾请他们聚会，除杨绛和董乐山外，其他五位前来。虽然七人未到齐，但也属难得。我为他们五位拍摄了一张合影，杨先生笑眯眯坐在中间。

"七味书谭"于1989年年初开张，几个月过去，局势突

变，七个人中，出国的出国，退隐的退隐，本可以热热闹闹精彩万分的专栏，也就偃旗息鼓，不了了之。随后，负责编辑这个栏目的钱宁兄也漂洋过海，存放"七味书谭"的卷宗留在了铁网丝文件筐里。"七味书谭"存稿没有再获刊发，放了一两年，有的

"文革"结束后，杨宪益、戴乃迭在霍去病墓碑前合影。

退还给了作者，有的则不知去向，其中好像有杨先生的两篇文章。

　　进入20世纪90年代，杨家一下子清静了许多。退休，退隐，80年代的热闹已是过眼烟云。这时，与他相聚的大多是过去结识的老朋友。老朋友中间，他不算年龄最长的，但他好像格外受到大家的照顾甚至"宠爱"，聚会时常就安排在

他的住所附近，特别是在戴乃迭病重和去世之后。

戴乃迭去世之前，他们已从百万庄搬到了友谊宾馆，聚会经常安排在国家图书馆大院里的东坡酒家。戴乃迭去世后，他单独搬到尚在修建的西四环路旁边的一处新寓所，大家相约，驱车到他家里聚会。最近十年，他搬到了后海小金丝胡同的女儿家里。连续几年为他过生日，就他的方便，聚会一般都安排在什刹海周围的饭馆。如有聚会，他很乐意参加。天冷时节，裹着大衣，头用围巾包得严严实实，他坐在轮椅上，沿着小路被推到饭馆。

聚会时，他言谈并不多，总是笑眯眯地在一旁听，兴致一来，顺手拿来饭桌上的餐巾纸或口袋里的烟盒，在上面写上几句打油诗。大家传看一圈，或有人当场续上几句，或被哪一位放进了口袋带走。

有一年，为他过生日，正逢雪后，什刹海一片白茫茫。我去把他接出来，大家在什刹海东南角的一个客家饭馆里聚会。郁风老太太后来写了一篇《雪漫什刹海》，以诗意之笔描述了这一次聚会。她写道：

这地方并不豪华，却有前面、右面三扇像电影屏幕似的大玻璃窗，雪漫什刹海的全景尽在眼底。我坐在宪益左边面对大窗的位置，冰雪中游滑着的小人儿，比桌上的菜还要清楚地在我眼前飘动。我们每人面前是陶器小钵头盛满糯米酒香甜味的花雕，这不至于使杨宪益醉倒。有一次类似的聚会，他喝下一整瓶二锅头，又喝威士忌，又喝花雕，结果好玩极了，白发朱颜的瘦高老头被两人搀扶着向外走，左晃右晃像跳摇摆舞……

　　这一次生日之前，杨先生刚被检查出病，家人都建议他去住院治疗，但他拒绝了。他的确是一个奇迹，从小抽烟、喝酒的他，到了90岁，居然还从来没有住过医院。这也是他在疾病面前常常若无其事的本钱。席间，他拿过一张餐巾纸，写上打油诗一首递给郁风："无病莫求医，无事莫写信，信多事必多，医来必有病。"

　　这样的聚会有好多次，但唯独这一次，才被郁风老太太的文章详细记录下来，留住了那一天的雪景，留住了杨先生被白雪映衬的豁达。

　　两年前郁风走了，今天，杨宪益也走了，两个有着同样豁达性情的老人，要在天堂相逢了。他们会不会谈到什刹海的一次又一次的聚会？会不会谈论起郁风为戴乃迭画的那幅有名的水彩肖像画？这幅画，杨宪益一直挂在房间。画上还有郁风写的一句话："金头发变银白了，可金子的心是不会变的。"这句话，像诗。

<h1 style="text-align:center">三</h1>

人们常爱说杨先生散淡，潇洒，似乎超然于世外。他讲话，总有英国绅士似的舒缓，从容，从不疾言厉色；烟不离手、酒不离口、陶醉于微醺的习惯，让他获得"酒仙"美誉；他有个口头禅"无所谓"……这些自然容易给人留下他似乎对一切都持无所谓态度的印象。其实，并不尽然。他一直关注现实，他有鲜明的是非观，他有超出许多人的直觉判断。他思，他忧，他怒，他哀。有些事情，在他心中永远不可能化作无所谓的一丝轻烟——哪怕他用"无所谓"的方式来表述。

譬如，他对戴乃迭的痴情，就从来没有"无所谓"。

戴乃迭晚年曾写过一篇英文自传（可惜没继续写下去），其中谈到了她与杨宪益的爱情与婚姻。我在写《杨宪益与戴乃迭：一同走过》时，曾将之翻译引用于书中。这位在中国出生的英国传教士的女儿，美貌惊人，她与杨宪益在牛津大学相爱，但遭到母亲反对。"如果你嫁给一个中国人，肯定会后悔的。要是你有了孩子，他们会自杀的。"母亲这样严肃地警告她。但她还是选择了杨宪益，并随他回到抗战烽火中的中国，从此，她的命运、她的事业永远与杨宪益合为一体。只是她没有想到，母亲的警告成了谶言。"文革"期间他们夫妇遭遇牢狱之灾，儿子也因此而患精神病，后来自焚身亡。可是，晚年戴乃迭仍不后悔选择了杨宪益，她在文章中这样说："母亲的预言有的变成了悲惨现实。但我从不后悔嫁给了一个中国人，也不后悔在中国度过一生。"这是两个人半个多世纪的情缘。它是真正属于个人的相知相爱，早已超越了国界，没有了丝毫世俗的、物质的气味。

90年代后期，戴乃迭患老年痴呆。几年时间里，杨先生谢绝了许多聚会，一次也不到外地去。他说，他要好好陪乃迭。

这两天，我找出一封杨先生1997年写给我的一封信，唤起我的记忆。信中写道："我目前因老妻有病，整天坐着陪她。什么事也没做，除了家务事而外，也从未给朋友写信，也无法出门，电话倒是常打。但您的电话我也没有，有空欢迎来玩玩……"

我去了。他们住在友谊宾馆的一套公寓里，此时戴乃迭衰老得完全变了一个人，不能交谈，坐在轮椅上，呆呆地看着我们。杨先生与我谈话时，他总要常常转过身看一眼她，还站起来自己去喂她一口水，喝好，自己拿小手绢帮她擦擦嘴角。过去和后来，我从没有见过他这样乖巧和细心，哪怕对自己。

1999 年 11 月中旬，戴乃迭因病去世。送去火化，连骨灰也没有留下。杨先生很难过，甚至说，他的生命也等于跟着走了。随后，他赋诗一首：

> 早期比翼赴幽冥，不料中途失健翎。
> 结发糟糠贫贱惯，陷身囹圄死生轻。
> 青春作伴多成鬼，白首同归我负卿。
> 天若有情天亦老，从来银汉隔双星。

一位朋友将这首诗书写后裱好送去，他挂在卧室里，与之整日相对。这首诗，一直挂到了今天。

戴乃迭去世后，亲友们都在想办法如何帮助杨先生散散心，尽快摆脱痛苦。当时，郑州有一个越秀学术讲座，由沈昌文先生与郑州越秀酒家合作创办。这个讲座一直由沈公主持，后来他忙，便邀我协助他，每个月请一两位文化界人士前去，讲座后，再陪主讲人到外地旅游。我与杨先生商量，请他去讲一次，讲什么都行，顺便去开封转转。他的女儿杨炽大姐也很赞成这个提议。开始我们担心他不愿意到外地去，没想到他迟疑后同意了。演讲题目定为《中国诗，外国诗与打油诗》。于是，12月10日，在戴乃迭去世不到一个月后，杨先生有了一次河南之行。这一年，他85岁。

在那次讲座上，大家见识到了杨先生的"酒仙"风度。午饭，他照例喝几两白酒，下午演讲时，问他喝什么，他说："随便。"我知道，他说的"随便"并不包括茶水——因为他很少喝水。我倒上一杯威士忌递给他。于是，前所未有的演讲场面出现了。他抿一口，讲一讲；又抿一口，再讲一讲。微醺中，随意朗诵几段诗句，那神态，那语调，让听者陶醉。我们早已不在意演讲内容是否系统，是否有条理，甚至是否有学术性。难得一见的文人形状与文化情景，已足以让我们快乐无比了。

第二天，我们去了开封，一起陪同的还有大象出版社负责编辑《寻根》杂志的周雁女士（可惜她后来英年早逝）。杨先生是第一次到开封，走进天波杨府，最让他好奇和兴奋。他说："这是我们杨家。"听得出他很为自己与杨老令公及一家英豪同姓而骄傲。整整一天，他一点儿不显疲倦，一直兴致勃勃。他甚至对我说："开封真好，我应该把北京的房子卖了，到这里买套房子，住在开封。"这话他说了又说。听起来，自然显得夸张，但也可见他还有换一个生活环境的想法。

这次河南之行，我与杨先生商量写写他与戴乃迭的故事，他很高兴。我住在他的隔壁，照顾方便，谈话也方便。几个下午，在不受任何干扰的情况下，我听他娓娓而谈。谈儿时家事，谈与戴乃迭的恋爱与婚姻，谈"文革"的牢狱之灾，谈翻译的体会与苦衷……这一次，我特地录了音。回到北京，将这次的谈话整理出来，起了这样一个标题《那些得意伤感悲哀的往事》。

其实，得意、伤感、悲哀，三个词汇远远不能概括杨先生一生的行程。他的外表与内心，有着强烈的反差，即便我们想努力认识他，理解他，恐怕也很难做到。何况，我们看到的只是在"文革"之后的杨宪益，他过去的性情如何，并不清楚。不过，有一点可以推定，儿子杨烨的不幸结局，应是对他们夫妇的最大打击，这也是他们人生态度的转折点。2001 年我在《一同走过》中曾这样写道：

朋友们感觉到，从那时起他们仿佛有一种万念俱灰的感觉。酒喝得更多了，更频繁了，但他们两人感情也更加深厚，更加不可分离。自那之后，许许多多的身外之物他们看得更淡，人从此也过得更为洒脱。名利于他们，真正是尘土一般。收藏的诸多明清字画，全都无偿捐献给故宫等地，书架上几乎找不到他们翻译出版的书，几十年间出版的百十种著作，他们自己手头也没有几种，更别说凑上半套一套。

看淡身外之物，绝非把人世间做人的原则、正义的评判淡忘。相反，从"文革"磨难中走出之后，杨宪益和戴乃迭对人间是非有了更加明确的态度……

的确，生活中有些东西在他们是不可能忘掉的：责任感、正义感、友谊。这些很容易在历史波动中被扭曲、被阉割的东西，在历尽磨难之后令他们更加珍爱。拥有它们，便会在历史关键时刻激发出难能可贵的勇气和魄力。可以说，无私才能无畏这句话，在他们身上得到很好的印证。在这方面，许许多多熟悉他们的朋友，都自叹不如。也正因为此，朋友们才从心底钦佩他们。

多年过去，我觉得这些文字仍能用来表达出我对杨宪益的认识与理解。

《一同走过》出版后，戴乃迭的姐姐几年前在90岁高龄时将之翻译成英文，计划在英国出版，未果。后来，南京一家出版社曾想出，但又告知市场论证后被否决。这两年，每次见到杨先生，他总是问："怎么英文的书还没有出来？"我知

杨宪益、戴乃迭夫妇与黄永玉、张梅溪夫妇在一起。

道，他在意的不是宣扬自己，而是为了戴乃迭。他在想，应该有一个英文版本，让戴乃迭的故乡人能更多地了解她。

最终他没有看到英文版《一同走过》的出版。如今，这成了无法弥补的遗憾。

四

杨先生还享有另外一种幸福与快乐——两个妹妹的崇拜与关爱。两个妹妹都已高龄，大妹妹杨敏如生于1916年，今年已过93；小妹妹杨静如（杨苡）生于1919年，今年已过

90。她们对哥哥的情感，从儿时一直延续至今天。在这一点上，在我熟悉的前辈中，没有别人能有他这种幸运。

敏如老师毕业于燕京大学，是顾随先生的弟子，多年研究古典文学，尤其以对唐宋词研究精深而著称。杨苡老师毕业于西南联大，是著名翻译家，《呼啸山庄》是其代表作。两人在各自的专业领域都各有成就，但在她们心目中，哥哥才最了不起，哥哥永远是她们的偶像。只要谈起哥哥，她们马上显得非常激动，都是90岁的老人，却还拥有一份可爱的纯真。

敏如老师惜墨如金，但偶有文章，却很精彩。戴乃迭去世后，杨敏如老师撰文怀念嫂嫂，在题为《替我的祖国说一句"对不起，谢谢！"》文章中这样写道："我的畏友，我的可敬可爱的嫂嫂，你离开这个喧嚣的世界安息了。你生前最常说的一句话是'谢谢'，甚至'文革'中关在监狱，每餐接过窝头菜汤，你也从不忘说'谢谢'。现在，我要替我的祖国说一句：'对不起，谢谢！'"

我觉得，在所有悼念戴乃迭的文章中，这是最有震撼力的一句话！

敏如老师几乎把心思都放在哥哥身上，事无巨细，她都过问，即便啰嗦、挑剔，也显得可爱。读到她写启功的长文，我打电话去，建议她多写写北京师范大学的同辈教授，可以写成一本书。她却说："不，我要多写写我哥哥。"这几年，她一直在写哥哥的往事，真希望能早日读到它。

远在南京的杨苡老师，与姐姐一样，最关心的是哥哥。几年前，在家里摔倒腿部骨折，卧床多日。但她一再说："我会好的，我还要到北京去，为哥哥过生日。"去年冬天，89岁的她真的在女儿的陪同下，来到北京，庆贺哥哥94岁生日。

两个月前，在南京见到杨苡老师，她说计划今年冬天再来北京，为哥哥过95岁生日。

杨苡老师来信不多，但凡有信，必然要提到哥哥。这几天，我找出十年来她写给我的信，又一次读她对哥哥的崇拜、认识、理解。如今，在杨先生远去之际，再读这些文字，更加令人感动。她的信远胜过我的叙述，且摘录几段如下：

您在11月29号写给我的信早已收到，拜读长文（指拙文《一同走过》——李辉）后我十分十分感动！……我只是当时打电话告诉我哥你真应该再写长些。另外就是杨烨的自焚而亡这事发生在1977或1978年的冬天，我始终不忍跟我哥谈到这件事，但也仅仅在1979年我受《中国文学》之命（是我哥推荐的）在上海我哥和我去看巴老时，在路上谈了几句，我们认为杨烨那时换了环境，可能已逐渐恢复正常的精神状态，而开始清醒地认识到他们这一代年轻人曾被如此愚弄过白白浪费了他们最好的青春时代……到那时他开始反思，才会默默地给自己浇上汽油！

而在他爸爸妈妈坐牢时，他却一边尽他作为大哥的责任，担负着供养小妹（妹妹即杨炽）在北大荒插队，一边默默地受着各种羞辱与嘲笑与诬蔑，四年来没人把他当个要求进步的青年大学生看待，没人理他，这才导致他的精神分裂，而对一切过去理想的"幻灭"却是在1977年之后开始的。

我哥就是这种散淡的性格，他如今更是淡然处世，我曾让他转达，因为你没有告诉我你家里电话，而白天上班时我如打长途也尽量少打，因为是全费，同时我是如我哥一样不大写信的。因此无论如何请原谅我没能及时回信，很没礼貌！我相信我哥也懒得转达我的感谢！

…………

总之，非常非常抱歉！我原是很希望跟你能有一天聊聊我哥、乃迭、沈从文、巴金、黄裳，等等，我只会聊天……我能记得许多有关我哥的童年趣事，可我哥我姐全忘了（或不想回顾）。

（2001年2月23日）

谢谢你给我那么多的鼓励——从鼓励吃饭，到鼓励写，鼓励回忆这个那个……我的确老有不少腹稿。我最崇拜的人是我哥，虽然我也不是认为他非常完美，也不是他每件事都做得很聪明（他为了保护我，伤害过个别的人），但我这一生的确受他影响最大，我曾经希望你能写我哥，也只有你能写，可惜你没有早认识他，其实他很能"滔滔不绝"……比如说关于Sarah。我至今还保存一张她同我母亲姐姐和我的照片，本来有好几张，都没了，包括她自杀后的遗容。我还存有当年我写给她的挽诗。

…………

在北京哥家，向他告别时，我很想哭，陈寅恪赠吴宓的诗句"暮年一见非容易，应作生离死别看"，是这么回事。他到明年1月就是整90岁的了，而我现在算是85岁！我常想起我们的童年（我曾写过一诗，邵诗人把它在《诗刊》发表了，就是给我哥的），我和我姐姐是"姨太太"生的，而我们的"小少爷"明明和我们同父同母的哥哥却属于"娘"的管辖（我们称自己的母亲叫"姆妈"），受着一种特殊的优厚待遇！幸亏"娘"是个只热心于打麻将的扬州大小姐，那些年我哥还是跟我们在一起玩，虽然玩也不是太平等，都得听他的。

　　我想也就因此在1934年他去英国之后，我感到非常孤独，直到1938年遇见巴先生的三哥。也因为这个孤独无助的心情，才使我主动找巴金在信上倾诉。那时最向往的是自由！

　　在鼓楼医院病房最痛苦的时候，一次我女儿代我接通了我哥的电话，我对我哥说："哥，我想你！"然后大哭，我女儿赶快同我哥通话，你猜我哥对她说什么，他说："怎么你妈妈还不如我哩！"

　　这就是说，我哥一生中吞下了多少眼泪，他是非常内向的，我了解他！他和乃迭彼此都作了很了不起的牺牲，彼此包容、迁就，这在外人是不会看出来的。乃迭最后几年非常痛苦，我也是了解的，杨烨之死给了她致命的一击，这本来也可以多写写的。

　　忽然接到我姐姐电话，使我心神不安。我只能求助于你。昨天下午我姐怪我麻烦你，说太不好意思了，但又很高兴，因为她能在下午从我的电话就知道了我哥的病情暂时不严重（我立即打电话告诉她你见到我哥），她自己在昨天上午也在她的合同医院查出糖尿病、冠心病，她在电话中对我说："咱们三个人好日子是过去了，我不能不悲观！"

（2004年4月10日）

我的腰病又犯，咳嗽才好一点，我等着健康状况良好时去北京。今年再不去看我哥（了不起的杨宪益！），明年又不知怎样，一切未知。我们兄妹三人都已是"最后一站"了！

（2005年11月15日）

我一直是小病不断，快两个月了，也因此没有胆量去北京，虽然我想我哥，但早已不是小时候那种依恋了。我曾妄想哪天跟你畅谈我哥，不是那样完美的，"人无完人！"他

晚年杨宪益

有他的矛盾、弱点，以至个人英雄主义之类，他从小的逆反心理直到长大年老，他应该也不是没有regrets的！

（2005年12月19日）

五

举行杨先生遗体告别仪式的当天晚上，吉林卫视《回家》栏目，为寄托他们的哀思，特地重播了四年前拍摄的专题片《杨宪益戴乃迭：惟爱永恒》。

面对镜头，杨先生沉着而从容，慢条斯理不慌不忙地讲述自己与戴乃迭的故事。他的话语不多，但却言简意赅，富有含蕴。

节目结尾部分，采访者问：戴乃迭的骨灰是如何安排的，有墓地吗？

杨先生一边抽烟，一边慢慢说："都扔了。"

"为什么不留着？"

他指指烟灰缸，反问："留着干什么？还不是和这烟灰一样。"

这是片子的最后一句话。

一个烟灰缸的特写。然后，镜头移到杨先生脸上。他显得格外平静，又带着若有所思的神情。几丝烟雾，袅袅而上，在他眼前飘过。

听说，杨先生的骨灰最终保留了下来。其实，对于他，物质的留或不留，没有区别，也不重要。十年前，戴乃迭去世后杨先生曾赋诗一首，最后两句为："天若有情天亦老，从来银汉隔双星。"现在，他早就迫不及待地赶去与戴乃迭会合，两个灵魂将完全融为一体。

从此，银汉不再隔双星。

写于2009年11月29日至12月2日，北京。

范用：浪漫的余响

一

一说到范用，就想到那个被他的外孙女写得活灵活现的小个子老头。

有一年春节，接到范用寄来的贺年片。贺卡由他自己设计、印制。这是他的雅兴，几乎每年都根据自己的兴趣来印制贺卡。这和施蛰存有些相像。施蛰存喜欢每年自己花钱在香港印制一种贺卡。选一幅藏画，再印上"北山施舍"或者"北山楼"斋号以及地址。印刷之精美雅致，令人收到后品赏再三而不释手。

范用这次寄来的贺卡，却别出心裁，既非藏画，也非题词，而是9岁的外孙女许双写他的作文《我的外公》，另外再加上丁聪画的肖像漫画。读了许双的作文，我乐了，赶紧对人说："你看，写得真逗！写得真像！"

别看许双只是个9岁的孩子，可她却把外公写活了，恐怕别人很难能够如此生动地勾勒出范用的性格。好在作文不长，不妨转录如下：

我的外公已67岁了，他瘦瘦的，个儿不高。

他做什么事情都快，看书快，写字快，走路快，吃饭快，就是喝起酒来，慢慢的。

他喜欢学习，天天看报纸看书，一看就是半天。有时夜里，我们都睡觉了，他还在看书。

他喜欢音乐，经常欣赏有名的乐曲。他也爱唱歌，总是拿着歌本坐在那里哼歌。有时候还把唱的歌录下来，听听自己唱得好不好。

外公喜欢收集酒瓶，他的房间里有各种各样的酒瓶，颜色不同，有大有小，大的很大，小的只有一点儿，都挺好玩，我也很喜欢。

他有些习惯跟我们不一样。我们吃饭的时候，他睡觉，我们睡觉的时候，他又吃饭，走来走去，弄得我们睡不着觉。晚上，我们吃米饭，他不吃，要吃面条，有的时候，我们吃面条，他又要吃米饭。你说他怪不怪？

这就是我的外公。

我很欣赏这篇作文。小许双用童心感受外公，观察外

范用（左）与张洁、杨宪益在一起

公，把外人不了解的生活细节，用白描手法生动地勾画出来。于是，一个本来很熟悉的老人，在我的眼中顿时又增加了色彩。

把这样一篇写自己的文章印在贺年片上，大概也只有范用能够想得到。因为他充满童心，即便人过古稀依然如此。

前不久，黄永玉从香港回到北京，一些朋友聚会。黄苗子、王世襄几个人正在聊天，范用走了过来。他说他前两天又摔了一跤。大家问怎么摔的？他说，他突然发现养的金鱼，有两条不停地追来追去。他不懂，害怕后面这条要吃前面那条。他好奇地盯着观察，一不小心，脚下一滑，便摔了一下。但他非常认真地说："真是奇怪，它们干吗要追来追去？真奇怪。"黄苗子指指王世襄说："专家在这里。"

"你说是为什么？"范用扯扯王世襄的衣服问。

王世襄慢条斯理地回答："那是金鱼在产卵。"

王世襄话音一落，大家都开心地大笑起来。只有范用一本正经地点点头，连声说："噢，噢。真奇怪，真奇怪。"那样子，真像一位天真少年，用好奇心打量着周围的事物。

这便是一个童心未泯的老人可爱之处。

拥有童心是美妙的。

二

小许双写得不错，范用做什么事情都快。记得十多年前我第一次到他家拜访他，就对他的"快"深有感受。我们说到一些都感兴趣的人与书。他说话很快，一串接一串，少有停歇的时候。说着说着，提到什么旧的、新的书或者杂志，"腾"地一下站起来，就走进另外一个房间，只听见木地板嘎嘎发响，一转眼他就拿出一本来。"你看，这就是当年的杂志。"不等我细细翻阅，说着说着，他又转身走进屋，再拿出一本书了。"你看，台湾刚刚出版的，印得多漂亮。"谈话间，他不断地站起来，走进去，拿出来。如一阵不停歇的风，热烈，迅疾。我在想，这老头，倒真像一个名副其实的"小旋风"。

后来熟了，我渐渐明白，他快，是因为无法掩饰谈到书的兴奋。没有别的什么东西能够像书那样吸引他，让他投入，让他陶醉。当他提到那本书，如果不拿出来让客人看上一眼，那一定很难受。

这是一种兴致所至。如同画家得意时挥毫泼墨，歌唱家得意时引吭高歌，不得不如此。一个终生与书为伴的出版家，把这视为生活的一大乐事。

和这种喜欢书的老人来往，是件很开心的事。时间一久，他的藏书有时就成了我理想的"图书馆"。遇到别处很难借到的书，我便会想到请他帮忙。有一年，我想把沈从文30年代连载于《国闻周报》上的《记丁玲女士》进行校勘。我先从唐弢那里借来《记丁玲》上册，又从范用那里借来下册。我很荣幸，得到了这样两位老人的热情帮助。最近，要写黄苗子、郁风的传记，又是范用热心地将所收藏的所有20世纪30年代的漫画杂志提供给我参阅。

范用收藏有一张1938年的照片，这是在汉口读书·生活出版社工作时和同事们的合影，为他们拍下这张照片的是红军将领彭雪枫。照片上十个人中年龄最小、个头最矮的是范用。那时，他只有十三四岁。头一年，他从镇江穆源小学毕业，刚进镇江中学只念了两个月，日本军队打过来，学校解散，从此，他就离开了校门，开始独立闯荡人生。

范用拿上外婆给的八块银元，独自一人流浪，到汉口找舅公，没想到舅公三个月后病死，剩下他一个为生存而发愁。

也许是一种补偿，动荡时代常常无意之中给年轻人的生活赋予某些意外的浪漫。这便是漂泊。范用是如此，在他之前，与他同时，不少现代文人也是如此，这似乎是"五四"时代给一代代文人的恩赐。他们离开家庭，走漂泊的路。在漂泊中寻找发展的机会，在漂泊中形成学识、艺术。漂泊既给他们带来磨难和艰辛，但同时也给他们以新奇、浪漫、自由。漂泊成为他们人生一块坚实的基石。假如以"漂泊"为主题来描述"五四"以来的文人成长和发展过程，那一定会是一本丰富、厚重同时又独特的书。

在舅公做事的书局楼上，有另一家出版社办公，这家出版社就是读书・生活出版社。从小喜欢看书的范用，很快和出版社的人熟悉，随即成了其中的一名练习生，这一机遇，从此决定了他一生与出版不可分离。

范用注定该做一个出版家。在小学，他喜欢剪报，然后用小卡片将之装订成一本本小册子，供同学之间借阅，这便是他最早编辑的"杂志"。尽管他的兴趣非常广泛，演戏、唱歌、写小说，都曾尝试过，但这些爱好，最终只是成为一种修养和背景，走在前台的永远是出版。

从打包、送信、邮购等杂务开始干起，一直到批发、门市、会计、出版、编辑，有时还设计封面，几乎出版社的每个环节范用都一一经历过。他学历不高，后来在填履历表时，他总是老老实实填上"小学毕业"，用他的话来说，如果想好看一点，就填为"中学肄业"。谈到这些，他有时不免解嘲地说："要是现在，我是没有资格进出版社大门的。"

可是，就是这样一个在今天也许没有资格进出版社的人，却成了一位名副其实的大出版家。他倡导创办的《新华文摘》，他主持创办的《读书》杂志，他担任三联书店负责人期间编辑出版的一套套丛书和一本本颇具分量的著作，已经成为中国出版界的骄傲。由此而形成的独立、自由、平实、典雅的"三联风格"，并没有因为他的退休而中断，而是业已成为一种传统在沿袭，在发展。"三联"，无疑是出版界一片充满生机的绿地，在读者心目中，更是一块温馨、浪漫的领地。

于是，人们自然而然会常常想到范用。

三

范用喜欢怀旧。

对于他，怀旧并不只是人到老年之后的一种寄托。其实，即便在少年、在青年时期，对往事的珍爱，对旧物的收藏，就已经是他的爱好。从收藏小学时代阅读过的杂志、剪报，到自己亲身参与过的事件史料的细心保留，范用似乎早就预料到这些东西会给他的晚年带来巨大乐趣。因为它们的存在，他的怀旧不仅仅是想象，是回味，更是感觉的具体触摸。

为别人出了一辈子书的范用，在退休之后才出了自己的第一本书。这本书叫《我爱穆源》。穆源，是他的母校——镇江穆源小学。他给现在母校的学生写信，用这种方式，向他们描述自己当年在穆源的生活：学校门口的大镜子，让每个走进校园的学生看看自己的穿着是否得体；礼堂里的钢琴和风琴，从来不上锁，老师弹琴，学生唱歌；童子军上街募捐，参加公益活动；学生剧团演出新话剧；办墙报，出"杂志"……

范用收藏有一本 1937 年欧阳予倩、马彦祥主编的《戏剧时代》，里面有一篇《镇江儿童剧社座谈会记录》。当年范用和小伙伴们，为筹备儿童剧社公演而召开座谈会，讨论有关事宜。座谈会由范用做报告，介绍有关剧本和演出的准备情况，随后大家自由发言。范用回忆，当时剧作家陈白尘还亲自给他们邮寄来新创作的抗日戏剧《一个孩子的梦》，供他们演出，这一点表明，他们不单纯属于校园，而是已经汇入了社会的大舞台。

说实话，我从未想到，小学生活居然会那么丰富多彩。开始，我还有点奇怪，范用为什么独独对小学生活那么留恋，用那么多的笔墨去写。甚至他还花费不少精力和时间，自己动手用硬纸板做了一个母校的模型。模型很漂亮，专门送回母校，供今天的学生观看。现在想来，他实际上在回味一种浪漫。

这种浪漫，不仅仅限于儿童生活的天真烂漫，而且是在他成长时期所深切感受到的教育、文化的浪漫。这是一种历史背景，一种从"五四"时代开始形成的文化精神对他潜移默化的熏陶。那些拥有新知识新思想的老师，学校图书馆为学生准备的各种各样的图书杂志，学校开展的种种与社会的接触，无不展现出五四新文化应有的自由浪漫的魅力。

这是对一个人一生决定性的影响。它与充满童心的性格相结合，便生发出生活的诗意。

他所收藏的那些"五四"时代的图书杂志，同样也时时让他感受着那一时代出版业所形成的魅力。从鲁迅、邹韬奋、茅盾、巴金编辑的杂志和丛书，到叶浅予、张光宇等人编辑的五光十色的漫画杂志，他面前呈现的是一个多彩世界。充溢创造性的新文化，同样赋予出版业以自由与浪漫。

读书·生活出版社本身也是这一历史背景下富有活力的一种存在。一本本主张革命、宣传新思想的著作，经范用和同事之手，送到读者手中。在范用成长的那些日子里，他不难感受着创造性劳动的兴奋。尽管艰苦，甚至还有危险，但这些都无法取代自由与浪漫带给他的快乐。

在以后的岁月里，人们不难发现，范用的人生基调是与这种浪漫紧密相连的。他全身心投身于抗日、革命，用他自己的话来说，他从来就是一位坚持党性原则的人。但是，他的特点在于，个性从来没有消融于共性之中。对思想、文化、精神价值的执着追求，始终是他作为一个出版家最为看重的东西。于是，在原则与兴趣、在指示规定和独立自由之间，他尽可能寻找着最佳切合点。换一句话说，早年所强烈感受到的文化与出版的自由浪漫，随着现实情形的不断变化，在他手中得到另外一种形式的体现。

《傅雷家书》的编辑出版，是一个很好的例证。

"文革"刚刚结束时，范用拿到了《傅雷家书》的手稿。

范用（左）正在与唐瑜交谈

几十年前，范用还在读书·生活出版社当学徒时，曾把刚买到的傅雷译的罗曼·罗兰《米开朗琪罗传》从头至尾抄写一遍。他非常欣赏傅雷的文笔，每当回忆当年灯下抄写的情景，心中便会漫溢出温馨。对傅雷在"文革"中不堪污辱而毅然自尽的命运结局，他感慨万分。此时，读《傅雷家书》，他看到的不只是一篇篇优美的文字，也不仅仅把它们当作自己怀旧情绪的延伸。他强烈感受到家书里面蕴含着的丰富的精神价值、文化价值，以及一个独特个性所具备的人格力量。他感慨万端地对人说："竟有这样为儿子写信的父亲。我们应当让天下的人想想，应该怎样做父亲，怎样做儿子！"

范用决定出版这本《傅雷家书》。尽管当时傅雷的"右派"问题还没有彻底改正，尽管傅聪还戴着"叛国"的帽子，马思聪、傅聪也还暂时不能回国，但范用认准的是一种精神和文化的价值，更有一种自己对历史发展的判断。他认为，无论从哪个角度看，《傅雷家书》都是值得出版的书。

这便是范用的特点，一旦认准，他就会执着地去努力。从组稿到封面设计、排印、装订，范用一抓到底。与此同时，他还筹办了"傅雷手迹展"。他用这个展览来张扬傅雷的人格。后来，《傅雷家书》备受读者欢迎，而范用的胆略与眼光也令人刮目相看。

这样，怀旧就不单单是往事的回忆，在某种程度上是现实的一种映衬，一种补充，并有可能成为现实中创造精神的一块基石。

范用便是如此。

四

面对如今的出版业，范用有时难免感到某种困惑。他不知道是自己落伍了，还是出版业变化得过于迅疾。许许多多新奇的操作方式，包括纯粹商业性的"炒作"，颇令他诧异。

他想不明白，本应以文化为背景，以文化积累、精神创造为己任的出版业，为什么竟然在某一情形下，靠几个人心血来潮策划一番，就能推出畅销十万、数十万册的书，可转瞬之间，这样的书又被人们无情地弃置一旁，将之淡忘？

每当说到这些，他总是不解地问我："怎么会这样？怎么会这样？"虽然他对各种好书逐渐多起来，书印得越来越漂亮，也感到一些高兴，但更为浓重的是这种不解和忧虑。

现实便是以他不能理解也不能完全接受的方式发展着。人们需要有着长久价值的精神食粮，需要高品位的著作，同时也需要短、平、快的炒作之作。其实，这是一种相互补充自然调节而达到平衡的关系。冷静地看，市场炒作也许可以看作是出版业的添加剂，光怪陆离的出版物，甚至某些"文化垃圾"，恰恰是出现高品位出版物的一种代价，或者说是必不可少的有机构成。类似的情况，在他早年生活的时代，其实已经存在过。出版业给社会提供的也并非都是那些让他倾心的读物。市场炒作、劣质读物、商人气息，当时并不少见。事实就是如此。没有它们，又怎能烘托出他理想中的自由与浪漫？

我想，人大概常常会这样，随着岁月流逝，留在记忆中最为珍贵的东西，一般会是经过时间过滤、情感过滤之后的精华。它是往事的回忆，同时，也带有理想化色彩。

我没有与范用交流这样一些想法。我知道，到了这个年纪的老人，宁愿用美妙的色彩，来装扮思绪。何况，我非常欣赏这样的固执。

1994年8月陈白尘去世，范用得知陈白尘去世前曾整理在"文革"期间留下的上百万字的日记，并且编好交给一家出版社，可惜被退回。听到这一消息，已经退休的他，仍然迫不及待地想见到陈白尘的女儿陈虹。他愿意想办法帮忙将这本日记出版。范用难忘，当年已经成名的陈白尘，自己花钱给他们小学生剧团寄剧本的这份情谊；他更难忘，他们这代人在"文革"中共同走过的艰难日子。他拥有的不仅仅是友情，更有一种强烈的历史责任感。

范用约好与陈虹见面。哪知就在那天上午，他不幸被自行车撞断了腿骨。

几天后，陈虹来探望范用。只见他仰卧在家中的木床上，像上了刑具一般一动也不动。还未开口，他就哭了。陈虹印象中，这位70多岁的老人像孩子一样呜呜抽泣着，任泪水汩汩地顺着脸颊流淌到枕头上。他接过抄录好的且附有陈白尘生前亲笔撰写"前言"的书稿，双手将它紧抱在胸前，连声说："你放心，我一定想办法让它出版！一定！"

几个月后，中国现代文学馆在北京图书馆举办"陈白尘生平与创作展览"。就在开幕式即将开始的时候，范用先生挂着双拐在儿子的陪同下艰难地来到了展览大厅。儿子气喘吁吁地扛着一包还在散发着油墨清香的《牛棚日记》。范用告诉大家，书的正式出版还要两个月，这是他请印刷厂特意为今天的开幕式而赶制出来的样书。

陈虹的眼睛湿润了，连忙恭恭敬敬地将这本来之不易的小书放在了父亲的手稿旁边。人们围上前去欣赏。看到这个场面，看到那本《牛棚日记》，我不由想到了鲁迅在瞿秋白就义后，怀着悲痛为亡友编辑《海上述林》；想到了巴金在罗淑病故后，四处搜集罗淑的遗作，为她出版《生人妻》……

范用默默地站在一旁。这时，他心中一定充溢着满足。而知情的读者，拿到这本书，感受到的同样是一种美好的情感。

相知相通，对于一个出版家来说，这是最为难得的境界。

这时，我似乎更加理解了范用的固执。是的，他理想的出版家，应该有思想、有人格、有感情，而不是铜臭味；他理想的出版业，也不仅仅是冷冰冰、干巴巴的合同签订，而是洋溢着自由与浪漫。他在以自己的星星点点的努力，尽可能地实现与"五四"时代出版业的优良传统的连接。他的兴趣在此，他生命的意义也在此。

五

方成为范用画过一幅漫画，题为《无题》。说是"无题"却有题。那就是范用与书的关系。画中的范用"逃窜"至空中，可他仍然紧紧抱着比他整个身体还要大的几本书，头往后张望，有一丝惶惶然，也有一种满足。仿佛他在庆幸，尽管一切都已失去，但他还有书。

我想，画中的范用，拥抱的其实不仅仅是书，而是一种浪漫情感。

因这种浪漫，他的生活变得有声有色。

对于他，有这种浪漫，足矣！

姜德明：书痴

北京出版社的一位朋友告诉我，他们最近将出版一套由姜德明主编的"现代书话丛书"，首辑推出八大家，他们是鲁迅、周作人、郑振铎、阿英、巴金、唐弢、孙犁、黄裳。这算得上现代书话最为系统而集中的呈现。

请姜德明担任这套丛书的主编，实在是最好的选择。在京城乃至在全国，他都称得上是一位有名的藏书家。不仅仅如此，他又是一位散文名家、书话高手，在对藏书的整理中，他找到了一个穿越情趣、回望历史的最好方式。

他痴情于藏书，痴情于书话。除了书之外，我还没有发现别的更能让他陶醉的东西。

他的全部生活与书无法分开。最能把谈话深入下去的，是书。从最初结识他，到与他在一个报社工作，十多年来，每次交谈，书总是我们之间的主要话题。书的版本变迁，作者的命运遭际，逛旧书摊淘书的乐趣……"有意思！真有意思！"说到这些事情，他常常喜欢连声感慨。我看到，这一

姜德明（中）与郁风、吕恩在一起

时刻他脸上总是洋溢着兴奋、陶醉。

那是一种痴情。一种物我两忘的境界。

每当这种场合，我习惯于在一旁静听。我知道，对于自己，这不仅是知识的补充，更是性情的陶冶。

如今，藏书已经成为一种时髦，一种往往与金钱相连的文化行为。可是，对于姜德明，藏书从一开始就只是个人的兴趣，是他偏爱历史、景仰前辈文人的方式。没有这样一种与书的天生痴情，他就不会在人们有意无意之中贬低历史贬低文化的年代，居然把全部业余时间和有限财力，都用在了逛旧书摊上面。他收藏的那些"五四"时期一代俊杰们的签名本，他四方搜寻到的孤本、珍本，可以说，当时已经受到冷落为人淡忘，如同文化的"弃儿"流浪街头。对文化的特殊情感，才使他具有历史眼光，才使他能够从根本上了解它们的本来价值。

喜欢藏书的人越来越多了。他们有他们的遗憾：现在没有姜德明那时淘书的条件，没有了四处可见的旧书摊，纵然想藏书，也生不逢时了。

其实，更应该看重的是一个藏书家身上所体现出来的对文化的热爱。这种热爱，是他生命的一部分，是真正与书之间具有的纯洁、真诚的情感。它不会因外在的种种干扰而改变，也不会因个人遭际变化而改变。这是一种人与书的相知，相通，乃至相爱。

姜德明珍藏有大量文化前辈写给他的信，最近，他开始用文件夹将它们一一整理出来。一次，谈到高兴时，他拿出文件夹让我欣赏。叶圣陶、茅盾、俞平伯、巴金……这些前辈文人的来信，几乎无一不谈到书，无疑是在把年轻的姜德明视为知己。是他对书、对他们的热爱，使他们仍然可以感受到当年文化创造时的兴奋，仍然可以回味书带给他们的满足。此刻的姜德明，是他们的一个文化对话者。谈书、谈掌故，谈所有已经不时髦却仍然令他们迷恋的话题。在他的面前，他们完全可以无拘无束，无须半点遮掩半点保留。书，将两代文人的情怀联结在一起。

几年前姜德明刚刚退休。在退休年限快要到时，他不止一次对我说，他并不留恋一官半职，巴不得早早回到他的书斋去："清理清理藏书，想写的时候就写一篇，那多有意思！"

我相信这是他的真实想法。他写书话，他编"现代书话丛书"，他整理藏书和信件，有许许多多的事情值得去做。晚年的乐趣，都将在书的世界里。

邵燕祥：长空万里，落叶萧萧

　　北京终于下了冬天第一场雪。雪花触地即化，如南方的落雪，虽不大，漫天飘洒的灵姿仍让人欣喜不已。

　　翌日，风轻日暖，云淡天朗。坐在家里的窗前，远山清晰可见。无论人在何处，我总爱看天，看山，看远近随光线变化而呈现的不同景致。一次兴致忽起，在电脑里专门设置一个照片子目录——"我的窗外"，把在家、在外一年四季各处拍摄的窗外景致归纳一起。八方相会，四季替换，日出日落，云生云消，闲时浏览一番，旅游的回味与时间的感叹，全在窗户里了。

　　这一次雪后，我静静地看天。在肃杀的冬日，脑子里浮现的是邵燕祥的诗句"长空万里书何字，鸦雀无声雁有声"。这几日我正在读《邵燕祥诗抄·打油诗》(广西师范大学出版社，2005年9月版)，此刻它就放在窗台上。白底封面如同雪地，书名之旁，点缀有几枝水墨荷叶，两朵莲蓬俏然而立，透出清高文人之气，又仿佛是在点染诗意，淡雅而醒目。

2007年2月4日，在京城友人的一次聚会上郁风与邵燕祥在一起。这是李辉拍摄的郁风最后留影。

读邵燕祥，需要心静，需要摈弃世俗的浮躁。他以写新诗开始文学生涯，迄今已有60年了。"文革"结束以来的这20多年，他则以杂文、随笔和打油诗著称。他是诗、文高手，既能于委婉细微处奏响黄钟大吕，又能于电闪雷鸣时漫溢出诗意。在这一点上，我觉得他高出他的同时代的许多作家。十多年前，我在策划"金蔷薇随笔文丛"时，曾请他编选了一本《改写圣经》。我为此书写过这样的点评："作者由写诗而转写杂文，许多篇章可视为杂文的'诗'。在这些短文中，他依然充溢着诗人的激情。他爱，他憎，他呐喊，他沉思。他更多的是用诗人的敏感，用杂文这一载体，表现着沉重的历史感、深刻的社会批判性。"现在看来，这些点评还只是停留在写作风格的表层上。其实，邵燕祥对于当今文坛和思想界的意义，更在于他的独立人格、道德勇气、历史责任感和思想敏锐性。难能可贵的品质，一旦与深厚的文史修养和才气相交融，警世之作、传世之作就在我们眼前出现了。我常常对人感叹：文坛幸有邵公在。

早就20多年前当副刊编辑时，我就与邵燕祥结识了。在我眼里，他一直在思考，在寻找。用他前年出版的《找灵魂》这个书名来说，他是在历史中寻找失去的自己，在寻找中加深着对现实的理解。萧乾曾说自己年轻时不喜欢理论，要在人生旅程中"不带地图旅行"，其间种种酸甜苦辣惟有心知。而当邵燕祥以编年体的方式，记录自己从事文学写作以来几十年里灵魂的失去与找回时，回溯历史之旅就显得更有内涵、更有启迪意味了。在《找灵魂》之前，他的另外两本同样类型的著作，回忆录《沉船》和个人档案《人生败笔》，曾列入我主编的丛书中出版。三本书构成一个整体，把一个诗人、作家的个人史，与整个民族的悲欢离合、起伏跌宕，紧紧地连在一起了。读它们，才会更深入地理解他，才会更真切地感受到他的灵魂为何如此沉重，他的笔为何不能不承载着如此多的历史与现实的话题。

《邵燕祥诗抄·打油诗》中附录了一篇《审诗》，把自己写作打油诗的由来叙述得颇为生动。1965 年，他买来一沓荣宝斋处理滞销的册页，看纸好，一时手痒，写了词九阕送给一位朋友。其中一首《永遇乐》，就一位苏联妇女亲手绣列宁、斯大林、毛泽东的肖像的故事而写，主旨是歌颂，开笔即是："落叶萧萧……"一年多过后，在"文革"高潮中，他受到批判。一个抄件中"落叶萧萧"笔误为"落日萧萧"，成为他攻击"红太阳"的罪证。

"邵燕祥劈头就写：落日萧萧……"

"不，是落叶萧萧！"

远远的、做记录的什么人手里举起他的手抄稿，"白纸黑字写在这里嘛！"

"那就是笔误。只能是落叶萧萧，落日怎么能萧萧，只有'落日照大旗，马鸣风萧萧'……"

转眼都成往事。

长空万里，落叶萧萧，飘落在遥远的历史场景中。